U0076049

悪の芽

貫井德郎

林佩玟——譯

Contents

序章

自從在新橋轉搭百合海鷗線之後，車廂內就擠滿了人，其中大部分的乘客，都是要在東京展覽館站下車的吧，全日本最大的展覽會場東京展覽館從今天起舉辦動畫暨漫畫展，簡稱動漫展。聽說去年的成績是三天內湧入了將近十萬人次，就這幾年的趨勢來看，可以想見今年的人數將會超越去年。與尖峰時刻無異的車廂中，身體緊挨著彼此的人們絕大多數的打扮都讓人覺得他們是動漫迷，也就是完全不在意流行的服裝與髮型，而龜谷壯彌心知肚明自己也是這樣的裝扮。

過了十站之後，總算從連呼吸都很困難的擠沙丁魚狀態中解脫，果然不出所料，大部分的人都在東京展覽館站下車了。人潮同時湧向階梯，壯彌也順著人潮前進，並默默地深呼吸以吸進新鮮空氣。

動漫展中有很多攤位，每一個攤位都是目前正在播出，或播出後熱潮依然不減的動漫作品，也有很多攤位邀請當紅聲優進行對談活動，這些活動發揮了吸引人潮的功效，不僅如此，只有在展覽中才能買到的周邊商品，也讓動漫展的熱烈氣氛更上一層樓。

參加者為了購買動漫展的原創商品，身上應該都帶了為數不小的現金，壯彌也利用打工一點一滴存錢，為了今天做準備。如果不在這裡買，就只有在價格三級跳的拍賣網站上才買得到了，所以就算要在擁擠的電車中被人推來擠去，就算為了等待入場而必須排隊好幾個小時，最終還是在動漫展中購買是最划算的。

另外還有熱門模型公仔的競標拍賣，貴的甚至可以喊到幾十萬日圓，壯彌當然是下不了手，不過社會大眾很關心競標結果，還會被寫成新聞報導，記得去年全球知名的模型創作者的作品以三百萬日圓結標，因而成為熱烈討論的話題。這個世界就是朱門酒肉臭，路有凍死骨。雖然壯彌的總預算只有五萬日圓，但也是一年僅一次的大手筆了。

動漫展的入場方式採時段制，在買預售票的時候就要先決定好入場時間。不過並不是早一點進去就可以買到多一點周邊，每一個攤位會在每一個時段拿出少量周邊販售，上午不曾擺出來的商品可能在下午才會出現，待在場內的時間限制最多三小時，所以能不能買到周邊一切都是靠運氣。當然，在接近離場時間時只要多付延長費就可以延長留在場內的時間，所以也有強者是在場內從早晃到晚，只不過待一整天的費用要花一萬日圓以上，因此更多的人是將這筆錢拿來買周邊。

從車站步行大概三分鐘後，就可以看見外型奇特的東京展覽館了。據說是模仿白川鄉合掌建築造型的外觀，屋頂坡度陡峭，從正面看過去，屋頂最高的地方突出於其他部分，甚至可以用尖刺來形容。當然最初的目標應該想設計出嶄新的樣式，不過除此之外它還有其他實用的意義，陡峭的屋頂側面是太陽能發電板，聽說發電量自給自足以外甚至還可以賣電，所以從側面看過去，銀色的建築在閃閃發光，即使離完工已經過了很長一段時間，直到現在仍保有近未來的科幻感。

進入動漫展會場的入口被限縮為一個，那裡已經排起了長長的人龍，人龍看起來很花俏，這是因為裡面混雜著角色扮演者的關係。手上拿著相機的人並不少，看來他們的目的似乎是拍攝角色扮演者，並沒有打算入場，也有一些角色扮演者不在人龍之中，而是被舉著相機的男性包圍，正擺出各種姿勢。

隊伍是按照入場時間分開排的，所以有好幾條排隊人龍。雖然入場時間是固定的，不過其中還是有人想要比同時段的人更早進入會場購買目標周邊，因此好幾個小時以前就早早來排隊了。另外也有認為排隊等待本身就是一種樂趣的人，因為在排隊的過程中會漸漸與前後排的人熟識，還可以交換彼此的周邊商品。

這次壯彌是一個人前來，去年一同參加的朋友今年到紐西蘭留學去了。如果有兩個人的話就可以分頭去買商品，是最佳狀況，可是今年沒辦法了，所以更該看重排隊時的交流。

現在時間是九點多，壯彌買的預售票入場時間是十一點。一眼看去，同一時段的排隊人潮已經有大概五十人以上了，不過十點那場的人龍早就長得看不見尾巴，所以這還算是好的。壯彌依照工作人員的指示，排到了十一點場的隊伍中。

過了一會兒，前面的人來搭話：「你一個人來嗎？」壯彌回答朋友到國外留學去了，對話就這樣繼續下去。基本上動漫迷都不是偏好社交的人，不過只有動漫展時例外，如果不先這樣交談過，像壯彌這種一個人來的參加者，會連廁所都沒辦法去。只是話說回來，主動搭話的人是兩人同行，看起來似乎本來就比較喜歡社交。

後面馬上就有人接著排隊，壯彌也試著和對方交談，不過他的反應並不佳。也是會有這種人，那就不管他了別勉強自己，可以和前方的人交流已經很足夠了。

過了三十分鐘之後，壯彌開始想去廁所了。雖然一直有在控制水分的攝取量，但也不可能完全不去廁所，入場之後連去廁所都覺得浪費時間，所以要趁現在去一去。壯彌和前方的兩人打聲招呼後，就離開了排隊隊伍。

戶外廁所設在距離有點遠的地方，是這棟設施的缺點，或許在設計階段時，並沒有考慮過排隊入場的人龍會拖得這麼長，畢竟這裡的容留人數可是日本第一多，不過結果還是出現了排隊人潮，動漫展的吸客能力應該是遠超過設計者的預期吧。

這不是壯彌第一次在這裡排隊，所以他知道廁所在哪裡。步行約兩分鐘到達廁所，解決生理需求之後他就踏上回隊伍的路。人潮不斷地從車站方向往這裡前進，他可以想像十一點場次的隊伍現在也已經排得很長一條了。

那是在可以看見隊伍前端的地方發生的事。面向前方的左手邊有個推著推車的男人。有的人會為了購買大量周邊而帶推車來，只是推車不能推進會場，所以大概都是將車子停在某處，要回去的時候再從車子裡拿出推車，也就是說，還只是上午就推著推車的人非常少見。推車上裝著紙箱，所以壯彌推測那大概是販賣周邊的員工為了補充商品而送存貨過來的吧。

但壯彌還是很在意推著推車的男人，因為他的打扮看起來並不像工作人員。基本上，不管是哪一個攤位的工作人員，都會穿著印有動漫名稱或角色圖案的T恤，而且會在脖子上掛通行證，好在入場時出示。可是推著推車的男子穿著和動漫沒有特別關聯的普通服裝，脖子上也沒有掛通行證，這個不對勁的地方吸引了壯彌的注意力。

壯彌用眼角餘光看著推車男，同時繼續往前走，不久後他停下腳步，因為看見了令人不敢置信的景象。推車男從紙箱中拿出類似瓶子的東西，在上面點火後，丟向等待入場的排隊人龍。瓶子破裂，轟地冒出火焰。

在那瞬間壯彌無法理解發生了什麼事，這是因為眼前若發生太超出現實的事，人類就會拒絕去理解。明明怎麼看，都是推車男將汽油彈丟入排隊隊伍裡，但腦中卻會想著是不是搞錯了什麼；即使四周馬上傳出尖叫聲，人們同時從火焰中蜂擁而出，卻怎麼樣都無法產生現實感。

推車男攜帶的汽油彈不只一顆，他從紙箱中拿出第二顆、第三顆點火，丟向抱頭亂竄的人群，被汽油彈砸個正著的人，從腳開始包圍在火焰之中成了火柱。看到了這個景象之後，壯彌終於實際感受到事情非同小可，他馬上拿出手機，將眼前的慘況錄成影片。

正常來說，這時候應該要逃走才是，可是此時的壯彌腦中，卻連一點逃走的念頭都沒有。「這可是不得了的情況，一定要記錄下來！」他滿腦子只有這件事，這對一個生活中從早到晚都在滑手機的人，是非常自然的判斷。

當然，這是因為他和推車男還有一段距離所以才能這麼做，如果他離推車男再近一點，他也會二話不說地逃跑。因為壯彌去了廁所，所以他才能逃過此劫。壯彌先前排隊的那一帶，人群早就潰不成形了，交談過的那兩個人也不知道跑去哪裡了。

原先排隊的地方雖然有一定的寬敞度，但那是一條夾在建築物與圍欄之間的單一通道，只能往左右兩個方向逃跑，而推車男在這兩個方向都投擲了汽油彈。有人逃跑時背後被汽油彈砸中，整個人在燃燒，發出了哀號聲，燃燒的人痛苦地在地上打滾，這份恐懼，讓拿著手機的手在顫抖，即使如此，壯彌還是繼續拍攝。

有人打算靠近推車男壓制他，卻被推車男發現，因而遭到汽油彈攻擊，想要壓制推車男的人也成了火柱在地面打滾，本來有好幾個人試圖控制推車男，但看到這一幕後紛紛轉身就跑。人群往左右逃竄，希望能盡早遠離推車男。

這時推車男開始推著推車追起了人群，幸運的是，他追過去的地方剛好和壯彌所在的位置是反方向。壯彌忍不住就跟在他身後追了上去，他想，只要推車男不轉向這邊，錄影就必須繼續。

推車男推著推車一邊投擲汽油彈，他已經不在瓶子上點火了，往人群身上潑油大概才是他的目的。事實上，瓶子在人群的腳邊破裂，裡面的液體潑在人們身上，也有人被液體干擾而跌倒，而推車男就在經過跌倒的人身邊時點火。火焰與哀號聲。正因為推車男的攻擊非常準確，更突顯出了其殘虐的程度。

在這之中，壯彌看見了右前方有人蹲在地上。蹲在那裡做什麼啊，別放棄，快逃呀！壯彌想這麼大喊，但卻發不出聲，因為在他弄明白那個人蹲在地上的原因之後，頓時就啞然失聲了。蹲在地上的人是位女性，她將孩子藏在自己的身下。該名女性自知帶著幼子逃不遠而放棄逃跑，於是用身體包覆著孩子保護他。

即使捨身保護，一旦被投擲汽油彈，結果只會是連同孩子一起遭到火焚而已。壯彌的背脊竄過一陣令人顫慄的惡寒，一想到下一秒的慘狀，他就忍不住想別開頭。

推車男走向蹲在地上的女性揮舞著汽油彈，卻不知為何，在即將丟出的前一刻停下了動作，他沒有擲出汽油彈，而是直接走過女性的身旁。女性不知道有沒有察覺到這件事，依然只是蹲著用力抱緊了孩子。

這一幕是怎麼回事？壯彌感到非常不可思議。推車男很明顯就是個暴徒，怎麼想他都是在嘗試無差別大量殺人，可是，他的舉動是在說他不會奪走帶著孩子的父母的性命嗎？母子倆得救當然是好事，只是這並不會成為任何開脫的藉口，壯彌甚至覺得這很偽善。

有兩人從壯彌身旁跑過，因為身著制服，一看就知道他們的身分。是警衛人員。他們在經過壯彌時對他喊道：「快離開！」在他們眼中，不但不逃還為了攝影而一路追向前的壯彌，看起來就像在災難現場湊熱鬧的人吧。事實上壯彌也知道自己的行為就是在湊熱鬧，但他還是感覺記錄這一切有其意義。

兩名警衛就快從背後追上推車男了，但推車男察覺後馬上停下腳步，在汽油彈上點火，冷靜地丟擲出去，警衛輕鬆地避開汽油彈，火勢在地面散開。但令人吃驚的是下一秒。

推車男的武器並不是只有汽油彈，他看準了警衛閃躲汽油彈的瞬間空隙，接近兩人身旁進行攻擊。推車男的手上握著刀，雖然隔著一段距離，但看起來是相當長的刀子。那把刀劃過兩名警衛的脖子，即使從後方也看得出來，紅色的鮮血噴飛四散，兩名警衛以活人不可能出現的姿勢，重重摔倒在地。即便是壯彌，也嚇得停下了腳步。

有那麼幾秒，壯彌感覺到他和推車男四目相接，「再來他要朝這裡攻擊了！」壯彌在這樣的預感下打算馬上逃走。不過推車男或許是認為只有壯彌一個人目標太少了，他移開視線，轉向剛才還在追趕的人群方向。多虧兩名警衛爭取了一些時間，推車男與人群之間拉開了一段不算短的距離。他已經追不上人群了吧，所以還是會朝這裡來嗎？壯彌腳下用力，為逃跑的那一刻做好準備。

不過推車男不再移動了，他從紙箱中拿出兩支汽油彈的瓶子高舉過頭，將裡面的液體從頭淋下。他在做什麼？壯彌將先前放下的手機再次對準推車男，不知為何，他甚至覺得推車男希望有人拍攝自己。

推車男將雙手拿著的瓶子扔到地面，然後掏出剛才使用的長嘴點火器抵在自己身上，扣下了狀似手槍扳機的開關，他的身體立刻成了一團火球。

推車男喊叫出聲，如同要撕裂喉嚨似地嚎叫，即使如此，他依然沒有倒向地面，而是在火焰的包圍中毅然站立。不久後，他像是崩落般雙膝著地，往前倒了下去，此後推車男一動也不動，只有吞噬全身的火焰激烈地搖曳。即使是身在遠處的壯彌，鼻子都聞到了肉類燃燒的異臭，直到這時候，壯彌才第一次有了想吐的感覺而摀著嘴，他再也壓抑不住，當場嘔吐了起來。

遠方似乎傳來了警鈴聲。

第一章

1

已經過了十二點半，所以他決定去吃午飯。財務管理處雖然沒有直接面對民眾的業務，但還是有電話要接，所以必須輪流午休。想要避開午餐時間擁擠人群的人就選擇晚一點休息，肚子餓了的人就先出去吃飯，而安達周總是選擇先休息。

雖然有時候也會和同事或屬下一起走進餐館，不過基本上都是各自行動，這是他們部門的習慣，人際關係沒有那麼緊密，這一點安達很喜歡。在分行工作的時候，人際往來比現在更麻煩了些，而大手町在午餐時間總是人擠人，很少有店家可以容納好幾人同時進入，因此才有了這個習慣。不過還是因為這裡是總行，所以才能夠合理思考事物，合理性也是安達喜歡的地方。

今天天氣不錯，就決定去攤車村了，那是一片空地聚集了各式攤車，販賣便宜午餐的地方。雖然說是攤車，但並不像節慶祭典時會出現的那種小攤子，而是經過改造，可以在車內進行烹調的麵包車。其中似乎有很多攤商，是想著總有一天要擁有自己店面的料理人，所以先在這樣的車子裡販賣料理當作試水溫，每一輛攤車的口味都有達到足夠讓人滿意的水準。因為選擇豐富，所以很適合在不知道要吃什麼的時候前往。

安達一眼掃過去之後，就決定要吃咖哩飯。咖哩醬有兩種可以選擇，這點很吸引人，另外再點了高麗菜絲沙拉，手上拿著攤商馬上就端出來的簡易容器，走到附近的桌子。這時旁邊忽然有人出聲喚他：「課長。」

「您吃咖哩嗎？那間咖哩很好吃呢！」

圍坐在旁邊那張桌子的，是幾名女性下屬。喜歡攤車村的行員很多，所以像這樣在這裡遇到也不是太奇怪的事。雖然有些在意對下屬來說自己是不是個讓人敬而遠之的上司，不過既然她們會這樣主動打招呼，那應該就是沒問題吧。經過客觀的評估之後，安達判斷自己不是個被下屬疏遠的課長。

「是啊，每次來這裡，最後都忍不住點咖哩。」

給了一個不過不失的回答後，再加上一個微笑。現在是上司也會受到下屬評鑑的時代，所以在遇到的時候必須面帶笑容。頭髮茂密、身材高大、小腹也沒有凸出，安達清楚明白女性行員對這樣的自己帶著什麼樣的印象，也知道工作中不要發怒，休息時間爽朗地帶著笑容，就能夠進一步提升好感度。

「這個很好吃呢！」、「我也很喜歡～」她們這麼回應之後，對話就結束了。就算下屬沒有疏遠自己，但如果再繼續和她們攀談下去，她們就會默默在心中皺起眉頭，這樣閒聊幾句後就離開，不要隨便加入女性們的對話才是正確的態度。安達從包裝中取出塑膠湯匙，戳進咖哩中。

咖哩的簡易容器旁放著手機。他知道邊吃飯邊看手機很不像樣，但這是為了有效運用時間，因此他認為很合理。身為課長的安達並不想像基層員工時代那樣，好好休完一個小時的午休時間，吃完午餐後他就要回公司了，所以想要有意義地利用短暫的時間。

他會在午休時間觀看的是匯率變動，再來就是新聞。確認過匯率沒有特別突出的變動之後，他打開了新聞網站，大略瀏覽過標題，目光停留在「死傷者眾多」的幾個文字上。

看來似乎是發生了什麼社會案件或意外事故，即使這和自己的工作沒關係，還是會感到好奇。他點按標題，進入內文頁面。

不是意外事故，是社會案件。似乎是東京展覽館發生了造成數人死亡的殺人事件，報導中寫著兇手投擲了好幾顆汽油彈，還使用了刀刃不斷行兇，之後兇手在自己身上淋油引火自焚。

兇手已經死亡，因此別說是犯案動機了，就連姓名都無從得知，不過他的兇行很明顯是針對不特定多數人，所以大概是無差別殺人吧。不開放一般民眾擁槍的日本，感覺最近這一類的兇行是越來越多了。統計上案件本身的數量是減少了，但每一個案件的兇殘程度似乎都正在增加，萬一自己的孩子被捲入這樣的案件，一想到這裡，心中就閃過不快的感覺，不過這股不快感並未發展成憤怒或是恐懼，充其量，就是一點不愉快的念頭而已。

安達用湯匙將咖哩舀進口中，同時回到新聞的標題一覽頁面，目光搜尋著其他的報導。午休很短暫，他還有其他感興趣的報導。

下午的工作在沒有太大的差池中結束，晚上過七點後他離開了公司。銀行對員工的差勤管理越來越囉嗦，所以他不留下來加班。雖然時間也不早了沒辦法和家人一起吃晚餐，但可以在孩子們去睡覺之前回家已經很令人感激了。能夠和孩子們相處的時間比想像的還要少，大女兒已經九歲了，讓他開始有了這樣的感慨。

早一點離開公司的結果，就是被下班人潮淹沒。電車裡他總算是抓到了吊環，另一隻手拿著手機，和午休時間一樣，確認過匯率的變動之後，就是瀏覽新聞標題。東京展覽館發生的事件還在不斷更新中。

包含被以刀刃殺害的兩名警衛在內，一共有多達八名死者，其他還有受到輕重傷者三十多人。本以為那是動漫展的場合，受害者應該都是年輕人，沒想到死者的年齡範圍相當廣，也有一名五十多歲的人殞命，看來動漫是年輕人在看的東西這種想法已經落伍了。在銀行工作這麼多年，總是免不了深植了一些古板的想法。

到家之後，妻子和兩個女兒出來門口迎接他，那是放鬆整日緊繃的時刻。調到總行任職以後，精神總是比在分行時還要緊繃，因為他是抱持著不容許犯下任何過錯的心態在工作。安達有自己正走在升遷之路上的自知之明，他絕不願意從這條升遷之路落馬，所以在銀行時總是繃緊了神經，只有在回到家時才終於能夠喘一口氣。

大女兒九歲了，已經不再纏著爸爸討抱，不過小女兒正值會天真無邪地飛撲過來的年紀。他將公事包交給妻子，抱起了五歲的小女兒，這是一整天之中，他相當期待的動作之一。

「聽我說、聽我說！」女兒說了在幼稚園裡發生的事，其中有三分之一都是聽不太懂的內容，不過安達還是很喜歡聽女兒說話。光是小小孩用單調的語彙努力描述的模樣，就夠惹人憐愛了，晚餐或其他事都可以擺到後方，她的那些話讓人想要無限聽下去。

在家人的陪伴下用過餐，洗澡，然後睡覺。安達的住家是位於東京二十三區中的一棟透天厝，小歸小，不過買下土地後蓋了一棟兩層樓的住家，將容積率使用到滿。娶得性格沉穩的妻子，擁有兩個可愛的女兒，在公司也走上了升遷之路，這是令人滿足的人生，令人滿足的一天，今天安達也是享受著滿足的感覺就寢。

隔天早上，在吃早餐前他打開報紙。昨天的頭條新聞果然是東京展覽館的大量殺人案，雖然死者人數沒有增加，不過似乎有狀況不容樂觀的重傷者，而兇手的身分依然還未釐清。

「這還真可怕呢，誰會想到只是去買個動漫的商品，就被捲入這樣的事情裡啊！」

妻子美春端著盛了早餐的盤子過來時說。他的早餐總是吃麵包，這是安達按照自己的喜好決定的，配菜是培根蛋和沙拉，美春煎的培根蛋蛋黃不會過老也不會過生，熟度剛剛好。

「我很想知道動機，不過現在還不清楚。」

引起安達興趣的是這一點。為什麼人類會做出這種事？即使過著上天眷顧的生活，也經常伴隨著被捲入這類意外兇案的可能性，這種不合理的地方正是讓安達感到不快之處。

「根本沒有什麼動機吧，因為那裡可是動漫展耶，不會有人對動漫抱持恨意吧。」

「嗯，說的也是。」

大部分都是生活不如意的人才會對社會抱持恨意，然後鋌而走險，這樣的案例實在是太常見了，所以動機一定很令人火大。從最後自己淋油引火自焚這點來看，他應該是已經做好死亡的心理準備了，既然如此，就不要拉這麼多人陪葬，自己一個人去死啊，安達心想。

折好報紙，安達開始吃起早餐，如果是平日，接下來他會在電車裡閱讀電子報，不過今天是星期六，他可以慢慢來。對於總是提醒自己要有效利用時間的安達來說，可以優閒閱讀報紙是件很奢侈的事，能夠細細品嘗早餐的滋味，也是週末獨有的一件樂事。安達將大量殺人案拋到腦後，思考起這個週末該怎麼和家人度過。

2

晚飯後，安達打開新聞，東京展覽館的大量殺傷人案已經查明兇手的名字了。兇手用了將近十顆汽油彈，他的搬運工具是一輛出租車，在現場附近的停車場找到那輛車後，透過租車公司保管的駕照影本得知他的身分。

兇手的名字是齋木均，年紀四十一歲，目前無業，這與安達隨意描繪的兇手人物像沒有太大的差別。

四十一歲的話和安達同年。大家都說安達那一代初出社會時剛好遇到了就業冰河期，釋出的職缺極度稀少，很多人就算有大學畢業學歷也找不到工作，所以到了這個年紀，人生際遇就產生了很大的落差。像安達這樣在都市銀行任職，並走上升遷之路的人，和找不到工作，從來沒有擔任過正式職員渾渾噩噩度日的人，兩者的生活環境應該有著天壤之別，讓人難以想像他們活在同一個社會中。究竟是什麼東西造成了這兩種人的分歧？偶爾安達會這麼想。他知道自己很幸運，不過他也很努力，只要欠缺了其中之一，就不會有今天的自己了吧。

這些想法瞬間浮現在腦海中，但同時又覺得哪裡不對勁。這則新聞報導中有某個東西在刺激著記憶一隅，可是他無法抓住那究竟是什麼東西。時間無論何時都很寶貴，只要是和工作無關的事，就不能毫無節制地深究下去。

在那之後安達就將案件的事給忘了，不過看到隔天早報的事件報導，他又再次意識到這件事。知道兇手和自己同年後，原本只是感到可有可無的一點興趣，轉變成了明確的好奇心。他從以前就對同一世代的人的現況很感興趣。犯下無差別殺人這種糟糕至極的犯罪行為的人，生活在距離安達最遙遠的世界，他們都是在同樣的時代中一路走來，為什麼現在卻會站在不同的世界中？這不是出於優越感或炫耀，他只是很單純地感興趣。

知道了名字之後，開始出現與兇手有關的資訊。他的出生地為東京，現在獨居，也不曾結過婚，直到一個月前都在家庭餐廳打工。這時候，一同工作的員工表示：「他看起來不像是會做出這種事的人。」

太老套了，安達心想。這是社會所描繪的無差別大量殺人兇手典型的背景，連一步都沒有超出想像的範圍。被害人之中沒有安達的熟人，而且這只是他腦中的感想，所以才能這麼說，他甚至覺得這太無趣了。

他的興致淡了一些。雖然他還是對造成這個兇手和自己之間分歧的東西的真面目感到好奇，但對兇手這個人本身已經毫不在乎了。人生乏善可陳的男人，為了無聊的原因犯下滔天大罪，與案件的重大程度相比，他的背景實在太過平庸了。對於不得不為了這種原因而死的被害人，只能寄予無限同情。

週末結束的星期一，從銀行回家後家人如往常一樣出門迎接，他向妻女三人說道：「我回來了。」然後抱起小女兒。小女兒最近總是人小鬼大地說著「從外面回來要先洗手」，因為她自己被這麼說，所以也想要說別人。上個禮拜她也對安達說了這句話，只不過今天她又加了一句上禮拜沒說過的話。

「手上有黴菌，髒兮兮。」

「妳說的對。」

她是在幼稚園學到黴菌這個詞彙的吧，讓孩子好好理解為什麼要洗手的原因是件好事。雖然安達這麼想，腦中卻出現了一層薄霧，那是明明有某件事令人在意，卻又無法理出頭緒時的薄霧。他放下小女兒，走進了洗手間。

他按照小女兒所說，擠了洗手乳在手上搓洗。「手上有黴菌，髒兮兮」，小女兒剛才的那句話不停在腦中重播，黴菌這個詞彙刺激著記憶，薄霧散開，安達停下了手邊的動作。

應該不會吧，他第一時間浮現了這個想法。會有這種事嗎？但又覺得和記憶中的名字相同，再加上連年紀都一樣，或許有必要查詢一番。

安達走到客廳，先拿了藍光錄影機的遙控器，然後他沒有到餐廳去，而是直接坐在沙發上。女兒們跟在和平常行為不同的父親身邊，分別在他的左右坐下，雖然是件令人開心的事，但現在無暇顧及這些了，他打開節目表，在螢幕中顯示明日白天的節目。

螢幕上出現各家電視台談話性節目的內容介紹，每一個節目都打算談論東京展覽館的大量殺人案，安達按下按鍵，預約錄影上面的所有節目。

「真難得，為什麼要錄談話性節目？」

美春發現之後問道。結婚之後安達這個人從來沒有預約錄影過談話性節目，也難怪她會感到不可思議。

「嗯，有點原因，不要洗掉喔。」

「……我知道啦。」

美春對於不願詳細解釋的安達似乎很不滿。雖然不想向妻子隱瞞事情，不過現在還不能說，他既不想說，也不想承認，強烈希望這只是自己想太多了。

在那之後一直到就寢時間，安達都用平板搜尋與案件有關的消息，不只是新聞網站，連匿名電子布告欄的討論串他都看過了。新聞網站沒有什麼新資訊，匿名電子布告欄中反而充斥著真假不明的情報，其中有留言寫著兇手其實有個目標對象，他是為了殺那個人才引發這起事件的，他之所以犯下大量殺人案，目的在於混淆動機。

安達很想相信這個說法，他甚至覺得如果這就是事實該有多好，只是他明白那不過是沒有任何根據的幻想罷了。竟然關注到幻想去了，安達覺得自己很丟臉。

睡前他忽然想到，於是發了郵件給媽媽，拜託她查詢某件事，這並不是多困難的事，她應該明天就會幫忙了吧。安達壓下不想看到結果的情緒，躺到床上，雖然擔心會不會睡不著，不過平常過著規律的作息，身體自己會產生運作，他根本不需多做什麼，馬上就睡著了。

隔天很難得地，沒辦法完全專注在工作上。平常去廁所時他都會將手機留在桌上，今天卻即使只有一點點時間也忍不住要看新聞報導。一旦注意力不集中，就會出現意想不到的錯誤，他不相信自己的判斷能力，於是列出了不曾寫過的待辦事項清單，將工作一樣一樣做完刪去。

他想知道的是兇手的過去，兇手齋木均和自己過去是否有交集。他隱隱約約想起自己以前有個名字相像的同學，但是他並不記得對方正確的名字，畢竟都是小學時的事了，想不起同學的全名反而還比較合理。

到了下午，媽媽回傳了郵件。安達將學校的畢業紀念冊留在了老家，所以他請媽媽查詢小學時的畢業紀念冊，確認是否有齋木均這個名字。

「是有齋木均這個人沒錯。」這是媽媽的回覆。敏銳的媽媽已經發現這個名字和報導中的大量殺人兇手相同了。「該不會你和兇手以前是同學吧？」媽媽信中這麼問道。「我比任何人都更想知道這件事好嗎？」安達對著顯示郵件畫面的手機一個人嘀咕著。

回家之後的第一件事，就是播放錄好的談話性節目。對於舉止不同以往的丈夫，美春不再詢問原因，她一定是覺得他的樣子不對勁，所以才刻意不問的吧。安達感謝著她的這份體貼，同時抓著遙控器看著畫面出了神。

他以一點五倍速看過了錄好的所有節目，不過特派員只採訪了兇手住家附近的居民以及之前工作場所的同事，並沒有出現小學時期的事，除了一件事，就是已經查明兇手的出生地在世田谷區。世田谷區也是安達的出生地，他們是同學的可能性越來越高了。話雖如此，依然不能百分之百確定。

資訊量不多讓安達感到很煩躁，他甚至想過乾脆和小學時的同學聯絡，和他們做確認。只是他並不想這麼做，只要耐心等待，總有一天會出現他想知道的情報，如果沒有出現的話，就代表安達不需要在意這件事，他想將與當時的熟人聯絡作為最後的手段。

就他搜尋網路的感覺，社會對這件事的關注程度似乎越來越高了。事件本身就很兇殘了，再加上遭到鎖定的目標是動漫展，更是招來了各式各樣的臆測，大概是因為有很多人覺得這不是與自己無關的事吧。只不過竟然沒有原先猜測會有的肉搜兇手私生活，可以說是期待落空，這是否代表兇手的生活孤單到沒有人會洩漏他的相關情報？或者是安達的搜尋方式不對的關係？無論如何，不能照單全收網路上的資訊，那這樣就只能等待報紙或電視上的報導了。

安達也預約錄影了明天的談話性節目，他打算一直錄到自己能夠放心為止。只不過要不了多久，就在事件發生的第六天，那個資訊就出現了。安達看著出現在畫面上的景象，連呼吸都忘了。

「聽說兇手齋木從小學五年級就開始拒學了。」

男性特派員手裡拿著麥克風這麼說，他的背後是類似小學的建築物。安達對那棟建築有印象，那是自己曾經就讀的小學。

「知道是為什麼嗎？」

出現在螢幕右側子畫面的主持人這麼問，特派員筆直地看著攝影機，稍微拉高了聲音回答。

「原因沒有很明確，不過有人說是因為他遭到霸凌。」

「也就是說，兇手的人生很有可能從那個時候就開始走偏了。」

主持人的推論有點跳太快了，只是聽到他這麼肯定的語氣，被問的一方大概會覺得或許就是這樣吧，這個推論也深深地刺進了安達的耳中。

「有這個可能，不過嫌疑犯已經死了，不得不說現在已經沒有方法可以確認這件事了。」

「這樣子啊，謝謝。有什麼新的消息再請你進行報導。」

畫面由直播影像切換到攝影棚中，主持人將話題拋給名嘴。現在的日本只要走偏一次，就無法再回到正軌上，小學時的拒學成為人生挫折的開端也不奇怪，名嘴這麼回答。聽著這些的安達，頭腦熱了起來，感覺思緒無法聚焦。

忽然，有什麼東西湧上了喉頭，他摀著嘴衝向廁所，一打開馬桶蓋，胃裡的東西就從口中奔騰而出，還灌進了鼻腔裡，他感到一股刺痛，眼中浮起一層淚。這層淚是出自於疼痛，又或是心理層面的東西，安達自己也不明白。

3

既然他就讀的小學和安達同一間，那麼兇手齋木均就是安達認識的那個齋木均不會錯，這一點已經無庸置疑了。自己與重大刑案的兇手是小學時的同學，安達伴隨衝擊感接受了這項事實。

只要活得夠久，也是有可能遇上這種事，雖然不是每個人都會遇上，但遇上了也一點都不奇怪。即使感覺很不愉快，不過也就這樣而已，這是屬於就算忘了也沒關係的記憶。

只要那個兇手的人生和自己無關的話。

安達並不特別討厭齋木均，但這也不代表他喜歡他。簡單來說，就是對他毫不在意，他們只是同班同學，並不是朋友。

第一次和齋木接觸是在什麼時候，安達已經不記得了。至少在五年級他們被分到同一班之前，他連齋木的名字都不知道，或許他們是在運動會或遠足這種班級活動上，才第一次交談也說不定。

齋木並不是個起眼的學生，他的身高在班上算中等，功課不是很好，但也沒有笨到人盡皆知，而運動方面也是相同的情況。他當時擔任生物股長，所以可能喜歡動物，但並沒有足以稱之為個性的特色，說好聽一點是很平均，說得難聽一點的話就是平庸。他是個適合這方面評語的學生，現在回想起來安達這麼認為，至少當時完全看不出他有任何一點犯下重大刑案的徵兆，他是個社會上數量最多的、「中間層級」的孩子。

當時的安達在運動方面並不突出，不過很會讀書，課堂上他沒有很認真聽講，但是考試卻能考得高分，這代表小學階段還可以用天生的聰明才智來一較高下。沒有特別努力，也沒有特殊原因，可是功課卻很好的孩子，會如何看待其他的同學？很多人可能會認為是「瞧不起他們」，事實上卻不是這樣，反而是覺得非常不可思議，為什麼其他的同學功課會不好呢？所以安達在班上並沒有瞧不起其他同學，他也沒有自己是精英的想法，只是有時候其他同學會讓他覺得有點煩躁，而他自己並不知道那股煩躁的真面目是什麼。

發生那件事的時候，安達和齋木同班，所以座位應該就在附近，可是他不記得曾和齋木友好地說過話。安達雖然沒有專心聽老師上課，不過他不會在課堂中講話，所以即使座位就在附近，他們也沒有因此變得特別要好。

那是小組活動時發生的事。六人圍坐在桌邊進行小組討論，主題是大字報的題目，老師要求每一組都要決定出研究題目然後做成大字報，想要選擇什麼領域的題目都可以，結果反而更難以決定。

安達在電視上看過之後對日本的歷史產生了興趣，他提議做歷史調查然後加入地理。在和同學們討論時，安達很積極地提出想法，通常他的提案，大部分都能夠迅速達成共識。這次也是沒有人提出其他比較像樣的想法，所以由自己來主導討論應該比較好，安達內心是這麼想的。

「我們挑出幾個日本全國有名的城池，然後說明當時為什麼會蓋這座城池，這樣應該會成為不錯的大字報。」

他抱著大家應該會贊成這個主題的心態說出想法，沒想到反應卻很冷淡，兩名男生沒有馬上說什麼，三名女生則彼此對看之後小聲發出不滿的「欸～」。收到這樣的反應，安達感到很吃驚，這明明就會是張很棒的大字報，他沒有想過其他人並不想做。

「我們又還沒學到歷史。」

一名女生反駁道。她是只有個性要強，卻不太能理性思考的類型。老實說，知道要和這個女生同一組的時候，安達感到很不情願，或許這股不好的預感成真了也說不定。

「老師又沒有說只能從學過的東西裡面找題目。」

說到底，這可是自由研究，從學過的範圍裡找題目才比較奇怪，超前課本進度的主題才是好的自由研究吧！雖然安達反射性地這麼想，但並沒有說出口，因為他認為現在就說贏對方還太早了。

「可是我又沒有興趣。」

這是另一個女生說的，她雖然不是會率先開口的類型，不過很會趁勢發表意見，而她所說的那句話，也完全不脫平日的行為模式。

「那妳對什麼東西有興趣？」

安達並沒有一定要大家都聽他的，如果其他同學能夠提出好的方案，那他也可以讓步無所謂。

「嗯……像是流行時尚之類的。」

不過那個女生的意見一點也不值得討論，安達覺得有點無力，想要將反駁的工作交給另外兩個男孩子，他將視線轉向他們，果然有人如他期待地做出反應。

「流行時尚？我才不要做那個。」

以小學五年級的男孩子來說，這是個再自然不過的意見。說穿了，那個題材本來就不適合拿來做為大字報的主題，讓人不禁懷疑她有先想過再發言嗎？

被這麼一說，那個女生一臉不爽地閉上了嘴，討論在此中斷。

一般而言，安達並不是會主動站出來領導群體的類型，他想將彙整意見的角色交給其他人，自己只要貢獻想法就好。可是在這一組裡面，沒有人能夠成為領頭羊，大家都只會提出反對，卻說不出有建設性的意見，這是個不適合參與討論的團體，安達厭煩地想。

「如果是城池的話，你想做哪裡的城？」

還不曾發言過的第三名女生畏畏縮縮地問。她的個性不是會主動提出意見的人，不過或許她認為自己不能不加入討論所以才開了口，這讓安達鬆了一口氣，他回答道：

「大家都知道的城池比較好吧，像是大阪城、名古屋城或是小田原城之類的。」

「嗯，還不錯啊，只要查資料照抄就好了，很輕鬆嘛。」

說不要做流行時尚的男生贊成了安達的意見，他大概是開始覺得麻煩了吧，反正不管理由是什麼，有人贊成就讓安達放下了一顆心。

「選擇由知名人士下令建造的城池比較好吧？大阪城是誰蓋的？」

第三名女生再次提問，看來她也開始覺得按照安達的提議去做就好了。因為都沒有其他人要提出意見了，萬一他們還不贊成安達的提議那可就傷腦筋了。

「大阪城是豐臣秀吉，名古屋城是，欸……是誰啊？德川家康嗎？江戶城是家康下令的吧。」

「江戶城在哪裡啊？」

強勢的女生問道。連這個都不知道嗎？安達並不這麼想，就算是大人一定也有人不知道。

「是現在的皇居。」

「欸，皇居不是天皇蓋的嗎？」

安達差點爆笑出聲，他勉強忍住了。要是現在笑出來，對方一定會覺得自己被瞧不起。

「不是啦，江戶城原本是將軍在住的，後來由天皇取而代之住進去。」

「可是根本沒有江戶城這座城啊，是在皇居裡面嗎？」

這個問題很好理解，會覺得江戶城已經消失了並不奇怪。

「平常我們說到城池的時候，想到的都是城池的某個叫作天守閣的構造，其實真正的城池是指護城河內的所有範圍，江戶城雖然沒有天守閣，但其他部分都保留了下來，而天皇就住在那裡面。」

「哦～我不知道呢。」

強勢的女生很坦率地表示佩服。沒想到她會這樣出聲，安達對她有點刮目相看了。

說明告一個段落之後，轉變為差不多可以這樣定案了的氣氛，就在安達想開口說「那就這樣決定了」的時候，傳來一句小聲的回應。

「建造江戶城的人不是家康。」

「蛤？」

聲音的主人是之前完全沒有發言的齋木。你是不是搞錯了什麼呀，安達正想要反駁他的時候，齋木卻在他之前繼續說道：

「建造江戶城的人是太田道灌喔。」

安達嚥下反駁的話，因為出現了一個他不認識的名字。太田道灌？那是誰啊？他想認為是齋木搞錯了，可是具體的專有名詞讓安達感到不安。

「太田道灌建造了江戶城，之後家康遷入，只要查一下就知道了。」

齋木的口氣裡沒有絲毫猶豫，讓安達領悟到是自己錯了，如果沒有自信的話，不會以那樣的語氣說話，不知為何，齋木似乎擁有與江戶城相關的知識。安達不知道該說什麼好，只能沉默了下來。

「什麼啊，安達你也搞錯了嘛！」

剛才表示佩服的女生說了這句話。或許當事者並沒有想要羞辱安達的意思，只是單純指出事實，不過被人這麼一說，安達卻感到屈辱，他很勉強才擠出一句「所以我們要查資料啊」。當時的安達並沒有成熟到可以寬容面對屈辱。

最後，大字報的題材決定使用城池，這樣來看也算是安達的意見獲得了採納，但是他卻遠遠沒有滿足感。直到這個時候，安達才強烈意識到之前他漠不關心的齋木這個人。

4

那是吃完營養午餐，在校園裡玩時發生的事。安達突然覺得肚子痛，於是離開了一起聊天的一行人。運動神經發達的學生在校園裡踢足球，而像安達這種不太喜歡活動身體的人，經常是聚在學校角落的樹蔭下，天南地北地閒聊著。安達沒有說自己肚子痛，只丟下一句「我離開一下」，就往校舍走去。

安達的目的地不是保健室，而是廁所。他以前也有肚子痛的經驗，已經學習到這種時候只要去廁所，肚子痛就會平息，只是有一個問題，那就是這裡不是家中而是學校，如果是在家中，就可以放心解決需求，但在學校可沒辦法。

在學校大便對小男生來說，是絕對不能被其他人知道的屈辱。

不知道為什麼會培養出這樣的感覺，這也不是由誰決定的，而是很自然地就出現了這樣的認知。安達也沒有勇氣反抗這項不成文的規定，自入學以來，他只曾經在學校大過一次便，那時候並沒有被任何人發現，他到現在還清楚記得如釋重負的感覺。

重點在於，要去哪裡的廁所。如果是學生待在校舍內的時段，那麼去體育館的廁所會是最安全的選擇，不過現在是午休時間，體育館開放使用，比起校舍，那裡搞不好有更多人來來去去，這樣的話，校舍的隱蔽之處會是哪裡？

安達思考過後，得出一個答案，那就是音樂教室附近的廁所。校舍的東側朝北方突出了一塊，那裡有音樂教室及理科教室等特殊教室，即使現在還有人留在普通教室裡，他們應該也不會到特殊教室去吧。現在這個時段，就只有那裡了。

最高層的三樓感覺似乎最安全，但安達並不這麼想。三樓是五年級的教室所在樓層，搞不好會有人突然一時興起，跑去使用理科教室旁邊的廁所，要去的話就去二樓音樂教室旁邊的廁所。

肚子響起一陣咕嚕咕嚕聲，會不會是午餐裡面有什麼壞掉的東西？可是看起來肚子不舒服的學生似乎只有安達一個人，不知道究竟是自己運氣差中獎，還是身體其實在生病邊緣。雖然內心焦急著要快一點，可是一旦用跑的感覺就會憋不住，所以安達只能快步走著往廁所前進。

換穿室內鞋，走到走廊盡頭，再走上樓梯，一到二樓馬上就可以看到廁所。安達打開門偷看，裡面沒有其他人，現在這個時段果然不會有人用這裡的廁所，自己正確的判斷讓他鬆了口氣，他走進隔間廁所中。

解決完需求之後，肚子就像剛才一切都是假的一樣好了，這到底是什麼樣的運作方式，明明是自己的身體卻還是感到很神奇，只能想成是某些不好的部分隨著排便一起被排到了體外。不管原因是什麼，只要肚子痛好了就謝天謝地了。

那是沖完水，從隔間廁所出來時的事。安達和剛好走進廁所的人四目相接，他僵立在當場。走進來的那個人，是齋木。

為什麼齋木會在這裡？他被困在驚愕和疑問中，遲遲無法做出下一步動作，因為這樣，他的手在隔間廁所的握把上停了好一陣子，完全沒有能夠蒙混自己動作的藉口。被看到了。占據安達腦海的只有這個想法，其他的他完全無法思考，讓人想一頭撞死的屈辱感幾乎要燒遍他全身。

先有動作的人是齋木，他有點尷尬地點了點頭後站到小便斗前。安達的咒縛因為這個動作而解開，他急忙往洗手台走去，快速洗完手後逃出了廁所。他奔下樓梯，跑到校舍後方平復呼吸。

同班同學會到那間廁所的可能性應該是微乎其微才對，完全無法想像齋木會因為什麼狀況而到那裡去。應該沒有人在使用音樂教室，齋木也沒有出入音樂教室的理由，只能說自己運氣很背了。

安達想起前幾天的某一幕，被齋木指出建造江戶城的人不是德川家康的這件事。對安達來說，沒有比在眾人面前被指出自己的知識有誤更嚴重的屈辱了，即使知道錯在自己不該用半吊子的知識發言，但卻無法停止對齋木懷抱負面的情感。

偏偏是那個齋木。明明被其他人看到了也很難釋懷，但被齋木看到卻是他所能想到的最糟狀況。安達被最不希望的人，看到了他人生中最不希望被看到的場景，那是足以讓自尊心被粉碎成碎片，如惡夢般的窘境。

他真心誠意地希望可以搭時光機回到過去重新來過，可是他的心願當然是無法實現。從今以後必須一直活在畏懼齋木視線的生活中了，因為安達被齋木抓住了把柄，只要齋木提到這件事，安達就會失去現在他在班上的地位。女孩子會皺起眉頭，男孩子會大聲取笑他，只要失去了地位，就再也不能回復了，那感覺就像被齋木握住了生殺大權一樣。

安達還想不出任何對策，宣告下午課程即將開始的預備鈴就響了。安達半恍惚地回到了教室。雖然不覺得齋木會馬上提到這件事，但坐在他附近也令安達感到害怕，當然，他的視線也無法看向齋木。

下午的課程結束後，因為安達不是值日生，所以他馬上離開了教室，並直接回家。他想要盡早離開學校，早一秒也好，現在的學校對安達來說是帶來恐懼的地方。

回到家冷靜下來之後，安達開始對只不過是大了個便，為什麼要感到如此害怕的不合理之處憤憤不平。大便是自然的身體反應，也是每個人都會做的事，如果因為他大了便就要被嘲笑，這也太奇怪了吧，難道嘲笑的人要說他從出生到現在從來沒有大過便嗎？

即使再怎麼憤慨於學校氣氛的不講理之處，安達也不能做什麼，所以不知不覺間，他憤怒的矛頭變成指向了齋木。只要齋木不出現在那裡，他的情緒就不會產生這麼大的起伏了。人與人之間有分合得來與合不來，都到了五年級，自然也學會了這件事，他和齋木是最合不來的那種。在那個時間點出現在那個地方，運氣也太背了。如果世界上有一個和自己絕對水火不容的人，安達相信那個人一定就是齋木。

安達越是害怕，他對齋木的恨意就越是成正比地增加。總有一天一定也要讓齋木覺得丟臉，他暗自下的決心無可救藥地擺在了心底，只不過他必須將這個念頭隱藏在別人看不到的地方，安達早已具備了這個處事之道。雖然不論發生什麼事，安達的視線都不看向齋木是有些不自然，但小學五年級生裡並沒有人敏銳到足以察覺這件事。

安達隱藏著心底的黑暗念頭，繼續如常上學。

就在國語課時，安達獲得了一個契機。他們在學「均」這個新的國字。那是平均的均，也是安達腦內揮之不去的人齋木均（saiki-hitoshi）的名字。對喔，齋木的名字「均」也可以念成「kin」嘛，好奇怪的名字，安達心想。從大人的角度來看，這個名字沒有什麼奇怪的地方，但對孩童來說已經足夠奇怪了。

「齋木，你的名字是念成『kin』吧。」

課堂結束後的下課時間，安達故意大聲地和齋木說話。自從廁所事件之後，這是他們第一次接觸，坐在斜後方的齋木突然被人搭話不禁愣了一下。安達看著齋木的眼睛，一字一句清楚地說。

「念作齋木均（saiki-kin）啊？聽起來好像細菌（saikin）喔，感覺會被傳染什麼病菌。」

他只是想要小小地報復一下而已。他說出這句話並不期待往後會有什麼發展，畢竟自己也知道這樣說聽起來很幼稚，所以沒有打算掛在嘴邊說個不停。

只是那個時候的安達並不是非常了解兒童心理，越是幼稚的事越能取悅兒童，而且，兒童還很喜歡死纏爛打。齋木在小學畢業之前，非常深刻地體會到了這件事。

「矮額，齋木菌嗎？髒死了齋木菌，不准靠近我喔！」

突然隨意插話的是名叫真壁的男生，他的腦筋很差，運動神經也不是很好，總之就是塊頭大，所以是個喜歡依靠拳頭解決事情的類型。這種粗暴的人個性當然也很粗魯無禮，所以也不曾為自己腦筋很差而感到丟臉。

或許是齋木菌念起來非常有趣，真壁不停地嚷嚷著。小學五年級生有著令人意想不到的幼稚程度。對於反覆喊著那個名字引以為樂的真壁，齋木露出了一臉困擾的表情。對方並不是個你叫他停他就會停的人，這點齋木也很清楚。

搞不好被一個麻煩的傢伙給纏上了，安達這麼想，但是在這個時候，他還沒意識到事情的嚴重性。

5

為什麼會演變成霸凌，即使到了年過四十的現在，安達依然不是很清楚。就算時代改變，換個國家，依然會有霸凌事件發生，從這點來看，這或許是人類的本能。排除弱者的自然本能。非常地野性，可以說正因為如此才更加惡劣。

剛升上五年級時，班上並沒有發生像是霸凌的行為，大概是因為那段期間大家都還在互探彼此的力量吧。可是開學典禮過了兩個多月之後，人類的本性也差不多該冒出頭來了，本能開始尋找目標。

可以用理智抑制本能，這才叫作人類，安達是這麼認為的。可是理智越接近動物的人，就越會依照本能行事。兒童的理智尚未發展得很成熟，尤其是腦筋不好的真壁更是遵循本能在生活的學生。安達一時不察，將祭品送到了舔著舌頭尋找獵物的惡徒面前。

真壁開始針對齋木攻擊，沒有特殊的理由。安達印象深刻的是體育課的那件事。班上的男生分成兩隊在打躲避球時，真壁拿到了球，體格壯碩的真壁很擅長打躲避球，他舉起球，說了一句奇妙的話。

「齋木菌，去死吧。」

然後如他所宣告的，球丟向了齋木，不擅長運動的齋木想逃卻又無處可逃，球砸中了他的屁股右側，躲避球彈了開來，掉到場地外。

「矮額，球沾到齋木菌了啦，那顆球已經髒掉了，不能碰喔！」

真壁大聲嚷嚷道。聽到這句話之後，其他人也很難再去撿球了。外場沒有人要動作，最後只好由被打到的齋木自己去撿。

移到外場的齋木正打算將撿回來的球遞給敵方的外場，可是就在那之前，真壁又大聲喊道：

「摸到那顆球就會被感染細菌喔，小心一點。」

在真壁的話音結束之前，齋木就已經將球傳了出去。那是個短距離的弧形傳球，可是目標對象卻不打算去接球，球只是徒勞地在地上彈跳了幾下，然後滾了出去，這次也是沒有人要去撿。

沒有球就無法繼續進行比賽，所以真壁那一側的外場某個人去拿了別顆球，然後用那顆球重新開始比賽。從那之後，齋木不再去碰球了，同樣站在外場的安達總覺得記憶中留下了孤單佇立當場的齋木身影。不過那也有可能是自己創造出來的記憶，因為他同樣也覺得當時的自己並不在乎齋木這個人。

午餐時也發生了同樣的事。那一天，齋木是打菜值日生，對這件事口出怨言的人，當然是真壁，真壁完全鎖定了齋木做為攻擊目標。

「齋木菌是打菜值日生喔！饒了我吧，你不准碰別人要吃的食物喔你！」

聽到這麼不講理的抱怨，讓齋木很困惑，他一臉不知道該怎麼辦才好的表情，呆站在餐檯前，真壁用下巴指了指命令道：

「你後退啦，什麼都不要做沒關係。」

被這麼指使的齋木並沒有表示抗議，因為他是個怯懦的人。如果他能夠在那時候站出來和真壁對抗，也許他往後的人生將會完全不同。可是弱者之所以為弱者，就是因為他無法挺身對抗，真壁一定也是知道齋木不會對自己爪牙相向，所以才將他當作目標。

齋木離開餐檯，背靠在黑板上。和齋木同一組的安達也是打菜值日生，所以他必須轉身才能看見齋木的樣子，他認為自己確實看見了一臉困惑的齋木，只不過他一句話都沒說也是事實。自己是否認知到自己的言論給齋木造成了多大的麻煩，現在他已經不敢確定了。

比較晚進教室的老師還是發現了齋木，他將明明是打菜值日生，卻什麼事也沒做的齋木當成是在偷懶。

「喂，齋木，為什麼你光看不動手？」

被這麼一問，齋木一臉不知道該如何說明的困惑表情，代替他開口的，是同一組中強勢的女生。

「我們人數已經夠了，沒關係。」

事實上今天打菜的工作有五個人就很足夠了，如果齋木想要做點什麼的話，就必須想辦法擠出一樣無意義的任務給他。老師看起來還想說點什麼，結果最後只是說了「是嗎？」就接受了。現在回想起來，那時候老師應該察覺到了什麼吧。如果他什麼都沒有感覺到的話，就應該叫所有組員做好值日生的工作才對。老師他隱隱約約地察覺到了霸凌的氣息，然後將他感受到的事當成祕密，除了想避免麻煩事之外，也想不出其他這麼做的原因了。

安達不知道為什麼強勢的女生不供出真壁的名字，他只是想大概女孩子也擁有想要欺負弱者的本能吧，那是只要身為生物，每個人都會擁有的本能。當再也無法壓抑，讓本能表露在外時，本能就會變形成為惡意。即使在動物之間是件非常自然的事，可是放到了人類社會中，那就是毫無疑問的惡意。

如果誠實面對自己，安達當時也享受著不須掩飾本能的快感，畢竟目標人物是那個齋木。換作其他人的話，安達或許會皺眉頭，看情況，搞不好還會有勇氣在火燒得更大之前就先撲滅。可是這不過是假設罷了，做一些對自己有利的假設沒有什麼意義。

脫口說出齋木菌的那個時候，安達並沒有希望齋木成為被霸凌的對象，就這一點，他能夠很有自信地肯定。就算在同儕中他是屬於頭腦好的那一個，他也無法預測之後會發生什麼事，那時候真的只是很單純地挾怨報復，之後發生的事，完全不在他的想像之中。

真壁將齋木視為處處針對的敵人，那是只能稱之為無理取鬧的攻擊。持平而論，齋木並沒有特別髒，至少從外觀看起來，他沒有足以被叫成是黴菌的地方。齋木之所以被嫌髒，完全是出自於他的名字，也就是說，這個名字的始作俑者安達，才是必須對往後一連串事件負責的人。

不幸的是，齋木具備各項成為霸凌目標的條件。個性怯懦、讀書和運動都不起眼、可以預期他受到欺負了也不會反擊，再加上父母沒有特別值得一提的地方，例如在超一流的公司工作，或是政治世家等等，完全沒有能夠為齋木加分的條件。其實孩子們在這些部分也是看得很清楚，他們是立於這些基礎之上篩選標的物，而齋木在每一個項目中都符合條件。

一開始只有真壁。真壁因為頭腦簡單，所以霸凌方式也單純，他只會從齋木菌這個名字延伸出骯髒這個形容詞來攻擊。齋木菌很髒、不要摸到他，不停嚷嚷著這些本人就很高興了，他不曾做出暴力的行為。

可是從真壁的言論中散發出來的毒素，漸漸地如同真正的細菌一樣，開始蔓延到班上其他人之間。開始有人刻意避開齋木，例如坐在齋木前方強勢的女生，從前面的同學那裡拿到講義要傳給後面的人時，會故意讓講義掉到地上，似乎是因為她不想和齋木同時碰到講義的關係。齋木即使傻眼，也只是將講義撿起來，不會抱怨什麼。無法向真壁抗議的齋木，對女孩子也是什麼都說不出口。

孩子們也是承受了很多壓力。安達並不想為他們找這類看似正當的藉口，那些行為毫無疑問地就是惡意。不久後，開始有人在齋木的桌子裡放垃圾，負責打掃的某個值日生，沒有將集中起來的垃圾拿到焚化場，而是塞進了齋木的桌子裡。早上來學校後看到桌子裡的垃圾，齋木頓時一動也不動地僵立著。

不知不覺間，只有齋木的桌子前後開始出現了空位，齋木前後左右的同學說好了將桌子拉離他遠一點，齋木雖然露出寂寞的表情，但還是接受了這件事，大概是因為班上的氣氛越來越糟，他已經不知道該針對誰反抗才好了吧。在一對多的局面時，一是無能為力的，當然身為多的這一方，安達也不覺得齋木可憐。雖然不想說自己在暗中譏笑他，但也許實際上他就是這麼做了。挖掘過去的記憶慢慢地越來越痛苦。

在換組的時候，好幾個同學露骨地表現出他們不願意和齋木同組，那些都是沒有和齋木發生過什麼衝突的學生，其他的同學也只是沒有說出口，但都臭著一張臉。班上沒有任何人為齋木說話。缺乏特殊原因的霸凌，無法給任何人一個袒護的理由，所有人都只是不明所以地排擠著齋木。正因為是不明所以，因此很難改善或根絕。沒有厭惡也沒有仇恨，就只是動物性的行為。可以斷言的是，當時的班上有一股露出本能也沒關係的不成文默契。

齋木沒有抗議，可是不久後，他開始默默地流淚，那樣的氣氛即使是大人都忍受不了吧，可以說因此而哭也是理所當然的。他的眼淚讓老師有了反應。

「為什麼要這麼說？你們應該不是在霸凌齋木吧？」

三十歲出頭的男老師做出了不願正視現實的發言。安達對於「應該不是」這幾個字從他口中說出來感到驚訝，難道老師什麼都沒有察覺到嗎？不，這不可能，再怎麼遲鈍，都應該察覺到齋木目前的狀況了才對，他只是不希望自己擔任導師的班級，出現霸凌這種燙手山芋。因為不希望發生，所以就認為沒有發生，他的思考模式大概是這樣的吧。班導師不容置疑地，為醞釀出「可以霸凌齋木」的氣氛推了一把。

被老師訓誡了之後，不願意和齋木同組的同學們也心有不甘地接受了，這件事也助長了導師「班上沒有發生霸凌」的自我催眠。安達很清楚地記得老師露出了很滿意的表情，回想起來，那是安達初次領悟到老師也不全都是人格高尚的人的瞬間。

大部分的同學應該都意識到了導師不願意正視班上發生了霸凌的這個事實吧，這簡直就像獲得老師的許可一樣，霸凌的程度越演越烈，那個樣子就像貓在玩弄老鼠一般，沒有特殊目的地攻擊無法反擊的對象。就如同老鼠除了死別無他途，受到霸凌的人下場也幾乎都已經確定了，齋木到達忍耐極限，也只是時間的問題而已。

之後的霸凌都不出一些常見模式。霸凌並沒有什麼獨創性，不論誰來做都是一樣的。室內鞋被藏起來、課本被畫得亂七八糟、桌子上被刻下一些辱罵的話、午餐裡被加入粉筆灰、被大家集體忽視、被人在背後說壞話、被關在廁所裡，不論哪一項，都是曾經耳聞過的行為。可是這些行為並不會因為這樣就失去了效果，對於被霸凌者而言，這並不是缺乏獨創性的問題。每一樣霸凌行為，都如同重重的一拳，對齋木造成了傷害。不只是真壁一個人，而是無法辨明對象的複數人做出這些行為，這一點會不會反而在齋木的心中留下了更深的傷？

安達什麼都沒做，他可以發誓自己沒有參與霸凌行為，這大概是因為他擁有想像力。一想到如果是自己受到霸凌一定會很難過，他就做不出那些行為。霸凌者實在是太缺乏想像力了。

可是他當然也沒有阻止。如果說出手霸凌的人和默認的人是同罪的話，那麼安達也有罪，更別說安達自己就是創造了霸凌契機的罪魁禍首，他並不打算主張自己沒有參與霸凌。

安達認為齋木算是很堅強的人了，一整個學期他都沒有請假照常上學。不過，大概是暑假的解脫感特別不一樣，與霸凌隔絕了一個半月，嘗到了這個滋味之後，就再也湧現不出回到學校的力氣一點也不奇怪。齋木沒有出現在第二學期的開學典禮中，從那之後也不曾在校園裡看過齋木的身影。班上的學生不久後就忘了曾經有過齋木這個同學，安達也是，忘了。

6

即使不曾回想，即使過了數十年之久，孩童時期的記憶依然殘留在腦海中，原本以為已經忘了的那些事，透過齋木均這個媒介，再次一樣一樣被翻了出來。齋木均，如今，這只是個再普通不過的名字罷了，可以將這樣的名字當作是取笑的素材，甚至鎖定為霸凌的目標，完全就是出自於兒童的殘酷。兒童絕對不是天真無邪，他們只不過是尚未經過馴化的動物。

談話性節目的報導是一大衝擊，小學時的霸凌竟是齋木的人生開始產生扭曲的契機。如果那時候沒有遭到霸凌的話，三十年之後齋木是否就不會犯下無差別大量殺人案了？假如是這樣的話，這個案件的遠因就是霸凌了。安達微不足道的形象，無聊的虛榮心，最後竟引發了這麼重大的事件嗎？這個想法，讓安達恐懼得雙膝顫抖。

美春很擔心在廁所吐了的安達。「你身體不舒服嗎？」她這麼問道，但是安達卻無法好好回應她。承認並讓他人知曉自己的愚蠢，對安達來說是件非常困難的事。

「沒有，沒怎麼樣。」

安達擦擦嘴角，輕描淡寫地帶過，雖然他不認為自己真的能蒙混過去。

「你確定？吃得下飯嗎？」

美春一臉不知如何是好的樣子皺起了眉頭，安達思考了一下之後搖搖頭。

「現在應該沒辦法，不過稍微休息一下以後也許吃得下，妳先幫我留著。」

「這樣啊，如果要吃藥的話胃空空的也不好，那我們就先吃囉。」

「妳們吃吧。」

安達腳步虛浮地從廁所出來，在洗手台漱口，然後直接回二樓的寢室倒在床上，他將右手貼在額頭閉上眼睛，胸口的灼熱感還沒消退。

不想再繼續思考下去了，越思考只是越害怕而已，可是他同時也在想，不知道還能逃避已知的事實多久。一個人抱著這樣的祕密實在是太過沉重了，他能夠在心中埋藏著這份罪惡感，一臉若無其事地活下去嗎？他實在不認為自己是那麼沒神經的人。

好想和誰談談這件事，然後希望對方能說這不是安達的錯。如果和美春說的話，她一定會這麼告訴自己，可是他希望自己在美春面前是個完美的丈夫，他實在無法吐露曾經霸凌同班同學的過去。為了維持完美丈夫和完美爸爸的形象，其實在家裡他也無法打從心底放輕鬆。無法讓他人看見自己的脆弱之處，正是自己的弱點，安達對此心知肚明。

真要說的話，就和知道當時情況的人說吧。不需花時間思考，安達馬上就想到了，小學五年級時的同班同學，可以的話最好和霸凌過齋木的人，這樣一來，他應該交談的第一個對象就是真壁。無論如何，他都想問問真壁是怎麼看待這起案件的。

小學畢業之後，安達和真壁就不曾有過交集了。是說即使是同班的那個時候，他們也沒有什麼交集，所以他不知道對方現在的聯絡方式，不過在這個時代，想搜尋一個人方法多得是。安達伸手進公事包中拿出手機，解除鎖定畫面。

他點開臉書。偶爾小學時代的同學會出現在「你可能認識的朋友」那一欄，也許是因為他輸入了出生年份和學歷的關係吧，如果真壁也有輸入這些資料，那他就應該找得到。

搜尋全名會是最快的方法，不過他已經不記得真壁的名字了。不得已之下，他用姓氏和小學的校名同時搜尋，結果出現了兩名人選。誰才會是那個真壁？其中一人的頭貼使用了狗的照片，所以無從判斷，而另一個人看起來是用本人的照片，但看了照片安達依舊認不出來，於是他先點開使用真人照片那一方的個人檔案。

出生年份和他一樣，當然就讀的小學也一樣，這個人是那個真壁的可能性很高，可是安達無法斷定同一學年裡姓真壁的只有一個人，搞不好在別的班級裡，還有其他姓真壁的人。

接著他看了使用狗頭貼的那個人，很快地他就知道不是這個人了。這個真壁是位女性，而且出生年份也不一樣。也許她是那個真壁的姊妹？線索太少了，安達無從判斷。

不管怎麼樣，只能試著和臉書上的這個真壁聯絡看看了，如果認錯了人，那就再想想其他的方式。他做出這個結論之後，按下了交友邀請，雖然不是朋友也可以直接傳送私訊，但這樣訊息就不會出現在明顯的地方，很難保證對方會看到。由安達提出交友邀請，如果對方真的是那個真壁的話，他應該察覺得出安達的意圖。

安達連新聞網站都無心點閱，直接將手機丟到了床上。一點食慾也沒有。因為受到刺激而嘔吐，這還是他有生以來的第一次，他一直認為自己的身體會聽從自己的指令運作，所以大感驚訝。他開始懷疑自己的內心是否沒有自己所想的那麼堅強。

他就這樣躺在床上，過了一會兒之後，響起了通知音效。安達馬上拿起手機，待機畫面上顯示出臉書的通知，上面寫著「對方已接受你的交友邀請」，安達急忙解除畫面鎖定。

接受交友邀請代表那個人真的是以前的同班同學真壁。他想著會不會已經收到了對方的私訊，一看卻沒有，不過對方目前在線上，搞不好他正在寫訊息也不一定。安達想過就這樣等一下好了，可是因為不知道要等多久，所以還是決定由他先發送訊息過去。

「好久不見，我是你的小學同班同學安達，不好意思突然聯絡你。你有看到東京展覽館發生的事嗎？那名兇手是我們班的齋木均吧？」

因為平日經常使用手機，所以安達打字的速度很快，他連客套的前言都覺得煩，只簡短打了個招呼後就直接切入正題。

訊息馬上就顯示為已讀，對方果然也很在意那起案件。安達坐起身，維持手機的解鎖狀態等待對方回應。希望真壁打字的速度不要太慢。

大概過了三分鐘之後，真壁回覆了，那是個體感相當漫長的三分鐘。通知響起的同時，安達就點開了訊息，真壁也沒有寫些不必要的客套話。

「你在這個時候加我為好友，我就知道是為了那件事。兇手就是那個齋木均吧，我嚇了一跳。」

就只有這樣。因為很簡短，無從得知他是否有罪惡感，搞不好他根本沒有看到那篇說齋木因為小學時受到霸凌導致人生丕變的報導，必須提到這點才可以。安達馬上寫下回覆。

「因為是無差別大量殺人案，動機大概是出自於對社會的憎恨吧。談話性節目中說，他是小學時受到霸凌所以人生才開始走歪了，你怎麼看？」

可以的話，他想要面對面詢問真壁，可是另一方面他又感到害怕，希望真壁願意透過文字訊息說出他的真心話。

真壁雖然一直在線上，但卻遲遲不回覆訊息，難道他在思考該怎麼回應嗎？還是說他只是單純打字很慢？因為狀態持續顯示訊息輸入中，這讓安達感到坐立難安，他甚至想乾脆直接打電話給對方算了。

「說什麼霸凌是殺人的原因，這只不過是藉口罷了，你到底想表達什麼？」

終於傳來的訊息帶有點攻擊性，即使過了三十年，他粗魯的個性似乎還是沒有改變。人類可不是這麼簡單就會改變啊，安達甚至莫名地想笑，不過現在不是笑的時候。

他這是在逃避罪惡感嗎？又或者是真心這麼認為？如果是真心的，那麼他還真有些羨慕真壁，那樣霸凌過齋木之後，竟然還可以毫無罪惡感。粗魯的個性可真幸福呢，安達半挖苦地心想。

不過另一方面，他也認為真壁說的沒有錯。是呀，若齋木本人將霸凌當作是殺人的理由，那也只不過是藉口罷了，就算霸凌導致他的人生走偏了，就算他再怎麼怨恨這個社會，都不代表他可以犯下無差別大量殺人案。世界上有這麼多霸凌的受害者，那些人每一個都有向社會報仇嗎？如果要報仇的話，就應該衝著我和真壁來，攻擊無辜的人們，這種行為無論有什麼理由都無法被正當化。

「確實如此，就像你說的一樣。」

安達只回了這句話給真壁。訊息顯示已讀，但卻沒有出現訊息輸入中。這代表對話就到這裡結束了吧，安達也覺得在這裡結束是件好事。

讓手機休眠之後，安達盯著牆壁發呆。罪惡感是否減輕了？他詢問自己的心，可是心情卻一點也沒有變得比較輕鬆。他還是，很羨慕真壁。

7

安達離開寢室到客廳去，孩子們坐在沙發上看電視，美春察覺到安達的出現，一臉擔憂地站起身。安達向她點點頭，坐到了餐桌旁，美春也坐下來，和他交談。

「你還好嗎？要不要吃點什麼？」

「嗯，也好，雖然沒什麼胃口，但還是要勉強吃一點吧。」

太油膩的東西胃可能無法接受，不過幸好今天的菜色是漢堡排，安達請美春燒開水，將白飯做成茶泡飯。喝過溫暖的茶湯之後，情緒稍微冷靜了下來，這樣感覺就吃得下了。

「發生什麼事了？」

擺好菜餚之後，美春再次詢問。她會這樣問也是理所當然的，總不可能永遠不回答她，所以安達只說出部分事實。

「東京展覽館不是發生了重大案件嗎？」

「啊，嗯。」

安達突然提到意料之外的話題，讓美春看起來一臉困惑，她微微地歪著頭，安達用筷子夾開漢堡排，繼續說道。

「那個兇手是我的小學同學。」

「欸？」

美春拉高音量瞪大了眼睛。聽到這種事無論是誰都會很吃驚，可是，就這樣了，安達也裝出一副事情就這樣而已的表情。美春大睜著眼繼續問道：

「這還真令人驚訝，他從以前就是看起來會做出這種事的人嗎？」

美春的這句話，對安達來說是意料之外的問題，不過仔細一想，這只是個非常普通的問題，他思考了一下之後，模稜兩可地回答。

「沒有，這倒不至於，不過畢竟人心難測。」

「是呀，這種事誰會知道呢。」

美春似乎也認為自己問了個奇怪的問題，雖然安達不覺得問題奇怪，但他決定不解開誤會。美春的臉上浮現出同情的神色。

「你是因為太驚訝了，剛才才會吐出來吧，這也難怪。」

「……啊，嗯，是呀。」

這麼承認也不算是說謊，可是這樣的對話讓安達越來越痛苦，他沉默不語之後，美春也敏銳地察覺並閉口不言。安達就是喜歡美春的這一點才結婚的，他心知肚明自己現在正在利用她的這份敏銳。

吃完晚餐，一個人泡澡後，安達比平常還要早上床睡覺。今天和以往不同，果然是難以入眠，但他還是堅持閉著眼睛。為了逃避而睡，這還是有生以來的第一次。

隔天安達一如往常地上班，他已經不再預約錄影談話性節目了。雖然他還是很想知道齋木為什麼要犯下那樣的案子，但現在他更懼怕知道真相，他心裡有著鴕鳥心態的盤算，認為只要不知道真相，就不會繼續加重罪惡感。

結束上午的工作，到了午休時間，胃的沉重感還是沒有消散。早餐他也只吃了優格解決，即使知道不吃東西對身體有害，但卻沒有食慾，他到便利商店買了添加維他命的果凍飲，勉強喝下之後就再也吃不下其他的東西了。

過一段時間之後，也許會恢復食慾吧，雖然他這麼想，但也很難說，只要這股罪惡感還在心中，總覺得這種烏雲罩頂的精神狀態就不會有所改變，那麼，身體遲早會壞掉。先前安達已經見過好幾個人因壓力而無法繼續上班，過去他有些瞧不起內心崩潰的人，認為自己絕對不會發生這種事，不過他開始反省那是一種傲慢，任何人都有可能發生身心失去平衡的現象。他現在知道，能夠保持健康，只不過是比較幸運罷了。

家中的晚餐他也沒有吃多少。昨天也是，漢堡排只吃了大約四分之一，之後他勉強吞下茶泡飯，讓胃裡有東西。看到丈夫連續兩天沒有胃口，美春也面露憂色，都這副模樣了，就算安達內心希望美春什麼都不要問，也不可能實現。

「怎麼了？同學是殺人事件的兇手讓你受到這麼大的打擊嗎？是不是還有發生其他事？」

美春的敏銳度用在了追問上，因為安達的態度實在是太過於不自然了，身為妻子想要詢問也是很理所當然的事。就算到了這個境地，安達還是無法拋下自尊心，他害怕坦承過去不體面的惡行後，妻子會對他幻滅。真是無聊的自尊心，不過這就是我，我就是無聊的男人。

「……對不起，妳暫時不要問我，我現在也很混亂。」

安達的臉埋在雙手中，吐露出內心的脆弱。能夠這樣示弱，或許已經是往前進一步了，美春似乎也感受到了這一點，她沒有再繼續追問。妻子辛苦做的料理還剩下一半以上，安達從桌邊站起身，「對不起。」說完，美春回應道：「沒關係。」安達注意到兩個女兒一臉擔心地仰頭看著他。

安達走到二樓，倒在寢室的床上，躺了一會兒之後，想吐的感覺再次襲來，他連忙到二樓的廁所嘔吐，可是胃裡根本沒有多少東西，所以只是覺得痛苦。我大概已經不行了，安達的臉懸在馬桶上這麼想。

如果去一樓又會讓其他人擔心，所以他用廁所洗手台的水漱口，然後再次躺回床上。這是他第一次經歷因為煩惱而搞壞身體，所以不知道該怎麼處理才好。安達沒有向他人訴說煩惱的習慣，過去他都認為煩惱最終還是只能靠自己解決。

可是現在，他心中有著除了和他人傾訴以外，沒有其他解決辦法的重大煩惱，如果真壁也感到苦惱就好了，他心想。這樣他們可以互相訴苦，彼此安慰，或許就能減輕罪惡感。然而真壁並不是這樣的對象，也許只能和美春坦承一切了，就算再怎麼難看，就算她會對自己幻滅，願意傾聽這份苦楚的人也只有妻子了。

美春是安達銀行的後輩，比他小四歲，是安達於分行工作時入行的新人，比其他新入行的女同事都來得更可愛，很受男性行員的歡迎，甚至連其他分行的行員都以美春為目標，提出聯誼的邀約。

安達當然也覺得美春的外表很可愛，只是不久後，他就發現美春的魅力不只在於外貌。很明顯地，她的頭腦很聰明，工作學習速度快，也不會發生失誤，交辦的事情總是完美達成，但是她並不因此驕傲；閒聊時的應答很有趣，能夠往意想不到的方向拓展話題，話雖如此，卻又不是在賣弄自己的知識，不會自顧自地說個沒完。因為她拋出話題的方式太自然了，一開始安達甚至沒有發現那是美春的功勞，只是覺得和美春交談時莫名地開心，當他分析過原因之後，才終於體會到對方的頭腦有多好。銀行裡也有很多優秀的女性，可是那樣的女性對男人有很強的對抗意識，和她們交談雖不至於到無聊，卻總是會在不經意間窺見她們強烈的自我意識，讓人頓時興致全消，而美春則完全沒有這樣的問題。

美春引發了安達對女性的興趣，他想要和這樣的人交往，可是同時，他又感到猶豫，因為美春和安達期望中的類型有一些不同。

安達的目標是在銀行內出人頭地，所以他有自覺要採取比較保守的想法，他希望結婚之後女方要在家相夫教子，自己有足夠的收入養妻子，而且銀行工作繁重，他心中期望妻子在背後支持自己。上司們的太太絕大部分都是家庭主婦，他從入行開始也一直希望自己的妻子可以成為家庭主婦。

可是這樣要求美春好嗎？安達心中感到猶豫，像美春這麼優秀的人，要她離開職場會不會是一種損失？這不只對銀行來說是損失，對社會來說也是一種損失，而且也可以想像本人或許不希望成為家庭主婦。

即使如此，他還是無法克制想要與美春更加親近的想法。或許是他的想法顯露在態度上，美春似乎也隱隱約約地察覺到了。想要引起美春注意的男人有很多，但是安達不需要特別努力，就自然地縮短了與美春之間的距離，不久後，他們開始交往成為男女朋友。

即使交往了一段不算短的時間，安達還是無法提起結婚的話題，因為他依然不知道該怎麼解決自己的期望與美春的資質之間的鴻溝。他的這份猶豫不決，讓美春產生了誤會，她以為安達並不想和自己結婚。

因為這樣的誤會，他們甚至走到差點分手。最後兩人仔細深談，美春理解了安達在猶豫什麼，她毫不遲疑地，就表示她要成為家庭主婦。即使如此，安達仍不認為這是個正確的選擇。

「這樣真的好嗎？妳在銀行裡其實還有其他想做的事吧？」

「我沒有什麼想做的事，我不會說什麼『我的夢想就是當新娘』之類天真浪漫的話，如果不能結婚的話我就繼續工作，如此而已，而如果你希望我成為家庭主婦，那我就這麼做。」

美春一臉平靜地說，但安達還是無法放下迷惘。

「我覺得讓妳成為家庭主婦太大材小用了。」

「等一下，你這句話有問題喔，你是不是太小看家庭主婦了？我這麼說並不是覺得自己很聰明，不過聰明的人當家庭主婦太大材小用了這種話我無法認同，你要是大言不慚地說出這句話，可是和全世界大部分的女性為敵喔！」

「這樣啊。」

對於美春的反駁，安達只能苦笑回應。最後，這次的對話成為決定的關鍵，隔年，安達與美春結婚。雖然安達依然覺得是自己埋沒了美春的聰明才智，但他也確實得益於此，獲得了全方位的支持，更重要的是，他對於自己沒有選擇遜於自己的另一半感到驕傲。多數的男性其實並不追求與自己對等的女性，他們無意識地認為略遜於自己的另一半最為理想。我沒有基於這樣的想法選擇另一半，搞不好美春比我還要聰明，可以說出這句話，讓安達暗暗在心中感到自傲。

如果有誰是可以傾訴重壓在心中罪惡感的對象，那麼世界上就只有美春一個人了，這種事不需要反覆思量也已經是昭然若揭了。安達甚至開始覺得或許自己就是為了這一刻，才會和聰明的女性結婚，他希望美春的聰明可以拯救自己。

晚上的美春忙得有些分身乏術，要收拾晚餐後的狼藉，要幫兩個女兒洗澡並哄睡，等到這一連串的家事告一段落，已經是過了九點的事了。如果身體沒有不舒服，安達也可以接下讓女兒入浴洗澡的工作，可是今天，他只是躺在床上等待美春做完手邊的事。

安達看準了美春哄女兒們躺入被窩後，走出寢室。「妳可以聽我說嗎？」他這麼說完，美春就像已預料到了這一刻一樣點頭，這一點讓安達感到很可靠，兩人一起走向一樓的客廳。

「我還是希望妳能傾聽我的煩惱，一個人承受這些事實在是太痛苦了。」

兩人隔著餐桌對坐，安達如此開頭。他無法直視美春的臉，低頭兩手交握在眼前，他聽見美春回應道：「嗯。」

「我有在想你不知道什麼時候才願意說，沒想到比預期的還早，太好了。」

美春大概認為安達會一個人掙扎更長一段時間吧，而他之所以這麼快就想吐露心聲，代表了這件事有多麼令人無法忍受。而這樣面對面，讓安達對於坦承自己有多愚蠢感到恐懼，感覺一旦說出口，就斷定了自己的責任，可是自己一個人煩惱已經到達極限了。

「東京展覽館的案子，是無差別殺人吧，動機雖然還不清楚，不過會犯下那樣的案件，我認為是出自於對社會的怨恨。」

說完前言，美春點著頭道：「的確有可能。」不論是誰都會這麼想，齋木怨恨著這個社會。

「昨天的談話性節目中提到了他小學時代的事，他以前曾被霸凌，最後拒學，節目說他可能是因為這樣所以人生走偏了。」

「這樣啊，因為你刪除了影像所以我沒看到。」

美春回應。也就是說，她曾經想確認安達是看到了什麼才會如此大受打擊，美春果然很聰明，安達再次體認到。

「是我創造了霸凌的契機。」

安達一口氣說道，接著詳細說明了當時的狀況，連他大便後從隔間廁所走出來時被看到的事都說了，美春點了好幾次頭，但沒有插話只是聽著。

「——齋木完全沒有任何錯處，他本身沒有任何會受到欺負的因素，就只是因為我給他取了個奇怪的綽號，他之所以會拒學，他的人生之所以走偏了，全部都是我害的，所以等同是我製造了那起殺人事件的原因。」

安達承受不了自己話語中的沉重，將臉埋在兩手之中，但這離懺悔的感覺非常遙遠，就算懺悔了，內心也完全輕鬆不起來，反倒讓他覺得在警方的審訊室中自白會不會就是這樣的感受。既然都自白了，就希望遭到定罪，他期待著贖罪之後身心都能夠輕鬆起來。

忽然，雙手腕被人握住，是美春伸出手握住的。安達的臉離開掌間，茫然地從正面看著美春的臉。

「你很痛苦吧。我不會說你沒有錯，既然你製造了霸凌的契機，那你就有錯，可是你的錯和兇手的錯並不對等，因為兇手的錯是數萬倍、數億倍於你，你並沒有創造出那起殺人事件的原因，錯的是兇手。」

美春筆直地看向安達的眼睛，一句接著一句地說。錯的是兇手，和真壁說的話一樣。的確是如此。這句話由真壁來說只會覺得他在正當化自己，但由美春說出口卻能打動安達的心，安達對美春只有無盡的感謝，她給了他期望中的話語。

可是，還是不行。就算是美春說的話，安達內心還是認為「事情不是這樣的」而抗拒。我不可能沒有責任，我做的事情，創造出了一切開端的小雪球，雪球在斜坡上翻滾，慢慢地越滾越大，最後那顆雪球變成雪崩，壓垮了為數眾多的人。就算辯解自己沒有那個意思，但做出小雪球放在地上滾動的人，其責任再清楚不過了不是嗎？如果沒有我的話，被害人就不需要死去了。

情緒湧了上來，即使覺得難為情，眼淚依然止不住地掉，那是正視自己罪行的眼淚。不過美春解讀成了不同的意思，她也流著淚，說：「你很痛苦吧！」並握住了安達的雙手。不是的！不是的！安達掉著淚，同時在心中反覆喊道。直到現在他才發現，自己不應該獲得原諒呀——。

第二章

1

回過神來，才發現已經快傍晚五點了，只要集中精神工作，就很容易忘記時間，即使如此，他也從不曾不小心超過五點，這大概是因為腦袋裡的某個地方裝置了鬧鐘的關係吧，即使意識層面忘記了，卻也不會真的從腦海中消失。到幼稚園接女兒的時間，對真壁友紀來說是天塌下來都不能忘的事。

「我去去就回。」

和員工們打了聲招呼後，他從車子下方出來，他要去哪裡大家都知道，所以不需要一一交代。為了清掉沾在手上的油漬，他塗上乳霜，然後用紙巾擦掉。機器潤滑油無法用肥皂或清潔劑洗掉，只能使用乳霜，即使如此，還是會殘留在指縫間而汙黑。小時候，他一直覺得爸爸那樣的手很髒，現在雖然也不認為很乾淨，不過他不希望孩子們討厭自己的這雙手。有了孩子之後才能體會到父母的心情，說的就是這樣的情況吧，他對於自己的任性不禁想要苦笑。

女兒姬華就讀的幼兒園，位在腳踏車車程五分鐘的地方，真壁直接穿著工作服跨上腳踏車，踩著踏板往前進。姬華是真壁的第四個孩子，前面三個就讀幼兒園時他也同樣是騎著腳踏車去接送，但是內心卻沒有這麼雀躍，現在的他好想要快點去接姬華，能早一秒是一秒。比起前面的三個臭男生，姬華要來得可愛太多了，而他對自己的偏心並沒有罪惡感。當爸爸的就是這樣啊，他雙手一攤地這麼想，事實上，外表也是女孩子比較可愛，這也是沒辦法的事。我家的女兒是世界上最可愛的人，真壁是真心地這麼認為。

將腳踏車停在幼兒園的停車場，開門走進園內。姬華所屬的鴨鴨班在前面數來第二間教室，他往教室內偷看，馬上就和姬華四目相對，姬華也知道爸爸來接她的時間，所以一直看著外面吧。她一看到真壁，表情馬上亮了起來站起身，真壁就是因為想看她這時候的表情，所以才急忙踩著腳踏車前來。

「把拔！」

姬華嘴裡喊著，同時向真壁跑來，因為真壁站在教室外，姬華沒有辦法上前抱住他。在白天比較長的時候，即使到了接送時間姬華也會在園區裡玩，只要看到真壁，她就會跑過來抱著真壁的大腿。因為真壁穿著工作服，所以有時候姬華的衣服上會沾到潤滑油，雖然為了這件事被妻子小茜罵過好幾次，但真壁依然不打算阻止姬華抱他。這份喜悅，怎麼可能自己主動避開呢。

「唷，小公主，回家吧。」
真壁都稱女兒為「小公主」。就如同「姬」字在日文中是「公主」的意思一樣，姬華就是真壁家的公主，前面的三個兒子也很疼愛唯一的一個妹妹姬華，不將姬華當成公主對待的，就只有小茜而已。
當生到第四個終於獲得期盼已久的女兒時，真壁恨不得摘星星抓蝴蝶地養育她，所以他曾想過將名字取為蝶華。可是這個想法遭到小茜猛烈反對，最後他只好妥協，帶著將女兒當公主養的心情取為姬華，現在想起來名字還真是取對了。如果取名為蝶華，她的小名就只會是「小蝶」，可是「小公主」更適合做為她的小名。
導師替姬華將書包拿了過來，並向真壁報告：「她今天在幼兒園也過得很開心喔。」真壁道過謝，接下了書包，牽著穿好鞋的姬華，往園外走去。姬華的手長度還只有真壁的食指大小，小小的，可以完全包覆在真壁的掌心中，這樣的小巧玲瓏，讓真壁感到無比珍貴，過去他從不曾想過，自己也會有出現這種感受的一天。
到了停車場，真壁讓姬華坐上安裝在腳踏車貨架上的兒童座椅，姬華已經習慣了，所以一點也不害怕地抓著座位的扶手。「要走囉！」真壁說完開始踩著腳踏車，姬華也「嗯！」地充滿精神回應。姬華個性活潑開朗，雖然在家裡被當成公主捧在手心，但是個好動的男人婆。「畢竟是我的女兒，不可能生出個小淑女呀～」真壁感慨地接受了。真壁很喜歡姬華活力充沛的一面，不是因為她是自己的女兒，他認為自己喜歡的是姬華的個性。

到家時，前面的三個兒子都已經回家了。他們都是小學生，只有三男參加了課後輔導班，如果長男或次男心情好，就會早點去接他回家，今天他們似乎比平常的時間還要早回家。姬華一踏入玄關，三人就靠向她，幫她脫鞋子啦、撫順頭髮啦，爭相照顧姬華，而姬華並不討厭哥哥們的照顧，反而一臉受人服侍理所當然的表情，非常有趣。她將來會是個大人物，真壁這麼想。這絕對不是當父母的偏袒，他打從心底相信不論是誰看到這一幕都會這麼想。

「爸爸走了。」

他打了聲招呼後就直接離開家中，因為他要馬上回到後方的汽車修護廠去。今天的工作還沒結束，做到晚上七點左右是他平常的作息。

從工廠大門進去，在裡面的父親朝這裡點了點頭。剛開始他不明白這個點頭的意思，不過現在他理解了，那是確認孫女平安回家了的點頭，所以真壁也同樣點點頭。雖然沒有言語交流，不過這樣就夠了。

真壁現在的身分是這間修護廠的老闆，他從父親那裡繼承了老闆職務。以前真壁曾認為汽車修護工是份不光彩的工作，他討厭父親，堅持不願繼承家中的工作，可是人生並沒有那麼多的選擇，他幾乎是無奈之下開始在父親的工廠工作。一開始常常被罵個臭頭，而他只是不斷反抗父親。也曾經有一段時間，他每天只想著「總有一天我要離開這間工廠」度日，可是當工作越來越上手之後，就變得有趣了起來。他本來就喜歡開車，在學到汽車是靠這樣的結構前進、這樣調整會讓車子開起來的感覺不一樣之後，他開始希望父親多教他一些，當他注意到時，他已經轉換為指揮員工的身分了。認識小茜，並喜獲四個孩子，他認為自己是在毫無選擇餘地之下才會走上這條路，不過也自評這是個還滿幸福的人生，守護這份幸福，就是他現在的生存意義。

這間工廠和住家，都是父親建造的。剛結婚時他曾離家和小茜過著兩人生活，但在孩子出生時就回來繼承了老家，反而是父母兩人搬到了附近的舊公寓去。擁有不需要付房貸的自住宅真的是上天的恩賜，他很感謝心甘情願讓出住家的父母，當然，他因為覺得害羞所以不曾以言語表達。

父親卸下老闆職位後，依然以員工的身分在廠中工作，他本人覺得退休後也沒事可做，留在廠中還能當個可靠的資深老師傅，只是他最近老花眼越來越嚴重，曾抱怨過精細作業越來越辛苦了。真壁心中暗自思考著，當父親真的退離第一線的那天來臨時，他要給他一筆退休金。

天色暗下來之後，父親就更加看不清楚了，所以真壁接姬華回來之後，就換父親回家了。真壁從父親手上接下工作，再繼續努力一陣子之後七點關閉工廠。所有員工都住在步行可達的距離，所以他們會各自走路離開，真壁殿後關好工廠，便再次回到家中。

晚餐差不多都準備好了，有四個好動的小鬼頭在，準備晚餐應該很辛苦吧，不過最近上面的兩個似乎開始會幫一些忙了，如果不幫忙的話，小茜就會劈里啪啦罵人。真壁自認為自己是個可怕的爸爸，不過兒子們一定覺得媽媽更可怕，真壁自己也是，可以的話絕不想惹小茜生氣。

「我回來了，今天的晚餐看起來也很好吃呢。」

看著擺在桌上的菜餚，真壁很坦率地說出感想。因為是大家庭，所以沒有將料理分裝成一人一份，而是好幾個大盤子直接放在餐桌中央。今天的晚餐是沙拉和麻婆豆腐，以及一人一盒納豆，雖然菜色不多，但份量非常充足。幸好小茜的廚藝很有水準，所以即便是豪邁的大家庭料理，口味也總是令人滿意。

「好，開動啦。」

六人圍在餐桌邊，雙手合十表示對食物的感激之情。所有人一起雙手合十，這是真壁規定的習慣，雖然孩子們遺傳了自己所以頭腦不是很好，不過他相信只要懂禮貌人生總會有辦法。學歷不高的自己現在過著幸福的生活，他希望孩子們也能和他一樣走上幸福的人生道路。

吃飯時不能打開電視，他們以各自報告今天一天的生活來取代。孩子們在自己知道的詞彙範圍內，開心地分享著學校及幼兒園發生的事，聽他們說這些，是真壁一天之中最後的樂趣。

不過今天有件事讓他有點在意，長男大牙看起來沒什麼精神。大牙和他的名字相反，體格纖瘦個性也很謹慎，說白了，就是和真壁完全不像。如果大牙疑似因心懷煩惱而話不多時，老實說，真壁就會覺得「唉，又來了」。為什麼要在意那種小事情呢？從真壁的角度來看實在非常不可思議。

「大牙，怎麼了？在學校發生什麼事了嗎？」

真壁是那種覺得顧慮東顧慮西很麻煩的個性，所以他直截了當地詢問，對於這一點，小茜說：「你是與纖細完全沾不上邊的神經大條老爸！」不過他沒有想要改變的意思，「我要是哪一天變纖細了不是很噁心嗎？」真壁這麼回嘴道，小茜也只能苦笑著回應：「也是。」你要是有什麼煩惱現在就說出來呀，真壁很想這樣催促兒子。

「嗯，有一點。」

對於真壁的詢問，大牙給了一個大致上在預料之中的回答。不乾不脆，模稜兩可的態度，小茜也沒有這樣一面，到底是像到誰了呢？不想說就算了，真壁決定不管他了。

除了大牙以外的三個孩子，都沉浸在食物及說話兩件事上。很有天真的孩子樣，真好。真壁非常滿足。

2

「你可以聽我說嗎？」當大牙這麼說的時候，真壁感到很意外，因為他一直以為大牙如果要訴說煩惱，應該會找小茜而不是自己。從孩子的角度來看，怎麼想都不覺得自己是個好的商量對象。不過如果大牙決定要和爸爸訴說煩惱，那麼自己就應該盡全力接住他，真壁瞬間下了這樣的判斷。

「怎麼了？一定要現在嗎？」

大牙特地跑到工廠來問他，這代表他不想在其他家人面前說，雖然能夠理解他的心情，但現在正在工作中，實在沒辦法。大牙似乎也明白這點，搖了搖頭：「沒有。」

「不一定要現在，下次也可以。」

「好，那你可以等到星期日嗎？」

「嗯。」

大牙點點頭。孩子們在家裡沒有自己的房間，畢竟有四個孩子，實在沒辦法一人分配一間房，所以談話時很難不被其他人聽見，如果想要兩人單獨談話，就只能星期日時到外面去才可以。

看來不是太緊急的事，大牙同意了之後就離開工廠了。雖然很在意，不過現在再怎麼想也不知道大牙在煩惱什麼，這件事就保留到星期日吧，目前暫時結案。

然後到了那週的星期日，真壁約大牙外出，其他的孩子也想跟，不過他嚴肅地表示有重要的事要談，讓他們安靜了下來。他催著大牙一起走出家門，總之，就到附近的公園去吧。

公園裡有沙坑、溜滑梯和盪鞦韆，所以聚集了許多幼童，真壁也曾帶著孩子們來過好幾次。平常孩子們在玩時他坐著等的長椅沒有人，於是他和大牙並肩坐到那裡。

「所以發生了什麼事？」

真壁轉頭，看著大牙的眼睛問道。不知大牙是否將那股視線當成了壓力，他撇開臉回道：「嗯。」

「學校裡，發生了有點困擾的事。」

「是什麼困擾的事？」

真壁認為自己平常已經很注意大牙是否有受到霸凌了。個性像他的次男和三男完全不需要操這種心，就只有大牙有可能會成為被霸凌的對象，雖然臉上和手上並沒有傷，不過不是只有受傷才叫作霸凌。這一天終於還是來了嗎？真壁繃緊了神經。

「就是，班上出現了霸凌事件。」

「霸凌嗎？」

果然是這樣。真壁的視線從大牙臉上移開，看向前方。前方是沙坑，幾名幼兒拿著鏟子用力地挖著坑洞，不過真壁看的並不是這幅景象，真壁看的，是自己的過去。

「如果你遭到霸凌的話，爸爸就去學校大罵一場，如果你不想要這樣，那就不要勉強上學沒關係，爸爸會幫你創造出可以讓你逃避的道路。」

打從第一個孩子大牙出生以來，真壁就不斷在思考。受到霸凌的孩子，需要一條可以逃避的道路，這就是真壁的結論。

「沒有啦，不是這樣。」

不過出乎意料的，大牙這麼說。真壁不明白這是怎麼一回事，視線又回到大牙身上，這一次，大牙迎上了真壁的視線。

「被霸凌的人不是我，是班上有人遭到霸凌。」

「那個人不是你嗎？」

真是出人意表的對話，完全是意料之外。如果大牙沒有受人欺負的話，為什麼他會悶悶不樂？真壁不懂他的意思，愣在當場。

「我沒有霸凌別人，也沒有被別人霸凌，可是班上發生這種事的話，氣氛就會變糟吧，但我卻什麼都不能做，只能看著事情發生。」

大牙繼續這麼說。真壁越來越驚訝，他花了好一段時間理解，甚至無法馬上擠出任何一句話。

大牙是第三者嗎？可是他卻煩惱到整個人悶悶不樂。真壁對於驚訝的自己感到羞恥，大牙遠遠超過眼界狹隘的爸爸，成為了心胸寬大的男人。身為父親，他在為這件事高興的同時，也不得不回顧過往的自己。果然，過去是無法逃避的。

「你說的霸凌，是什麼樣的狀況？」

首先，要進行確認，必須先問清楚該問的問題。大牙想了一下之後，吶吶地開口。

「那個人，有一點不懂得看人臉色的感覺，現在如果不會看人臉色的話，不是很容易被討厭嗎？像是班會時大家都快有結論了，結果他卻冒出一句破壞先前討論內容的話，或是會毫不留情地指出別人的錯誤，總之就是個不懂什麼是體察人心的傢伙。」

原來如此，這樣的確會受人欺負。真壁忍不住點頭，他很能夠理解霸凌者的心情。大牙繼續說道：

「然後願意和那個同學說話的人越來越少，但是他自己絲毫沒有察覺到這件事，態度完全沒有改變，結果不久之後，大家開始忽略他的意見，班會時就算他發言，大家也都無視於他。事情還停留在這個程度的時候，我只是覺得這也是沒辦法的事。」

的確是這樣沒錯，不懂得察言觀色的人，意見自然不會被當一回事。這也不是現在才有的事，真壁還小的時候也是同樣的情況。

「之後那個人也終於發現自己被大家忽視了，如果他能夠反省並改改個性就好了，結果他卻到處很直接地問同學為什麼要忽視他，他不知道別人就是覺得他這一點很煩。有些同學被他這麼一問，就會想要回他『不要靠近我』，或者是『你很煩』，在那之後，班上就出現了一種對他說什麼都沒關係的氣氛。」

學校是享有治外法權的地方，現在回想起來真壁這麼認為。社會上不允許的事，在學校這個封閉空間中卻能受到允許，用骯髒的詞語攻擊他人，也是因為在學校裡才能這麼做。真壁能夠如臨其境地想像出班上的氣氛倒向容許這件事的過程。

「總之，班上的人對待他的方式只剩下忽視，或者說些傷人的話兩種而已。老實說我和他也沒有很好，我也沒有想過要和他當朋友，所以現在算是屬於忽視的那一邊。我並不是想霸凌他所以才忽視他，只是就結果來說，好像我也加入了霸凌一樣，我覺得非常不舒服。」

大牙頹喪著肩膀，「唉」地嘆了口氣。若是平常的話，真壁就會取笑他男子漢怎麼可以嘆氣，但現在的他當然是沒有這個心情，他自問著自己究竟有沒有資格和大牙說些什麼。

「暴力行為呢？」

為了獲取思考的素材，真壁進一步詢問，大牙歪著頭回想答道：

「之前他曾經哭著回到教室，從笑得很開心的那群人說的話聽起來，我猜他大概是被關在廁所裡了。還有我看過他在校園裡被丟石頭，也看過他一個人在校園裡哭。」

就這樣嗎？那可以說現在還只是在初期階段，不過霸凌的程度可是眨眼間就能直線飆升，這件事真壁非常清楚。

「大牙。」

真壁下定決心之後，出聲叫喚兒子。如果過去可以重來，他很想要重新來過，但這是不可能的，所以他更應該正視自己的愚蠢。在兒子面前裝模作樣，偽裝自己，唯獨這種事是絕對做不得的。

「老爸現在要和你坦白，說完之後就算會被你瞧不起我也認了，可是，就因為是我這樣的人說的話，我想或許會對你有幫助。總之，你就聽我說吧。」

突如其來的嚴肅語調，似乎嚇到了大牙，他一句話也說不出來，只是瞪大了眼睛點頭。大牙只有十一歲，這個年紀就對父親幻滅還太早了一些，給他帶來這樣的試煉，真壁覺得自己是個失職的父親。

「那是剛好和你同樣年紀的時候，老爸曾經霸凌過班上的同學，在他的名字裡加上菌叫他，把他當成黴菌一樣對待，老爸以前是個霸凌者。」

「欸……」

大牙小聲地顯露出他的驚訝。不論兒子表現出什麼樣的反應，都很令人痛苦，但是這份苦楚，是對自己的愚昧的懲罰，而且只有這點程度的懲罰遠遠不夠，這一點，他從很久以前就知道了。

「老爸欺負的那個同學，其實也不是不會看人臉色的人，他本身完全沒有什麼不好的地方，只是因為他的名字叫作『均』，發音和『菌』很像，所以就把他當成黴菌一樣叫他，真的是愚蠢的小屁孩才會做的事，比起你們班上發生的霸凌還要更過分。」

大牙已經沒有任何反應了，他的身體和臉部都很僵硬，只是瞪大了眼睛直盯著真壁的臉。真壁確切地聽見了大牙心中的父親形象逐漸毀壞的聲音。他從不曾以自己的頭腦差為恥，但現在他第一次，希望自己能生得更聰明一點，如果他聰明一點，就不會做出霸凌他人這種丟臉的行為了吧。

「老爸還使用了暴力，踢那個人還有推他，班上的其他人也學我開始欺負他，最後他就沒有來上學了。是老爸把他趕出了學校，所以老爸是個很差勁的人，我是沒有資格和你說教的、最差勁的爸爸。」

說出口之後，才發現責怪自己的言語比想像中還要更深刻地刺入內心。不得不在兒子面前說出這些話，只有無盡的悲哀，真希望搭乘時光機回到過去，狠揍愚蠢的自己一頓，直到自己能夠理解他人心情之前，不斷地揍自己。小時候的自己，就是應該受到如此對待的愚蠢存在。

「大牙，老爸是個笨蛋，就因為是個笨蛋，所以到了現在才在反省。現在才反省也沒有什麼意義了，可是又沒有其他能做的事，所以我只能拜託你了，至少你要站在被霸凌者的那一邊，代替笨蛋老爸，成為他的同伴。就算只有一個人，只要有了同伴，他應該就能獲得很大的救贖，拜託你……」

拜託大牙，或許只是將痛苦轉由大牙承受而已，但即使如此，現在他所能說的，也就只有這些。正因為他曾是霸凌人的一方所以才明白，被霸凌的人非常需要同伴，他希望大牙擁有成為弱者同伴的良善之心。這雖然是父母自私的心願，但他很確定這才是正確的道路。

「如果成為他的同伴……」

大牙終於發出帶著些微顫抖的聲音，他還沒有從受到的衝擊中脫離。在他的情緒平復之前，還需要一些時間吧，在那之後，他就會開始討厭爸爸了，這是無可避免，也不可逃避的結果。

「如果成為他的同伴，那我也會受到欺負。」

大牙的臉色發白。真壁懇切的心願，對大牙來說太嚴苛了。當然真壁也明白這點，事情會怎麼發展，他認為自己比任何人都更能預測得到。

「到那時候，老爸會盡全力保護你，無論發生什麼事都會保護你。」

他用盡全身的力氣發誓。既然拜託兒子如此殘酷的事，那麼自己也必須付出所有才可以，為了大牙，他要戰鬥到底，不這麼做的話，他就沒有資格為人父親。

「……嗯。」

大牙無力地點點頭。他一定還是不能接受，也還沒有做好心理準備吧，真壁將手搭在還處於混亂之中的兒子肩上。和大牙兩人並肩而坐的機會，這或許是最後一次了，那麼，就再多品嘗這樣的時刻一會兒吧，真壁心想。

3

大牙來找他商量，也許是某種預兆，聽見那起新聞時，真壁在驚愕的同時這麼想。過去是無法逃避的，它會再三追上來，將曾經的罪行攤在面前，他知道這就是愚蠢的報應。

真壁對濱海地區發生的大量殺人案並不特別感興趣，只是皺著眉頭心想又發生這種事了。哪怕只是一點點間接關係，人類只要和事件沒有任何關聯，就只會當成是遙遠世界發生的事。濱海地區在距離上雖然不算太遙遠，但感覺上和歐洲發生的恐怖攻擊事件沒有太大的差別。

在查明死亡的兇手姓名之後，真壁腦中一片空白。正確來說並不是一片空白，而是意識只集中在一點之上，完全無法感受到其他事物。電視主播說出來的名字，真壁確實有印象，那是他過去罪行的象徵。那個齋木均就是這起事件的兇手嗎？「怎麼會……」腦中只有這幾個字四處亂竄，從內側敲擊著頭蓋骨，他聽不見周圍的聲音，映照在視網膜上的影像也無法傳送到腦中。

他不認為那是同名同姓的其他人，因為他覺得大牙來找他商量就是個無可動搖的預兆。聽了大牙的煩惱之後，真壁想起了齋木，他鼓起勇氣正視過去的罪行，然後就馬上聽到了齋木的名字。那個人不可能是別人，那個淋油點火自焚的男人，就是真壁曾狠狠欺負過的齋木。以前無法反抗霸凌的齋木，過了三十年，成為了傷害及殺害眾多人命的男人。

這時候的真壁，在工廠辦公室看午間的談話性節目。即使是星期六，真壁也出於興趣，幾乎都待在工廠裡摸車子，話雖如此，因為不是特別緊急的工作，所以也經常在辦公室中休息。同樣想法的父親也會來工廠，因此當時兩人正在喝茶。

從開著的電視裡聽到齋木的名字，真壁失去了所有的意識，他大概是全身僵硬地瞪大了眼睛，或許是對此感到奇怪，父親便問他怎麼了。他覺得自己馬上就回過神來了，但實際上似乎是父親叫了他第三聲之後他才終於有反應。父親皺起了眉，用稍微嚴肅的聲音問道。

「到底怎麼了？發生了什麼事？」

「沒有，沒什麼。」

這不是一句話就能說清楚的事。父親的眉頭皺得更深，瞪著真壁。

「怎麼可能沒什麼，你和這件事究竟有什麼關係？」

父親用下巴朝電視指了指。真壁並不打算隱瞞事實，他閉上眼後再張開，下定決心和父親表白。

「那個東京展覽館的案子，兇手大概是我的小學同學。」

「你說什麼？確定嗎？」

父親這麼反問，真壁明確地點頭。

「我不覺得只是同名同姓的人，外表年齡也符合，應該不會錯。我以前霸凌過那個人。」

「什麼？」

父親的臉色嚴厲了起來。父親不知道自己的兒子曾經在學校裡霸凌過同學，這是他第一次聽到這個事實，他想說的話大概和山一樣多，不過最後說出口的則是非常實際的內容。

「你不准和其他人提起這件事，過去的霸凌和殺人事件一點關係也沒有。」

「是啊，應該是吧。」

「不准和員工還有你的小孩說。」

「嗯。」

員工就算了，只是他在想是不是應該和大牙說，不過現在，還是先遵從父親的意思點頭再說。

「不過你還真是。」

父親接著這麼說，然後命令真壁低下頭。真壁照父親指示的，像在鞠躬一樣低下頭，接著頭上立刻挨了一拳。看來父親完全沒有手下留情，真不是普通的痛，小時候經常被揍，但長大之後這還是第一次。

「猴死囝仔。」

父親自顧自地說完，就離開了辦公室。真壁摸著自己的頭苦笑，最近還想說他上了年紀以後個性比較圓滑了，不過父親果然還是父親呀，感覺像是見識到了雷公老爸的威嚴。

回到家，孩子們都睡了之後，真壁也向小茜坦承了一切，小茜一臉不安地確認道：「不會有事吧？」她很害怕事件的餘波會侵擾到這個家中。身為保護家庭的主婦，這也是很自然的反應，而真壁也只能回應「別擔心」來安撫她。

那天晚上即使躺進被窩中，真壁仍然不斷在思考著齋木的事。那時候自己為什麼會欺負齋木，現在回想起來還真不知道原因。他並不怨恨齋木，何只如此，甚至連討厭都說不上，可是他依舊是霸凌了齋木，只能說他單純以此為樂吧。這是個最糟糕的原因，但那時候欺負齋木的確很快樂。

就和猿山上的猴子一樣，真壁心想。猴子之間也有權力關係，可以的話想要比任何人都強，猴子會不會也有這種想法？人類也是一樣，展示力量會讓人心情愉悅，霸凌的理由就只是這樣而已。明明是自己做的事，真壁還是對那份單純感到恐懼。

這不能用「他們還只是個孩子」來開脫，即使成人之後，也會聽到職場裡傳出霸凌事件，大人和小孩的差別，就只在於手段是否明顯而已。如果沒有理性的阻止，人類就會想要證明自己的地位比其他人高，而那時候的真壁，並沒有理性可言。

真壁點起的霸凌之火，之後延燒到了整個班上，就算真壁不出手煽動，針對齋木的霸凌也不見收勢。霸凌就像沒有煞車的車子，一旦開動之後，就再也停不下來了，那時候班上的氣氛確實就是如此。

原本已經遺忘的記憶，越抽絲剝繭，越像拉出一串粽子一樣慢慢復甦。事實上真壁中途就不再欺負齋木了。霸凌需要高漲的情緒，而他的那股情緒則變得越來越低落，他之所以失去欺負齋木的心情，是因為看到了某個場面。

那時候齋木應該還有持續到校上學，真壁在最近的車站前面看到了齋木。車站前有幾名穿著制服看起來像國中生的人，手裡拿著募款箱站在那裡，國中生大聲地喊著，請路過的人協助紅羽毛基金會募款。真壁在那個年紀，已經明白了募款這個行為代表的意義，可是對小學生來說，即使是十日圓也是一大筆金額，就算是一塊錢掉在路上，也想要撿起來收為己有，所以根本不可能去捐錢，他認為有錢的大人去捐款就夠了。

可是那時候他看到的齋木，卻打算投硬幣到國中生拿著的募款箱中。齋木的身邊並沒有大人，也就是說他要投進去的並不是父母拿給他的錢，這件事讓真壁非常驚訝。

齋木手上的硬幣是銀色的，即使從遠處看，也知道那不是十日圓硬幣，從色澤來看，那也不是一日圓，毫無疑問地，那不是五十日圓就是一百日圓硬幣，齋木從少得可憐的零用錢之中，拿出至少五十日圓來捐獻。當時的自己無法為那股訝異找到言語來形容，現在回想起來，齋木崇高的公益精神讓真壁當頭受到重重一擊，他甚至覺得自己和齋木所見的世界根本不一樣。

他被齋木的高尚情操震懾住了，或許在那一瞬間，真壁心中的理性開始萌芽，忽然間，他對自己先前的所作所為感到羞恥，齋木並不是應該受到霸凌的那種人，事到如今，他總算是明白了。雖然不只是齋木，不論是誰都沒有人應該受到霸凌，不過那時候的真壁是這麼想的。以後，他要完全停止霸凌齋木。

即使少了真壁，霸凌也沒有停止，最後齋木被逼到了拒學。齋木不再到學校之後，那時的自己有什麼感覺呢？真壁努力回想，卻已不記得當時的感受了。我那時候有反省嗎？有覺得很愧疚嗎？或者，我一點感覺也沒有？如果我一點感覺也沒有，那只能說我不是人，欺負他人還心安理得的傢伙，根本不是人。

我現在，是否進化成人了呢？真壁自問，但卻無法很有自信地回答。睡意依然不願來臨，為了不吵醒隔壁的小茜，真壁放緩了呼吸，在被窩中一動也不動。

4

犯案動機一直沒有查明，齋木本人已經淋油點火自殺了，他也沒有留下遺書或犯案聲明，因此大眾認為大概永遠都無法得知動機了吧。對被害人家屬來說這當然無法接受，可是一人單獨犯案，兇手又已經死亡的情況之下，這也是無可奈何的事。

除了動機不明朗之外，齋木生前的狀況一樣一樣被翻出來。齋木單身，沒有固定工作。這件事讓真壁感到有些意外，若回想小學時的狀況，自己才是那個過著與社會脫節的生活也不奇怪的人。真壁所知道的齋木雖然不起眼，但感覺是個會踏實生活、個性認真的人，捐款的高尚情操和這次的罪行落差實在太大，甚至讓真壁開始思考兇手會不會真的是別人。

話雖如此，心底一種類似愧疚的情感卻揮之不去，這股愧疚感，促使真壁做出了行動，他認真思考自己能夠做些什麼，最後想到的，是為事件的犧牲者們哀悼。

「明天大家一起去東京展覽館吧。」

他向小茜提議，當然小茜反問他：「為什麼？」真壁無法好好說明他的心情，只告訴小茜他想做的事。

「我想帶花束去哀悼事件的犧牲者們，因為我能做的也就只有這樣而已了。」

「啊……這樣，如果這麼做會讓你比較平靜，那就去吧。」

小茜看起來不是很能接受，不過總之她答應了。當然如果只是到案發現場然後就回家，孩子們應該會覺得很無聊，所以他安排了之後再去調色盤城搭摩天輪，只要到了那一帶，就有孩子們看了會開心的其他東西。

隔天的勤勞感謝日，一家人轉乘電車往東京展覽館前進。他們已經很久沒有一家大小一起出門了，所以孩子們都非常興奮，即使和他們解釋這趟是要去死了很多人的地方獻花，他們似乎也沒有什麼概念，一路上都是吵吵鬧鬧，只有大牙很安靜，沒有加入其他人。雖然很在意之後霸凌的狀況，可是現在還有其他家人在，沒辦法問他。

從車站步行了一小段距離後，就到了東京展覽館，現場還有一些電視報導相關人員，拿著麥克風的播報員以象徵性的建築為背景在說話。孩子們看到這幅景象，開始惡作劇地討論著從那個播報員背後走過去，不知道會不會上電視，於是真壁喝止了他們，不可以打擾別人工作。

在看起來像案發現場的地方，有一座獻花台，上面的花束已經堆成了一座小山，如果想要到那裡獻花，無論如何都會經過播報員的身後。真壁再三叮嚀孩子們要乖一點之後，就走到了獻花台前，幸虧有電視攝影機，孩子們一臉乖巧的表情。

雙手合十，為犧牲者們祈求冥福。為什麼齋木要做出這種事？來到現場之後這個疑問越來越深，只能解釋為這三十年間發生了某些事，導致他累積了對社會的怨恨，與此相比，真壁再一次感受到自己很幸福。

離開獻花台之後，就往看起來在東京展覽館對面的摩天輪前進，孩子們又開始喧鬧了起來，看到這幅景象，真壁也暫時忘了沉重的心情。雖然是計畫外的家庭旅遊，不過這樣也不錯，他還想到如果齋木也有這樣的家人的話，應該就不會犯下這麼殘忍的事件了吧。

在調色盤城的美食區吃完午飯後，一行人去搭了摩天輪，每個孩子都在他們目前人生中最高的位置俯瞰著市街。「哇！」、「好棒喔！」他們大聲嚷嚷的樣子實在不能說是頭腦聰明，但是充滿了孩子該有的率真，真壁也加入他們，喊著「是東京鐵塔」、「是晴空塔」，享受眺望美景的樂趣。

從摩天輪下來之後，他們去了廁所。讓兩個小的弟弟先上完之後，真壁和大牙並排解決需求。雖然這不是真壁刻意安排的，不過他終於可以和大牙兩人獨處了，他想，如果要問之後的狀況就只能趁現在了。

「霸凌現在怎麼樣了？」

因為他是朝著正面開口，所以看不到大牙的表情，大牙答道：「之後再告訴你。」

真壁還沒有告訴大牙他霸凌的那個對象就是案件的兇手，他還沒做出決定是否該告訴大牙。這其中也包含了就算要說，等到大牙更大一點再說也許比較好的判斷，他不希望讓大牙背負比現在更沉重的負荷了。

上完廁所之後，他們帶孩子們到電玩中心遊玩，話雖如此，因為不讓孩子們花錢所以他們只能在旁邊看，就算是這樣，孩子們也是非常興奮，一一看過每一台機台。離開電玩中心時，玩累了的姬華開始打瞌睡，最後真壁背著睡著的姬華，全家踏上回家之路。

即使是真壁也消耗了許多體力，於是在家中稍作休息。不過現在其他孩子都累到動彈不得了，是個千載難逢的好機會，因此他邀大牙到前幾天的公園去，坐在同一張長椅上，催著他說。

「所以霸凌的情況怎麼樣了？」

這次他面向大牙詢問，不知為何，大牙一副難以啟齒的樣子垂下眼瞼，囁嚅道：

「其實，已經停止了。」

「是嗎？那真是太好了，是你做了什麼嗎？」

霸凌是這麼簡單就會停止的嗎？心中雖然疑惑，但真壁並沒有懷疑大牙的意思。

如果是因為大牙做了被霸凌者的同伴才讓霸凌停止的話，那可是真壁心中最希望聽到的事。

「嗯，我做了。」

大牙承認了，但他卻不打算說出他做了什麼事。大牙就是有這樣沉默寡言的一面，可以想像他將來大概會更惜字如金。

「你做了什麼？」

「沒有，就是，其實……」

大牙欲言又止。是難以對父親啟齒的事嗎？真壁想要推測可能的狀況，卻又毫無頭緒，這次他先保持沉默，要大牙繼續說下去。

「我說了你的事。」

大牙一臉為難地說出了口。聽到這句話的真壁，因為太出乎意料之外，導致思考暫時停止。我的事，到底是指什麼事？真壁不懂大牙的意思，只是看著他的側臉。

「我跟欺負人的那些人說了，你以前曾經欺負過同學的事，還有你現在非常深切地反省這件事，並且覺得很痛苦。」

啊～是這樣啊，真壁理解了。因為擅自說出了爸爸過去的不堪行為，所以大牙似乎感到很歉疚。這件事本身真壁倒是不在意，只是覺得很不可思議，靠這些話就阻止了霸凌嗎？

「然後霸凌同學的那些人就停止霸凌了嗎？」

「對呀，畢竟都成為大人了還要為這件事痛苦，沒有人想這樣吧。那些人從來沒有想過自己可能也會感到痛苦，所以一旦知道霸凌他人會遇到這樣的事之後，就嚇得停止了。」

「這樣子啊。」

連自己都意想不到的發展，讓真壁忽然很想笑。真令人高興，大牙為爸爸愚蠢的過去賦予了意義，他巧妙利用爸爸不堪的過往，幫助了被霸凌的同學。世上還有比這更令人開心的事嗎？真壁有一種自己也受到大牙救贖的感覺。

「你很了不起呢，大牙，你是個很棒的人，老爸為你感到驕傲。」

真壁太開心了，右手放在大牙的頭上來回用力摸，揉亂了他的頭髮，大牙露出帶著苦笑的表情，抗議道：「不要摸我啦！」這樣啊，大牙已經不是會因為被摸頭而開心的年紀了呀，真壁實實在在地感受到了兒子的成長。

「謝謝你，大牙。」

自然地，感謝的話語脫口而出，和自己的孩子道謝，這大概還是第一次呢。大牙似乎不明白為什麼爸爸要向自己道謝，「欸？」地瞪大了眼睛。這個表情實在太有趣了，真壁再一次揉亂了大牙的頭髮。

5

齋木的人生之後也被毫不留情地一一翻出來，社會的焦點轉移到小學時代也只是時間的問題罷了，才這麼想，果然不出所料，那一刻還是來了。工作空檔的午休時間在辦公室看電視時，特派員站在熟悉的校園前，手中拿著麥可風。唉，還是被挖出來了，真壁心想。

「我們獲得情報，說齋木嫌犯就讀這間小學時，曾經受到同學霸凌。」

真壁閉上眼睛，做好承受之後即將襲來的各種情感的心理準備。電視播出了他最害怕的事情，打從知道發生殺人案的那一刻起，他就做好了這一天會來臨的覺悟。

「齋木嫌犯受到霸凌後開始拒學，之後似乎也沒有就讀國中，因此我們認為齋木嫌犯的人生大約就是從這個時候開始走偏的。」

這樣嗎？真壁不知道齋木也沒有讀國中。回想起來，真壁不記得曾在就讀的國中裡看過齋木，他本來以為那是因為齋木家分在其他學區，原來是因為國中接著拒學嗎？真壁再一次認知到自己的罪孽有多深重。

「求職時也剛好遇到就業冰河期，我們收到情報說他找工作四處碰壁，是不是可以想成他長年累積了這些不如意，最終犯下本次的事件呢？」

攝影棚內的主持人這麼詢問特派員。這是個合情合理的推測，真壁聽了以後也是這麼想。

「當然，可以從各個角度去推測，現在嫌犯已經死亡了，真相永遠被埋藏在黑暗之中。」

特派員避開了武斷的結論。如果斷定霸凌是導致大量殺人的原因，就會受到目前因霸凌而痛苦的被霸凌者猛烈的炮火攻擊，節目本身大概只能用模稜兩可的言論閃避，不過也確實帶給觀眾一定的印象了。

他很清楚，不需要不相干的第三者指出來，真壁自己都非常清楚，如果真壁沒有霸凌齋木的話，或許就不會發生那樣的憾事了。齋木可以過著正常的人生，也不會怨恨社會，是真壁扭曲了齋木的人生，讓他成為了犯下大量殺人案的男人。

可是，真壁同時這麼想，可是，節目的顧慮是正確的，並不是每個霸凌的受害者都會犯下大量殺人事件，大多數的人，不，幾乎所有人都不會做出這種事。殺害那麼多人的兇手，並不是一般所說的霸凌的受害者，而是齋木這個人犯下了罪行。不能說真壁沒有責任，不過要論誰的罪孽最深重，當然毫無疑問地就是齋木了，這件事不論誰怎麼看，都應該無可動搖。

那是當天晚上發生的事。真壁在客廳看電視時，手機傳來震動，他拿起來解除鎖定之後，發現有人在臉書傳送交友邀請。雖然對安達這個名字沒有印象，但看了對方的個人檔案後就想起來了，安達就讀的小學和真壁是同一所。

安達這個人真壁已經忘得一乾二淨了，不過記憶猛然復甦。對了，說齋木的名字念起來很像「菌」的人就是安達，也就是說，安達才是創造了霸凌開端的那個人。

至今從不曾想起的記憶，只要有一個契機，就會鮮明地重生。安達在班上同學中，是頭腦好的那類人，印象中，他對自己的聰明感到驕傲，並且瞧不起身旁的人。因為覺得他很討人厭，所以真壁和他幾乎沒有來往，他一定也覺得真壁和自己合不來吧。

這樣的人，在這種時候提出了交友邀請，他的目的不用問也知道，他是想說這次的大量殺人案不是他們的錯吧。安達大概在今年以前都不曾遇到過挫折，一直走在康莊大道上，而現在過去的汙點卻以意想不到的形式，幾乎被人挖了出來。他希望我口徑一致地說那不是我們的錯嗎？還是想來要求我不准對其他人提到過去霸凌的事？不論哪一個，可以肯定的是都不會是什麼好事。

真壁想過乾脆忽略他算了，不過要斷絕臉書上的聯繫很簡單，先看看他要說什麼，再決定要不要拒絕聯絡也不是不行。真壁改變了想法，他對那個安達怎麼看待齋木犯下的案件有興趣。

真壁接受邀請，思考著該傳什麼訊息過去好，不過就在他猶豫著不知道該寫什麼內容時，對方傳來了私訊。內容很短，上面寫著案件的兇手是不是同學齋木。這種事根本不需要確認，不是很明顯了嗎？真壁心想。他是在逃避現實嗎？

「你在這個時候加我為好友，我就知道是為了那件事。兇手就是那個齋木均吧，我嚇了一跳。」

所以真壁回了個粗率的訊息。他很不擅長用手機打字，就算不是別有用心，他也沒辦法打太長的內容。

相較之下，安達的回覆則很快，看來他很熟悉電子用品的使用方式，從小學時的安達來看，這也沒什麼好意外，很難想像安達會因為不知道怎麼操作電腦而請下屬教他。

「因為是無差別大量殺人案，動機大概是出自於對社會的憎恨吧。談話性節目中說，他是小學時受到霸凌所以人生才開始走偏了，你怎麼看？」

一如所料，他提到了這一點。安達想要我說什麼？都是我的錯，你不需要覺得自己有責任。如果真壁說了這些他就滿足了嗎？別開玩笑了，如果真壁有錯的話，安達也同罪。真壁很想教訓安達別想著自己一個人逃避責任，事情可沒有那麼美好。

不過真壁回了不同的內容。若要問說誰有錯的話，就像他白天思考過的那樣，答案只有一個。

「說什麼霸凌是殺人的原因，這只不過是藉口罷了，你到底想表達什麼？」

因為不知道安達前來接觸的意圖，所以真壁有些煩躁。隱藏自己的本意，只想讓對方說出自己的想法，這是頭腦好的人很可能會使用的卑劣手段，既然我的頭腦不好，那我就直接問你，你的目的是什麼？

然而安達最後什麼也沒說，只是回覆了一個肯定的訊息「就像你說的一樣」，他不願意表明自己的想法。真是個麻煩的傢伙，真壁感到厭煩了，決定不再回覆訊息。

他重新看起安達的貼文。安達在一流的都市銀行工作，這個一開始在看個人檔案時真壁就發現了。貼文牆上的文章雖少，但從其中的蛛絲馬跡可以窺見安達在總行工作、和下屬關係良好、他有一個幸福的家庭。真想讓齋木也看看這些，真壁心想，如果齋木看到了安達的人生，不知道會作何感想？他會不會想要將殺害的對象從不特定的多數人，轉移到鎖定安達一個人呢？

在他這麼想的同時，他也有自知之明，自己也應該是被一起殺掉的對象。比起安達，齋木一定更嫉妒我吧，因為我也過著幸福的生活，即使看起來不像安達那樣的成功者，我現在也十分幸福，從齋木的角度來看，這會不會是無法接受的一件事？

但也因此，我絕對不能被殺。真壁在心中大吼出聲。我有家人，有員工，有必須守護的人，我沒辦法為了齋木去死，也沒有辦法認同殺人。齋木的選擇才是錯的，他強烈地這麼認為。

真壁放下手機，看向坐在餐椅上的小茜，小茜也專心地看著自己的手機，絲毫沒有在意真壁。真壁對這件事感到安心之後，發覺自己喉嚨很乾，分泌不出唾液的嘴裡，感覺似乎留下了苦味。

第三章

1

醒來的時候，感覺有些喘不過氣，若要打比方的話，大概是有貓壓在胸口上吧，只是安達家沒有養貓，實際上也沒有貓壓在胸口。不要馬上起身，暫時躺一會兒之後，又可以像平常一樣呼吸了，所以他認為也許是自己的錯覺。

結束早上的習慣流程要離開家門的時候，不知為何感覺頭很昏沉，難道是感冒了嗎？不論過著再怎麼健康的生活，身體的狀況都有一定的步調，更不用說安達過的不是關在家裡的生活，而是搭乘車廂內有不特定多數人的電車，到一群人集中至同一個地點的公司工作，即使在哪個地方被傳染到了感冒也不足為奇。當然如果不是流感的話就不能請假休息，所以一旦感冒了就只有麻煩可言。

話雖如此，他並沒有發燒的感覺，雖然曾小心注意會不會只是初期症狀，不過到了銀行開始工作之後就忘了這回事。下班回家的電車因為是尖峰時段，他又想起了這件事，比起擔心被傳染感冒，他更擔心的是傳染給別人。安達盡可能不張開嘴巴，呼吸注意淺吸淺吐，結果喘不過氣的感覺又再次復發。在身體物理性動彈不得的尖峰車廂中刻意淺呼吸，也難怪會覺得喘不過氣了，安達這麼想。

回到家之後比平常還要疲憊，就連在玄關要抱起次女，安達都覺得有些提不起勁，他意識到身體狀況真的不理想，於是在晚餐前先服用了葛根湯。

「感冒嗎？身體還好嗎？」

美春發現之後問道，安達輕輕搖頭回應她。

「沒什麼大不了的。」

他並不是想逞強，只是感冒一年多少都會發生一次，他覺得這次也不過是這種程度的狀況而已。

然而到了隔天，身體狀態變得更差了，在尖峰時段的電車中忽然發生心悸，心臟劇烈地跳動，讓他甚至覺得周圍的人會不會聽見自己心臟跳動的聲音。過去不曾經歷過的異常情況，讓安達暗自心驚，他無法忍受地在中途下車，坐在候車長椅上。雖然車站月台也是人擠人，但因為不是密閉空間，他感覺呼吸比較輕鬆，他貪婪地吸著空氣，做了好幾次大口深呼吸。之後心悸舒緩了，取而代之的卻是不安越來越深，自己究竟是怎麼了？

如果不是單純的感冒，而是心臟病該怎麼辦？這樣的擔心幾乎要成為現實，讓他害怕得不能自已，他真實感受到心臟隨時要停止跳動，性命終將結束的恐懼。萬一真的發生這種情況，在月台上應該會比在擁擠的車廂中，能夠更快獲救吧？一想到這裡，他就沒有勇氣搭上電車，他想盡辦法都站不起來，甚至不安地覺得該不會自己罹患的不是心臟病，而是腰腿無法出力的怪病吧。

明知必須去上班才可以，但卻無法搭電車，安達一直盯著看手錶的分針無情地往前進。他很認真地思考該怎麼辦，忽然閃過一個好點子，對了，不要搭電車，而是搭計程車上班不就好了，這樣的話，萬一身體不舒服司機應該會想辦法處理，搞不好還會直接載到醫院去，這才是解決一切的妙方。這麼一想，很神奇地，他又可以站起來了。他直接步下樓梯走出驗票閘門，在車站前攔到計程車。在計程車中，奇怪的心悸並沒有發作，他勉強趕在上班時間前到達，總算沒有遲到。

接著是在上午的會議即將開始時發生了相同的情況，從進入會議室之後，安達就感覺心臟開始發出撲通撲通的聲音。開會雖然需要緊張感，但他已經開過好幾次會了，不會出現這種浮躁的緊張，而且今天沒來由地，覺得很不想開會，就算坐到了位子上，心跳還是很大聲。這樣下去可不妙，安達暗自在心中感到不安，可是又不能因為身體狀況不佳而退出會議，這場會議中，有個議案是再怎麼勉強撐著都必須參與才行。

只是會議正式開始之後，他根本沒有心力參加討論，不明所以的汗水浮現在額頭上，也感到一股惡寒。身為直屬上司的處長察覺異狀，問他：「怎麼了？」難道狀況差到一看就知道不對勁嗎？繼續逞強下去會給與會者帶來困擾，所以他老實說出身體狀況不佳。處長命令他馬上到醫務室去，他只好從位子上站起來，向其他人鞠躬致歉後，就離開了會議室。從總行的高階主管會議中離開，讓他有一種脫離了精英集團的墜落感。

安達在醫務室說明了症狀後，專屬醫師指示他躺下休息。他原本期待會開藥給他，但醫師卻沒有如此處置，難道對方覺得他只是單純過度疲勞嗎？感覺有需要到更大間的醫院做些檢查。

「如果明天又出現同樣的症狀，請再來一趟。」

稍微休息過後，惡寒就退去了，所以他打算回去工作，結果醫師和他說了這句話。即使不這麼交代，只要身體不舒服了他也會再來。雖然他已經不期待診療了，但只要能讓他躺著休息就很好了。

之後沒有特殊的異狀他可以繼續工作，但就在回程的電車中他還是覺得喘不過氣。身體狀況很明顯不佳，他不得不告訴美春這件事。

「我的身體狀況看來不太好，呼吸喘不過氣，還會全身發冷。今天在上班的電車中突然出現奇怪的心悸，我因為害怕中途就下車了，因為搭不了電車，我就搭計程車去銀行。」

「那不是很嚴重嗎？明天要不要請假去醫院？」

她果然會這麼勸說，所以才不想告訴她的。雖然覺得這股不舒服不太對勁，但同時內心又存在不能為了這點小事請假的想法，到底想要怎麼做，自己也不是很清楚，只是他也認為這就是日本上班族的普遍反應吧。

「總之再觀察看看，如果真的不行的話，我不會勉強自己。」

為了不讓美春擔心，安達只能這麼說。話雖如此，他也無意打混過去，而是真心認為先觀察情況是最好的做法。

然而，隔天又發生了同樣的事。他搭不了上班的電車，又在中途下車換搭計程車到銀行；從上午開始就無精打采，連坐在自己的位子上都覺得辛苦；身上又莫名出汗。安達沒有午休，而是到了醫務室去。他想，如果醫師去休息了的話，單純躺在病床上也沒有關係。

不過醫師卻為他做了診察，然後淡淡地說了意料之外的建議。

「安達先生，我不是這方面的專家所以無法斷定，不過你的症狀有可能是恐慌症，我建議你去看專門的醫生會比較好。」

「恐慌症？」

安達知道這個病名，也聽說過這不是特別少見的疾病，可是他從來沒有想過自己會和這個病扯上關係，不如說安達曾自豪於自己是與該疾病無緣的類型。

其實不是這樣的，這幾天他也清楚知道自己內心的脆弱。身體沒有不舒服卻會嘔吐，很明顯就是因為內心波動引起的，這還是他第一次經歷身體受到內心的掌控。

被醫生懷疑是恐慌症，這反過來讓他知道自己受到的衝擊有多大，同時他也覺得怪不得自己會出現異狀。齋木犯下的案件交由單一個人類背負實在是太過於沉重了，而這份責任卻強押於安達身上。究竟該如何背負大量群眾死傷的責任？也難怪身體和心靈都被壓垮，發出了哀鳴。

這份自覺同時讓他感到絕望，如果齋木的案件是恐慌症的原因，那麼他根本不可能消除原因，原因不消除的話，疾病有可能治得好嗎？齋木犯下的重大案件，什麼時候才能忘掉呢？

離開醫務室，在回到財務管理處之前，他用手機搜尋了恐慌症，知道了有些人可以靠吃藥治療。只能期待藥物了，如果吃藥就能治好，那麼他不惜到醫院去一趟。

話雖如此，他還是沒能下定決心，結果隔天又發生了同樣的狀況。每天早上都搭計程車去上班，經濟上的負擔實在是太沉重了，上司也對連續三天到醫務室報到的安達皺起了眉頭，斥喝著：「給我老老實實去看醫生！」不得已之下，安達決定明天請特休到醫院看診。

2

安達從網路上搜尋來的知識得知，治療恐慌症的方式分成兩大類，服藥和心理諮商，可是他不能將希望寄託在心理諮商上。和一個初次見面的陌生人，怎麼可能說出真正的狀況，要這麼做的話，倒不如繼續忍耐恐慌症還好太多了。

他拿著介紹信到大醫院後，雖然是預期中的事，但還是等待了非常久的時間，久到讓安達甚至心想，光是在這段等待時間內，搞不好就有一大堆人病情惡化。安達也是，在看診號碼輪到自己之前，就已經筋疲力盡了，等到終於見到醫師時，脾氣變得很固執。

描述症狀之後，醫師診斷為典型的恐慌症，如安達事前查詢的資料一樣，醫師提出了服藥和心理諮商兩種治療方式，並且詢問他是否有什麼煩惱。對於這個問題的答案，安達事先已做好了準備。他不覺得工作有壓力，但也許是對高水準的競爭感到疲憊了，安達毫不猶豫地說出這個理由。他本來就不打算坦承煩惱的根源，就算實話實說，這個醫師也不可能替他解決煩惱，只要兇殺案的受害者無法復活，那麼他煩惱的根源就不會消失，這樣的話，他就算說出實情也無濟於事。總之，只要開藥給他就夠了。

繳費時又是漫長的等待，最後，終於在處方藥局拿到了藥。只要吃了這個就可以治好了，安達心中因期待而雀躍。恐慌症這類的疾病，說穿了就是看待事情的方式，如果藥物可以人為地讓情緒變開朗，那麼他一定很快就能回到原本的生活。

雖然安達如此盤算，可惜藥物並非速效，晚餐後吃了一包藥，卻沒有感受到太大的變化。安達說服自己藥物要持續服用，他相信只要吃了藥，應該至少可以去公司上班。

可是隔天他依然無法搭電車，中途下車坐在長椅上時，他覺得自己很沒用，竟然會沒辦法上班，又不是新進員工，得了不適應職場的五月病。即使如此自嘲，還是不能改變雙腳一步也踏不出去的事實，一想到自己變成這副德性也太悲哀了，眼淚便簌簌流下。這件事，又讓他打從心底感到驚愕。

總之，就算用爬的他也想要到銀行上班，然後，在行內他必須裝作一副沒事人的樣子。他可是就業冰河時期擠進一流企業任職，並在同期同事間嶄露頭角才得到了現在的地位，怎麼可以因為這點事就被記上一筆負評，要在行內升遷，健康是不可或缺的條件。

他和先前一樣，攔了計程車到銀行去，隨著計費錶每一次往上跳，內心就越來越沉重。沒關係，收入還算可以，不需要為了這點金額糾結。即使他如此安慰自己，也無法掩蓋計程車費的支出越來越龐大的事實，再這樣下去，這個月的收入有一大半都要消失在交通費上了。安達只能強烈祈禱藥效發揮作用，讓病情和緩下來。

工作時也是，不經意間猛烈感受到自己的沒用，眼淚差點流出來，他急忙跑進廁所，在隔間裡暫時擦了一下眼淚。乾脆去死算了，這個想法突然冒出來，讓他整個人愣住了。不，自己不會有這樣的想法，什麼死不死的，他絕對不會這麼想，自己剛才都在想些什麼啊，他開始害怕了起來。恐慌症似乎有時候會併發憂鬱症，難道我也在憂鬱症邊緣了嗎？胸口深處產生了一股冰冷的異物，他卻無法將那東西吐出來。

那一天他總算勉強蒙混過關將工作做完回到家中。回家後他沒有吃晚餐，直接躺到了床上，他的手貼在額頭上，仔細思考起現狀。如果藥物沒有效果該怎麼辦？如果目前開的藥全部吃完了還是沒有效果的話，會開其他的藥給我嗎？只是其他的藥也不保證有效，應該說，他開始覺得無效的可能性很高。

心理諮商沒有用，這完全不需要重新再考慮，這樣的話，還是只能想辦法處理根本原因了。說是想辦法，但又該怎麼做才好？齋木做的事已無法改變，那麼，是否只要代替齋木贖罪就好了呢？

安達不認為這麼做自己就能接受了。由他去拜訪受害者家屬，低頭致歉，這個怎麼想都不合乎情理，對方大概會一頭霧水吧，就算有人可以理解好了，也只會招來對方的怨恨。現在脆弱的心靈若再暴露於咒罵之中，病情只會越來越糟糕，根本解決不了問題。

齋木的人生真的是因為小學時的霸凌而走偏了嗎？安達忽然這麼想。無法否定霸凌可能是個遠因，但很明顯並不是個直接的原因，倒不如說在他成長過程中，有其他對齋木產生了更大影響的某些事吧？只要有個會讓齋木痛恨社會的直接原因，安達的責任就會相對變小。一開始的雪球並沒有進一步成為雪崩，搞不好是炸藥爆炸引發了雪崩，如果是這樣的話，安達自責的念頭一定會減輕。

這個想法讓他覺得充滿了光明。不，這只不過是在逃避責任，他的心中也出現了這樣的聲音。可是，目前的狀況繼續下去，身心都會崩潰。人類能夠承受的負荷有一定的極限，一旦超過極限就會崩潰，為了家人，他可不能崩潰，這麼一來，他就需要創造一條逃避的道路。

安達想要更了解齋木，他為什麼犯下這樣的罪行，必須更了解他心中的想法才可以。只有這樣，我的內心才能找回平衡，才能正常地呼吸，我不願意往後幾十年，都活在喘不過氣的生活中。

只是我沒有時間。在明白核心問題的同時，安達也只能正視現實。對於一週有五天要到公司上班的上班族來說，實在沒有空閒時間學偵探查案，要犧牲陪伴家人的家庭時光，在星期六、日出門調查嗎？雖然不是很願意，但看來也只能這樣了。星期日和家人一起外出是他能夠大大放鬆的時刻，也是他的生活意義，但現在只能暫停了讓他感到很惆悵。

話雖如此，他卻提不起勁來從這個週末開始實行計畫，因為他不知道該從哪裡著手才好，更準確地說，他認為出去散散心對心理健康比較好，所以全家人到有草皮的公園，吃了美春親手製作的便當。內心平靜了下來之後，喘不過氣的感覺就不再出現，他期待著如果這樣度過假日的話，恐慌症是不是就能夠治好了。

然而到了週一，出現了反噬現象，他還在離家最近的車站，就無法搭乘電車了，他害怕人潮，怎麼樣都無法鼓起勇氣去搭電車，安達的雙腳牢牢釘在驗票閘門前，無法按照自己的意思移動。這就是心理的疾病嗎？他感受到一股自己不再是自己的恐懼。

今天只能向公司請假了。做出這個結論之後，很神奇地腳又可以移動了，如果是往回家方向的話，腳就願意踏出步伐。我變得越來越奇怪了，安達帶著這種悲傷的自覺打電話到銀行，告訴接電話的女性行員自己要因病請假。「你還好嗎？」雖然對方聽起來充滿同情地慰問了他，但他也有了免不了成為茶餘飯後話題的心理準備。不，他一定早就成為了八卦的話題，說他已經從升遷之路墜落了。

回到家之後，美春自然擔心地問了幾個問題，但現在的安達對這些問話也感到很不耐煩，隨便應付幾句後就關在寢室中。不只是沒有資格身為銀行員，就連身為家中的一份子我也不合格，安達心想。

隔天，還有再隔天，安達都無法到公司去。安達畢竟也是一個課的課長，他很清楚該怎麼處置因病無法工作的員工，所以在處長出言勸告之前他就自己決定，只能留職停薪了。工作先暫時休息，好好治療內心的疾病，他現在理解如果不這麼做的話，往後的人生都會活在黑暗中。

留職停薪的決定，也代表他必須接受離開升遷之路，他有一種眼前一片黑暗的恐懼。這麼多年一路平步青雲地走到這裡來了，他從沒想過會有這樣的挫敗在等待著他。小學時代近似一時興起的愚蠢舉動，如今卻以這樣的形式報應在自己身上。我也被雪球引發的雪崩給壓垮了，安達忍不住這麼想。

接受挫敗是很困難的事。自憐的眼淚無法抑止地湧了出來，而流淚本身也很丟臉，所以安達咬緊牙根忍住了嗚咽聲，他覺得自己無比悲哀。

3

安達告訴美春，他想要在留職停薪期間調查齋木的事，美春雖然瞪大了眼睛表示驚訝之情，但是並沒有反對。

「是呀，這樣也好，一定可以找出引發那起事件的關鍵點。」

不愧是美春，看來她馬上就察覺出安達的意圖了。也許她打從一開始就不認為小學時的霸凌與那樣的大量殺人案有關係。客觀來看，這麼想大概才是正確的，只是問題出在於安達的主觀，只要安達認為自己有責任，心病就治不好。

電視及報紙的報導中，並沒有提到什麼新的資訊，他們彷彿已經將犯案動機定調為對社會的恨意，完全沒有針對這一點做疑點驗證。唯一的救贖是，幾乎沒有要求找出小學時代霸凌原因的聲音。大概是年代太久遠了，要怪罪於霸凌實在是太過牽強附會了吧，至少媒體並沒有搜尋霸凌的罪魁禍首。

安達不知道網路上怎麼看待這件事，因為他太害怕了，沒辦法用「霸凌」為關鍵字搜尋。搞不好有人想要鎖定霸凌的主謀，萬一安達的名字被肉搜出來的話，不只安達本人，就連美春和兩個女兒的人生就都毀了，安達只能不斷祈禱不會發生這種事。

「雖然我覺得這只是對自己找藉口，可是我總有一種如果不稍微減緩自責的想法，我的病就好不了的感覺。」

帶著自嘲語氣的話無法抑制地從口中說出，可是美春認同了安達的想法。

「是呀，你對自己太過嚴苛了。我會繼續不停地說，犯下那起案件的兇手才是最糟糕的人，沒有人會責怪你的。」

安達深刻感受到有人站在自己這邊真好，只是，他無法同意沒有人會責怪他。一定會有這種人的存在，而且還不會是一個或兩個，世界上有太多打著正義名號抨擊他人的人，可以想見要是暴露在那些人面前，一定會被當成窮兇惡極的人對待。

「謝謝，但我還是想讓自己可以接受。」

安達沒有說出心中所想，只是道了謝。無可奈何之下美春只能點頭，繼續說道：

「那麼，你說想要調查兇手的事，你打算從哪裡開始調查起？」

這是個切中核心的問題，安達可是想以外行人的身分去追查兇手的背景，他應該連該從哪個方向踏出第一步都沒有頭緒吧。不久之前的安達也是這麼想的。

「嗯，我在想先去見見齋木的父母。」

齋木的母親曾被迫站到電視攝影機前，她流著淚為自己兒子犯下的罪行道歉的樣子令人難以忘懷。在那樣的媒體包圍之下，也許很難繼續住在同一個地方了吧，有可能近期內就會搬家，所以他必須盡早去會見他們。

安達知道齋木父母住家的地址，不是因為他還收藏著小學時的聯絡名冊，而是因為地址在網路上曝光了，大概是住在附近，義憤填膺的一般市民洩漏的吧。真是令人厭惡的世道，一想到有一天自己也可能遇到這種事就莫名地恐懼。

無論如何，知道地址對現在的安達來說是一大助益，但也正因為如此，他同時焦急地覺得必須早點去見他們兩人。被不特定多數人知道地址之後，齋木的父母或許已經不住在家中了，萬一他們躲起來的話，沒有尋人經驗的安達是不可能找到人的，他心中祈求著齋木的父母還沒有搬到其他地方去。

雖然害怕外出，但他也知道一直待在家中，病情不會有希望好轉，所以他鼓足了勇氣。要是他現在不採取行動，自己就真的是個廢人了，安達更害怕這件事成真，於是這個念頭推了安達一把。美春提出要和安達同行，但安達表示這是必須由他自己解決的問題，因此拒絕了。

齋木父母的住家在世田谷區，因為不在安達就讀的小學學區內，大概是齋木畢業之後搬過來的吧。要到那裡去必須轉乘兩趟公車，也許是避開了早上的上班尖峰時段，他坐在車內並不覺得喘不過氣。

安達從小田急線祖師谷大藏站前轉搭公車，在車上搖晃了約七分鐘後，到達了目的地的公車站。雖然他對這附近不熟，不過街道區劃很整齊，因此不至於迷路，在手機的地圖應用程式指引下，馬上就找到目標住宅了。

那是一間很小的獨棟住宅，土地面積大概只有二十坪左右，兩層樓高的住家已經有了相當年紀。門上沒有門牌，原本應該掛著門牌的地方留下了四方形的凹洞。

雖然有門鈴，但安達不認為按了門鈴會有人出來開門。現在周遭是沒有其他人沒錯，可是一直到最近，這裡應該都被各家媒體和好事群眾給包圍了吧。家中的窗簾拉上了，看不出來裡面是否有人在，透露出拒絕外部干擾的濃厚氣氛。

保險起見，安達按了門鈴，但看來並沒有響，會不會是他們將門鈴切斷了？不得已之下，安達自行打開大門，站在玄關前，然後手握拳頭敲門。

「冒昧打擾，我是齋木先生小學時的同學，敝姓安達，有沒有人在家？」

安達大聲報上自己的名字，他期待對方如果知道自己不是好事群眾，或許會願意開門，然而卻沒有任何反應，家中也沒有人活動的氣息。難道他們已經離開這裡，到其他地方避難了嗎？已經晚了一步嗎？這樣的想法湧上心頭。

「不好意思，我是小學時的同學，可不可以讓我和你們談幾句話？」

想到有假裝無人在家的可能性，安達再次呼喚，可是依然沒有任何反應。不行了嗎？他離開玄關前，看向緊閉的窗簾有沒有空隙，不過怎麼會有空隙呢，整棟宅院就像關在堅硬的殼當中。

即使如此，安達還是希望當作其實是有人躲在家中的，他不想要在了解齋木的行動第一步就遭遇挫折。等一下再來吧，他這麼想，離開了住家。住宅區裡沒有可以打發時間的地方，所以這次他走路前往祖師谷大藏站。

途中他發現了可以內用的便利商店，因此就進去喝了一杯咖啡。討厭浪費時間的安達遇到這種情況時，通常都會看書，可是現在他完全無法集中精神，他在手機上搜尋關於齋木的情報。和平常一樣，網路上充斥著無法分辨真偽的可疑情報，沒有任何留言提到齋木父母的去向。

一個小時後，安達再次回到齋木的父母家，一樣敲了玄關的門，朝裡面呼喊。沒有反應，之所以覺得裡面有人，單純只是他抱持著希望的觀察嗎？就算如此，他還是不想放棄。

「請讓我和你們談談，我有看到齋木先生受到霸凌的樣子，我可以說出當時的狀況，拜託請開門。」

他想告訴齋木的父母自己不只是出於好奇心，而是這次的談話對他們也有好處。他等了一下，但家中還是寂靜無聲，他和剛才一樣，在離開一小段距離的地方窺探家中的狀況，結果他感覺蓋住一樓窗戶的窗簾好像晃了一下，那是非常微小的晃動，小到足以讓人以為多心了。

有人在家，安達決定這麼相信。既然對方從窗簾縫隙確認外面是什麼人，代表他們對安達的呼喊感到猶豫了。很好，就照這樣在這裡等待吧，這麼下定決心之後，安達繼續站在門前。即使他們覺得自己糾纏不休，都等這麼久了絕對不能打道回府。

大約過了三十分鐘，忽然玄關的門開了，從中露出一張老年女性充滿疲倦神色的臉。是齋木的母親吧，安達低下頭，再次報上姓名。

「很抱歉這麼纏人，我是齋木先生的同學名叫安達。」

「快點進來。」

齋木母親小聲地說，打開了玄關的門，很明顯是在警戒四周。安達已經可以理解他們的感受了，所以按照吩咐迅速閃進門內，齋木母親緊跟著關上門後，就將兩道鎖都鎖上。這樣飛快的速度，很明顯看得出她的害怕。這個人也是齋木犯下的案件的受害者，安達有這種感覺。

4

「請進來吧。」

齋木母親從鞋櫃裡拿出拖鞋催促道。安達在不失禮貌的範圍內迅速掃了一圈家中，並沒有他原先害怕的荒廢的氣息，掃除和整理都做得很到位，顯示出齋木的父母並沒有自暴自棄，只是從白天就拉上窗簾，室內有些昏暗，這一點並不尋常。現在是白天所以還能夠看出屋內的樣子，要是到了晚上就真的一片漆黑了吧。

「這邊請。」

走廊的燈也不點亮，齋木母親就領著安達往前走，進入約六張榻榻米大、小而美的客廳，那裡也拉起了窗簾，所以有些陰暗，不過到了這裡她依然不開燈。

「請坐。」

齋木母親指著餐桌這麼說，她自己則直接走到廚房，開始準備起什麼東西。看來她似乎是想泡茶，安達出聲告知不必麻煩了，不過她卻回應：「是我自己想喝。」

「這樣的話請便。」他決定安靜等待。

直到水燒開之前，齋木母親都站在廚房裡，簡直就像在拖延與安達面對面的時間。雙方都不發一語地過了大約三分鐘，那是讓人產生空氣中帶著黏稠性質的錯覺，充滿壓迫感的三分鐘。

「請用。」

終於端來日本茶的齋木母親將茶杯放在安達面前，安達謝過後只沾了一口。齋木母親隔著餐桌坐在安達正對面，發出吸啜聲喝茶，不願意主動開口發言。

齋木母親看起來很憔悴，臉上沒有化妝的痕跡，頭髮綁在後腦勺，散落於耳際的碎髮很明顯，年紀理當在七十歲上下，但看上去卻更老。不過在齋木犯下罪行前，她的外表看起來應該是和年紀相當才是。

「謝謝您願意抽空見我。」

安達先針對對方願意見面這件事道謝，但卻不知道接著該說些什麼，他無法判斷同情對方的現況是否恰當。無論什麼樣的言語，一定都不適合現在說，如果言語有其極限，那就是指目前的狀況了，所以最後他決定什麼都不說。

「你和均是幾年級時的同學？」

齋木母親抬起頭正面看向安達後突然這麼問，大概是因為如果在拒學之前同班的話就沒有意義了吧。安達回答「五年級時的同學」之後，她似是感到滿意地點點頭。

「那麼在均受到霸凌的時候，你真的也在現場吧？」

「是。」

安達一邊回應，一邊繃緊了神經，接下來可能會出現的問題，搞不好會讓他馬上被趕出門。齋木母親再次提問。

「我想請教，你是霸凌均的人，還是作壁上觀的人？」

雖然已經做好了心理準備，但問題的內容卻和預期的有微妙的不同之處，他原本以為對方只會問「你有沒有加入霸凌」。作壁上觀，這個另一種選項，可以感受到背後潛藏著的憤怒。而沒有「你是否曾站在齋木那一邊」的第三種選項，也讓他感到內心充滿苦澀。齋木母親已經知道了沒有同學曾經站在齋木那一方。

「兩者，皆是。」

思考到最後，他這麼回答，因為他認為這是最正確的答案。他是創造了霸凌的起因，可是之後，他也只是袖手旁觀，即使如此，他也清楚明白罪惡不會因此就比較輕。齋木母親對這個回答會有什麼反應呢？

「這樣子啊。」

齋木母親平靜地回應道，她沒有特別顯露出憤怒，或許在現今全日本社會都在抨擊他們的狀況下，她沒辦法對其他人表現出憤怒之情。其實她表現出來也沒有關係的呀，安達這麼想。

「兩者皆是的話，代表你也曾經欺負過均吧，你是怎麼欺負他的呢？」

齋木母親的語調很平淡。不是考量到這樣安達比較好應答，而是一種讓人聯想到情感是否都已消耗掉了的毫無抑揚頓挫，這樣反而在安達心裡深植受到責備的感覺，這比被指著鼻子大罵還要痛苦。

「我給他取了綽號。」

事前安達就已經決定，他要誠實回答所有問題，不論是什麼問題他都會回答，然後不論是怎麼樣的責罵他都會承受，如果他沒有這樣下定決心，現在就沒有辦法待在這裡了。

他給齋木取了什麼樣的綽號；他對齋木帶著什麼樣的情緒，才會演變成給他取綽號；取了綽號之後發生了什麼事；齋木當時是什麼表情，只要他想得起來的記憶，他都一五一十說出來了。他沒有想過其中或許有齋木母親不想聽的內容，他相信和自己兒子有關的事，就算是令人想摀起耳朵的內容，身為母親都應該會想知道才是。

「——我十分明白事到如今已經太遲了，但還是不能不道歉。我真的，感到萬分抱歉。」

安達的手放在大腿上，深深低下頭，從第三者來看，或許會說這只是他的自我滿足，但即使如此，他也必須從這一步開始，只要他繼續逃避道歉，他就沒有權利知道齋木的過去。

「……謝謝你。」

齋木母親以簡短一句話收下了安達的歉意，其中隱藏了什麼樣的情緒，安達無從察知，也許太過複雜了，本人也沒辦法說清楚。這真是奇妙的關係，安達心想。齋木的母親因為是養育了殺人兇手的人，所以受到社會大眾的抨擊，而會向這樣的對象低頭致歉的人，這個世界上大概就只有安達了吧，這樣扭曲的立場，從齋木母親身上奪走了大量話語。

「你想知道均的什麼事？小學時的霸凌和這次的案件是否有關係嗎？」

齋木母親直搗核心。她已經思考過一切的一切了吧，安達忽然害怕起聽到她會說出什麼樣的結論，如果她斷定就是因為霸凌的關係，安達不知道自己是否承受得了。

「嗯……是。」

安達很勉強才擠出回答。齋木母親點頭，然後很乾脆地說：「我不知道。」不經意地，安達幾乎要放下心來鬆一口氣。

「他為什麼要做出那種事，我完全不明白，我反而還想要請教你。所以，請你聽我說，小學時沒辦法再去上學的均，之後過著什麼樣的人生。」

齋木母親的語調仍舊很平板，但是她接下來所說的話，可以從中窺見情感的端倪，她心中果然對安達有氣。齋木母親不是瞪著眼睛，而是以甚至看起來快睡著的眼神看著安達，這麼說道。

「我認為你有義務聽這些。」

「我願意聽。」

安達的丹田鼓足了氣。一決勝負就是這樣嗎？他心想。

5

「一開始我不知道均在學校發生了什麼事，因為他什麼都沒說。」

齋木母親開口說道。我想也是，安達在內心點頭，孩子到了小五這個年紀之後，就開始不再什麼事都立刻依賴父母了，會覺得被欺負很丟臉，而不願告訴父母。聽多看多了社會中為數可觀的霸凌事件報導後，自然就學到了這個知識。

「均不曾帶著傷回家，就算有受傷也只是擦傷程度，我也沒有很在意，他的課本似乎被畫得亂七八糟，但我沒有在監督他的功課所以也沒注意到，他自己也什麼都沒說，我就更不可能發現他被霸凌了。」

這句話聽起來像是在試圖為自己辯護，但大概不是這樣的，安達察覺到，這是為了從自責的念頭中保護自己，如果不這麼做，自己就會因為自我苛責與懊悔而身陷無盡痛苦。兒子犯下重大刑案的母親，她的心情不是第三者可以推測得了的，這位母親正在忍受著遠超過他人想像的自責的念頭。

「只是再怎麼樣，我還是有察覺到他情緒很低落，說是這麼說，但他原本就不是個性開朗的孩子，所以他的樣子也不到非常奇怪。真的讓我覺得不對勁，是在進入暑假之後，他開始變得很有活力，那時他看起來真的很快樂，我還記得我當時很驚訝，當然我也不會因為孩子看起來很快樂就擔心他。」

只是那段期間並不長久。齋木母親表示到了八月下旬，齋木的情緒又開始低落了起來，隨著新學期的開學典禮日期越來越近，他的內心開始出現抗拒的反應，他說自己身體不舒服。

「他開始拉肚子，只要到早上，他就會關在廁所裡不出來，第二學期的開學典禮那天也是這樣。我雖然想盡辦法勸他去學校，但還是失敗了，我也必須出門去打工，沒辦法等到均從廁所出來。沒去參加開學典禮的均之後也一直無法去上學。」

齋木也去看過醫生，只是原因不是感冒或其他疾病，而是心理因素，醫生這麼診斷。不管是心理因素還是什麼原因造成的，反正目前他就是表示有這些症狀，身為母親她也不能強迫他。只不過拉肚子是齋木本人自己說的，無從確認究竟是真還是假，搞不好只是單純肚子痛，實際上並沒有拉肚子，因為以腹瀉來看，他拉肚子的期間也太長了。

「這個狀態持續了兩個月，兩個月都沒有去學校可是個大問題，我也在煩惱到最後，和老師商量過後決定讓他去讀自由學校。均沒有說他不能去學校的原因，老師也沒有告訴我班上發生了霸凌，我身為媽媽卻什麼都不知道。」

現在的話，學校只要隱瞞霸凌事件就會受到社會問責，但當時卻不是這樣，學校隱瞞霸凌事件也許是極為普遍的現象。安達回想導師的臉，實在不覺得他是個會正直坦承的人。

「均決定去讀千葉住宿制的自由學校。在那裡的生活似乎很開心，結果讀了一年半，完全沒有再回小學就畢業了。國中他在老家學區的學校註冊了，可是卻沒有去上學，因為小學的同學也讀同一所國中，所以他沒辦法去學校。那時候我也隱約察覺到，他是因為霸凌才沒辦法去上學。」

安達和齋木搞不好是就讀同一間國中，他之所以不知道這件事，是因為他從不曾在國中校園內見過齋木。如果齋木國中無法去上學的原因是學校裡有霸凌過他的人，那麼安達理當受到責備，可是齋木母親卻沒有使用這樣的口吻說話，她的語氣聽起來就像安達是毫不相干的第三者一樣。

「國中三年他也都待在自由學校。均也很努力了，他在自由學校很認真，取得了高中入學考試資格，也有好好去考高中，雖然不是太好的學校，但他也是考到學校了，只是最後，他也沒辦法去那間高中。」

越聽，安達的內心越沉重，小學當時的行差踏錯，果然造成之後齋木的人生被打亂了。沒辦法去學區內國中上學也就算了，就連應該不會有過去霸凌者存在的高中都沒辦法的話，會不會是得了社交恐懼症？也許他已經無法和其他人交流了。只要說這是無差別大量殺人兇手的典型之一，事情很簡單就結束了，但身為相關人士的安達沒有辦法這樣分類就帶過。

「那個時候已經沒辦法讓他去讀自由學校了，讀自由學校要花不少錢，讀了五年投入大量存款，已經是極限了，所以均就在家裡一個人生活。」

但是毫無目標的生活很痛苦，所以齋木將目標訂在大學入學考試合格。他靠著三年的自學成功考上學校，進入大學就讀，他說大學比高中更容易到學校上課一些。可是在那裡，讓齋木內心感到挫折的，還是人際關係。

「三年來都關在家中的均，已經不知道該怎麼交朋友了。一開始同學彼此都不認識，可是隨著時間過去，漸漸就形成了各自來往的小圈圈，而均無法順利打入小圈圈中，所以在學校似乎都是一個人，這讓他很痛苦，於是大學也休學了。」

高中之前的拒學都還可以想辦法挽回，但大學時的脫隊，對安達那個世代的人來說是個致命傷，就連學校排名前四大的畢業生，就業時都是一番苦戰，更何況大學肄業，根本沒有任何就業機會。

「大學休學之後，他開始打工，為什麼選擇打工，似乎是因為和身邊的人還算相處融洽的關係，就算沉默寡言，他們也接受他就是那樣的人。他在漢堡店的廚房默默工作，不會有人說他什麼，所以他好像做得很開心。」

可是當他想要找個正職工作時，齋木的眼前就出現了強大的障礙。大學肄業連面試那一關都摸不著邊，就算寫了上百份的履歷表，也幾乎都吃了閉門羹，只能不斷繼續打工。

「現在回想起來，那個時候是就業冰河期，如果均再晚一點出生的話，也許求職就不會那麼辛苦了。安達先生，您在哪裡高就？」

齋木母親忽然將話題轉到安達身上。接在這樣的對話內容之後，安達實在不想說出任職的公司名稱，但又不能裝傻，他無奈之下回答後，齋木母親微睜大了眼，不知道是出於驚訝，還是生氣的關係。

「您找到了一份很好的工作呢。」

感想就只有這樣，因為話中不帶情感，所以無從判斷這是諷刺還是稱讚。至少，她可以想像得到安達過著和齋木截然不同的人生吧。過去的安達對自己任職的銀行只有驕傲，從來不曾因此覺得歉疚，現在他卻第一次有了這樣的感受。

「我再去重新泡一杯茶吧。」

齋木母親似乎決定先暫停對談，她不給安達推辭的時間，起身端走了茶杯，再次站在廚房中，等待熱水煮開。伴隨著黏稠性質的沉默二度降臨，這一次的沉默，感覺比前一次要來得黏膩許多。

「請用。」

走回來的齋木母親將茶杯放在安達面前。有那麼一瞬間，「裡面會不會被下毒了」的可笑念頭閃過安達腦海，當然，齋木母親剛才並沒有什麼可疑舉動，一般家庭應該也不會常備毒藥。她之所以會站在廚房，或許是為了平復聽到安達的公司後受到擾亂的心情吧。齋木母親如此冷靜，讓安達不勝感激。

「均的求職過程真的非常艱辛，即使好不容易得到面試機會，也很快就被刷下來，畢竟十幾歲時都關在家中，造成和他人的應答很生澀，外表也是，你應該在電視和報紙上看過很多次了吧，他看起來就是個阿宅，不討面試官的喜愛。」

齋木母親在椅子上坐直了身體，開始接著說下去。正如齋木母親所說，齋木的大頭照幾乎每天都出現在媒體中，話雖如此，那並不是近期拍攝的照片，而是高中或大學時的年輕臉龐，銀框眼鏡加上稚嫩的圓臉，絕對稱不上五官挺拔，是只要移開視線感覺就會立刻遺忘的平庸長相。如果齋木的外貌能夠長得更吸引人的話，也許他就不會犯下兇案了。安達開始覺得是各式各樣的因素疊加在一起，將齋木推往最糟糕的方向去。

「不過最後終於有一家公司願意錄用均，那是間冷凍食品工廠，因為地點位於交通不便的地方，所以附近設有員工宿舍，於是均離開這個家，搬進了那間宿舍。那是他三十多歲的事，之後他就不曾再回來這裡了。」

安達已經從報導中知道齋木並沒有和雙親同住，他原本一直在想是什麼樣的契機讓他離開家中，原來是為了就業呀。不過犯案當時的齋木無業，難道是他自己辭去了好不容易找到的工作嗎？

「他找到工作是很好，可是那裡是現在所說的黑心企業，一天被迫工作約十八個小時，工資卻少得可憐，他說這樣不如去打工還比較好，努力撐了一年之後就離職了。在均四處碰壁之前，我完全不知道在社會上生存竟然是這麼困難的事。」

她應該不是想表達齋木之所以怨恨社會也是理所當然的，只是社會上沒有齋木的容身之處，最後導致他犯下那樣的罪行，齋木母親似乎是這麼想的。是社會的錯，他以此作結好嗎？小學時的霸凌真的只是其中一個微小的因素嗎？

「襯衫的鈕扣扣錯格了，是這麼說的吧。」

原本視線不知看向何方說話的齋木母親，忽然眼神直視安達，安達緊張地端正坐姿。齋木母親表情不變繼續說道。

「鈕扣一旦扣錯格了，就沒辦法回到開頭重新扣起，只能將錯就錯不斷繼續扣下去，結果最後就成了現在的樣子。身為母親我必須向那些受害者道歉才行，可是我完全不知道我哪裡做錯了。『如果那時候這樣做就好了』，我心中沒有半點這樣的頭緒，在養育孩子的過程中，我到底是哪裡做錯了？」

面對安達說出的問句，究竟是普通的提問，還是控訴？如果說這是鈕扣扣錯格的話，那麼最開始的第一顆毫無疑問就是小學時的霸凌；如果可以正常上學的話，齋木在那之後就能夠一顆一顆正確扣上扣子吧。錯的不是社會，而是安達，齋木母親是這麼想的嗎？她在表達一切都是你的錯嗎？

「妳到底要說到什麼時候？」

突然一聲怒吼響起，讓安達差點嚇破膽，客廳門口處站著一位年老的男性。既然他在這個家中，應該就是齋木的父親了吧，安達一直以為他不在家，看來他從頭到尾都在。安達站起來低下頭。

「您好，打擾了，我是齋木先生的小學同班同學，敝姓安達。」

「就是你欺負均嗎？都是因為你，才害我們遇到這種事！」

齋木父親的食指指著安達。明明白白聽見最不想從他人口中聽到的話，安達受到了很大的衝擊。看來齋木父親打從一開始就聽到了所有對話，也許他是在等待打斷對話的時機。

齋木父親的憤怒可以說是遷怒，但一定會有人將之視為這是具有正當性的事，安達也是這樣的人。是我擾亂了這些人的人生，安達心想。

齋木母親沒有制止怒罵來客的齋木父親，畢竟她也抱持著同樣的想法。因為她說話時始終很平靜，安達還以為她並不恨自己，但這怎麼可能呢？訴說齋木的人生讓安達聽這件事本身，就是齋木母親的怨恨之言。

「我告辭了。」

安達無法繼續留在現場，鞠躬道別後離開了客廳，齋木父親並沒有上前抓住安達，而是讓出一條路讓他過去，齋木母親則沒有送他出門的意思。來到屋外的安達就這樣小跑步遠離齋木家。無論他再怎麼快，感覺後方都有什麼東西追著他而來，那是齋木父親指向安達的食指。

6

跑過四個轉角之後，安達停下腳步，因為是小跑步，他喘著氣息。雖然想要等待呼吸稍微平復一點，但氣息卻沒有穩定下來的跡象，不僅如此，額頭上還冒出了討厭的冷汗。這下慘了，安達如此預感。

恐慌症又在發作邊緣了，安達手貼在胸前，閉上眼睛，不停告訴自己已經沒關係了、沒關係了，眼瞼內有閃爍星光在飛舞，一旦睜開眼，就會產生暈眩吧，如果就這樣走下去，搞不好會昏倒。安達反覆好幾次深呼吸，想要讓心情平靜下來，他知道自己的內心已經變成以往從來不曾想過的脆弱。

他好像看見了人類想像力的極限，如果不曾自己親身體驗過，就很難想像有這樣的情況。在此之前，安達都是以社會上的贏家之姿活到了現在，雖然清楚有贏家就有輸家，但他的眼界中只有贏家的存在，所以他連想都沒想過內心的疾病有多痛苦，因為這和贏家一點關係也沒有，他在無意識之中深信贏家的內心是不會生病的。

難道我是輸家嗎？安達自問，然後立刻就自己否定了。是他以前弄錯了贏家的定義。只要內心生病了就是輸家，這是自封為贏家者自行認定的，即使內心生了病，也絕不代表是人生的輸家，沒有道理應該被自封的贏家瞧不起。過去傲慢的自己現在如此可厭。缺乏想像力的人絕對不是什麼贏家，只不過是眼界狹窄的人類罷了。

內心生病之後還是有所收穫，這麼一想，就變得比較輕鬆。安達知道，只是這麼點事就覺得自己眼界開闊了，不過是一種自戀行為。我現在還只是站在過去視而不見的世界入口處，必須鼓起勇氣踏入這個世界才可以，我應該有這份勇氣才是，現在可沒有時間在這裡讓恐慌症發作。

當安達回神時，呼吸已經平順了，他慢慢睜開眼睛，沒有暈眩，四周刺眼的光線穿入眼中。可以走，就連只是這樣的小事，都讓安達覺得開心。

齋木母親的話並沒有超出想像太多，但他還是很慶幸可以親口聽到她說這些。齋木顛簸人生的原點，還是在於小學時代的霸凌，這件事，已經不容置疑了。如果他是為了認知到自己的罪惡而拜訪齋木父母的話，那麼他已經充分達到目的了。

只是，談話內容不夠具體也的確是事實。仔細一想，安達也沒有和齋木母親詳細訴說自己的心境。從好高中升上好大學，然後進入現在工作的銀行，即使齋木母親知道這段過程，她也不知道人生的每一道關卡中安達當時在想什麼。齋木母親所說的那些內容，單純只是齋木的成長履歷，從那些話語中無法感受到齋木本人的想法。

安達想要更加了解生前的齋木，不是母親眼中的兒子，而是活著時的齋木，他會為了什麼而憤怒，為了什麼而開心，為了什麼而活著，是否有什麼直接的原因，讓齋木犯下罪行。和齋木的母親談過話之後，安達想了解的事更加明確了。我想了解齋木的人生，不是被歸類為社會輸家的齋木，而是身為一個人類的齋木。

也許他應該反過來追溯才對，安達改變了想法。雖然知道齋木顛簸人生的原點了，但他更想知道的反而是擴散出去的漣漪。小學時的霸凌給齋木帶來什麼樣的影響？這個影響讓齋木成為了什麼樣的大人？如果想了解不惜犯案的齋木，就不該從兒童時代開始爬梳他的人生，而是要從認識最近齋木的人開始訪談起。只有這樣的訊息不夠的話就往回追，如果還是不夠的話就再繼續往回，從現在往過去回溯的做法比較好，這樣總會找到齋木內心的惡之芽萌發的瞬間。這麼做最後也許會追尋到小學時代，若真是如此，就代表是安達創造了殺害及傷害無辜之人的起因。當確定這一點時，自己心中是否也已做好了覺悟？安達想像著。

齋木犯案當時無業，過著如同家裡蹲的生活，但根據報導，他並不是動漫迷。過著無異於家裡蹲的生活，最後襲擊動漫展，從這一點來看，他對動漫應該是帶著又愛又恨的情緒，這樣的推測是合理的，然而事實上，他並沒有收看動漫的跡象。據說齋木生前住的房子裡，完全沒有藍光光碟或模型公仔之類的東西，甚至連電視都沒有。當然這個時代就算沒有電視，也可以用手機或平板觀看，可是他並沒有訂閱這一類的動畫平台，因此結論只能說齋木並沒有看動漫的習慣，他應該單純只是選擇有大量人群聚集的地方作為襲擊對象。

話雖如此，他辭去工作開始過著家裡蹲的生活，似乎也不過是這一個月的事情，他一個人住，所以也不太可能長時間關在家裡不出門。齋木曾是個有工作的社會人士，安達也在電視上看過他以前的同事接受訪問時，說：「不覺得他是會做出這種事的人。」

電視及報紙並沒有報導關於那間職場的事，不過只要在網路上查一下就知道了，這就是現在這個時代，安達也已經知道齋木最後的職場位在哪裡了。本來想說將來有一天再去拜訪，不過他決定將順序提前。

齋木生前工作的家庭餐廳位在藏前橋通路上，最近的車站是總武線的平井站，但其實並不近，就地圖來看，剛好位於平井站和龜戶站的正中間附近，安達搭小田急線在新宿下車，轉搭ＪＲ總武線前往平井。

在與齋木的母親碰面之前花了不少時間，所以抵達家庭餐廳時已經是傍晚了，時間大概是六點左右，餐廳開始湧現人潮。這不是一個適合問話的時段，安達看到店內的情況後這麼想，他沒有出聲叫喚店員，決定下次再來一趟。

回到家之後，他才發現自己疲憊至極，氣力用盡，於是坐在走廊墊高的木地板上。美春及兩個女兒和平常一樣出來迎接他，小女兒飛撲到他的背上，他已經很累了，所以感覺很沉重，但這卻是甜蜜的重量。他再一次體認到自己生活在幸運之中，然而他也發現幸福會剝奪想像力，只要身處幸福之中，就完全不會注意到不幸的人。

用餐時，美春詢問今天的成果，雖然明知必須要告訴她才可以，但現在他卻沒有那個力氣，在他回答「下次再說吧」之後，美春一臉落寞地回應「好吧」。讓美春擔心了，這使安達覺得內心痛苦。

晚上躺入被窩後安達也輾轉難眠，他為了之後的事感到不安，總有一種被催促著做什麼的感覺。如果恐慌症一直沒辦法治好的話該怎麼辦，又或者是在調查齋木以後，確定所有的責任都在安達身上的話該怎麼辦，這些不安盤旋在安達腦中，完全不見一點睡意。

無奈之下，安達離開被窩到廚房去，在體內倒入一點酒精，說不定可以睡著，他是這麼想的。因為平常沒有晚上小酌的習慣，所以並沒有常備酒類，不過應該有以前人家送的高級日本酒才對。安達打開地板下方的收納櫃，果然還連箱帶盒地整個收在裡面。他拿出日本酒，打開封口，在杯中倒入約三分之一的量，然後加入兩顆冰塊。因為是大吟釀，香味非常迷人，含在嘴中時，帶有醇厚的甜味很容易入口。讓這麼好的酒冰封在櫃中，即使是不常喝酒的自己也覺得浪費，他想著明天開始每天都來喝一杯好了。

一口接一口喝下後，從胃的底部開始熱了起來，他滿心期待著這樣應該就睡得著了吧。回到床上之後，這次連翻身都沒有，一路睡到早上眼睛完全不曾睜開，當他起床後整個人鬆了一口氣。

機會難得，於是他送小女兒到幼兒園去，由平常應該去上班的安達送自己到幼兒園，讓小女兒感到不可思議，一直問著：「為什麼？為什麼？」即使告訴她「工作暫時休息了」，她看起來也不太能夠接受。大女兒去上學了，自己也要去幼兒園，只有爸爸休假讓她覺得很不可思議吧，即使如此，她仍然單純地為和平常不同的情況感到開心。女兒揮著手進入幼兒園大樓後，安達反而覺得有點寂寞。

安達算準大約會在下午三點半左右抵達家庭餐廳的時候出門。上午雖然客人比較少，但相對的店員人數或許也比較少，他心中盤算的是下午去的話，搞不好比較容易找到願意談論齋木的店員。

不過，首先他要找的是店長，先和店長打探消息，如果有必要的話再和其他店員詢問，他心中安排的順序是這樣，但連店長願不願意見面他心裡都沒個底。他不是媒體記者，突然前去拜訪，對方願意空出時間的可能性很低，這種時候該怎麼辦才好，他並沒有特殊方法，只是決定先看對方的反應再臨機應變。

家庭餐廳如他所想的並沒有客滿，只是人數也沒有少到足以數得出來。原來白天的家庭餐廳還滿熱鬧的嘛，這讓他改觀了。有步入熟女年紀的幾名女性成群聊天，也有打扮看起來像上班族的人在使用筆電，還有穿著制服的男高中生團體，以及一個人在喝茶的中年女性等，客群分布很廣。三十歲出頭的女性店員走過來確認人數，於是安達告知對方自己不是客人。

「冒昧請教，店長在嗎？」

「呃嗯，他在，請問您有什麼事嗎？」

女店員疑惑地反問。也許她認為自己是來客訴的，所以升起了警戒心吧，安達仔細挑選過用詞後繼續說道：

「我不是來給各位找麻煩的，是想要請教曾經在這裡工作的齋木均相關消息。」

就算說謊讓對方抽出時間，安達也不認為對方會願意多說什麼，所以他就誠實告知來意了，女店員很明顯地大吃一驚，瞪大了眼睛。

7

「請您稍等一下。」

在問過安達的名字之後，女店員消失在店內後方，看起來就像落荒而逃一樣，是因為齋木的話題帶給在這裡工作的員工巨大衝擊的緣故吧。由於安達不是客人，所以他沒有坐在排隊用的沙發上，而是一直站著等待。即使能夠訪問到對方，但在對方答應之前應該要等上一段時間，這他已經有心理準備了。

然而和他預期的不同，接待他的女店員很快就回來了，這樣的速度，讓他對答案心裡有底了。

「非常抱歉，店長表示這件事他無法回應。」

果然是這樣。採用正面攻擊有很大的可能性會得到這樣的結果，可是若以出其不意的方式進攻，也不能保證對方就願意說。那麼接下來該怎麼辦，為了在腦中思考下一步對策，安達努力爭取時間。

「這部分還請店長通融，我絕對不是因為好奇才做出這樣的請求，麻煩妳轉達店長，只要能夠見面，我會說出我的理由。」

「可是……我覺得沒有用。」

女店員一臉困擾地垂下眉尾。給這個人帶來困擾並不是安達的本意，只是如果不纏著她就無法打開一條活路，他不能這麼輕易就放棄。

當他想要繼續纏鬥下去時，女店員的行為忽然變得很奇怪，她環顧四周後，臉頰靠向安達，接著小聲說道：

「若您不嫌棄的話，要不要和我談談？」

「啊，是這樣嗎？我非常樂意。」

安達幾乎是反射性地回答。這是意料之外的提議，他還正想推測該女性的真實意圖時，對方就自己先說明了。

「不過，可以請你提供一點受訪費用嗎？」

「受訪費用？大概多少呢？」

原來如此，是這麼回事啊。雖然他沒想過這件事，不過完全可以理解。他並不清楚這種情況的一般行情是多少，但他在內心決定如果一萬日圓以下的話就接受吧。然後該女性也不偏不倚地提出了同樣的金額。

「一萬日圓你覺得如何？」

「嗯……可以。」

一萬日圓還不算壞，安達說服自己，同時他也記下了往後或許也會有相同的要求出現。安達身為沒有搜查權的普通百姓，可能會遇到許多必須用錢來解決的局面，然而他的存款不是無限的金山，所以他也思考著該匡列多少預算才好。

「場地要選哪裡？」

她大概想瞞著店長和其他店員與他談話，所以應該不能選在這間店。女店員繼續小聲地回答。

「我五點下班，你可以在平井站南口的塔利咖啡等我嗎？」

「塔利咖啡嗎？知道了。」

來的時候是從北口出站，所以沒有看到塔利咖啡，不過只要用手機的地圖程式查詢就可以找到了。五點的話還有一個小時以上，但他在這附近已經沒有其他事要辦了，他評估不如到店裡喝咖啡，瀏覽網路資訊還比較有意義。

安達回到車站，找到了塔利咖啡，往內一看，空桌很顯眼。他點餐之後，坐到了好幾個圓桌併排的座位，為了讓家庭餐廳的女店員容易找到他，他選擇坐在靠窗的位子。

接在安達身後進入店內的嬌小中年女性，坐到了隔壁位子，雖然心想明明還有很多其他空位，安達卻無法出言抱怨。中年女性坐下之後，又馬上站起身到櫃檯去。安達正看著手機畫面並沒有特別留意，不過他聽到了中年女性加點蛋糕的聲音。

中年女性端著放有蛋糕的盤子回到座位後，將盤子放在桌上，自己則站在走道側，沒有坐下的打算，安達的眼角餘光看見她稍微彎著身子，將手機對準了蛋糕。拍攝料理或甜點照片的人並不少見，但特地拍攝塔利咖啡蛋糕的人就很奇怪了，安達抬起視線看向那邊，結果和中年女性的眼神交會，他急忙又將視線移回手機上。

之後中年女性就安靜地吃著蛋糕滑手機，安達的注意力也從那裡收回，集中在自己搜尋的資料上。他搜尋的資料當然是有關齋木的事。這已經像是一種強迫行為，他無法克制自己在網路上搜尋齋木的名字。

可是情報並沒有不斷更新，沒有特別讓人眼前一亮的消息，大家只是覺得好玩地談論著真假不明的傳聞，雖然如此，這也不是什麼壞事，因為安達最害怕的，就是自己的名字出現在網路上。至少目前安達的名字並沒有和齋木連在一起，確認完這件事後，他默默地鬆了一口氣。

一回神時，差不多快五點了，看來他花了將近一個小時，專心地在搜尋網路。安達放下手機，做好家庭餐廳女店員出現的準備。店內不知何時起，空位已經少了很多，隔壁的中年女性還坐在那裡。

走進店裡的人向這裡靠近，四目交接後，安達終於發現她就是剛才的店員，因為她已經從制服換成私服了，只是瞄一眼的話認不出來。本來綁在後腦的馬尾放下來了，給人的印象完全不一樣，推測大約三十歲出頭，但在經過仔細化妝後，現在看起來非常年輕。安達內心默默覺得幸好自己坐在對方容易找到的地方。

「久等了，重新自我介紹，我是荒井。」

該女性報上自己的名字，剛才在家庭餐廳有看到她的名牌，所以已經知道她姓「荒井」了，安達也拿出名片遞給對方。因為是公司的名片，上面當然印有公司的名稱，安達期望公司名稱能夠讓對方感到安心。

「我去點飲料吧，妳想喝什麼？」

因為是自己有事請對方過來的，所以飲料費安達也打算由他來出。這麼說完後，荒井毫不推辭地接受了，「這樣嗎？」然後點了一杯抹茶拿鐵。安達的咖啡已經喝完了，所以他決定也加點自己的飲料，他請對方稍等之後，就往櫃檯走去。

回到位子上，將杯子放在荒井面前，安達接著就從皮夾裡抽出一萬日圓鈔票。金錢的收受還是事先處理完比較好，這樣荒井也會比較願意開口吧。

「那麼，請先收下這個。」

安達將紙鈔貼在桌面推過去，送到荒井面前，荒井說著：「不好意思喔。」接下後馬上收進包包裡。這個舉動傳達出了她覺得有些愧疚。

「我是個單親媽媽，一萬日圓對我來說是筆大數目，感謝你。」

不知道是不是覺得尷尬，她這樣解釋道。果然是這樣的情況，安達也早就猜想到了。不管理由為何，願意說給自己聽就謝天謝地了，搞不好情報還珍貴到一萬日圓算便宜的了。

「其實我和齋木是國小同學，齋木犯下那樣的案件，我真的是嚇了一大跳，非常在意他為什麼要做出那種事，所以想了解最近的齋木的狀況。」

為了讓對方更容易開口，所以安達也表明了自己的意圖，只是不知道這些對話會在哪裡以什麼形式洩漏出去，因此安達當然沒有給出自己曾霸凌齋木的多餘資訊。曾經是同學，只是基於這樣的理由就給了一萬日圓，這也太奇怪了，不過荒井並沒有特別在意。

「噢，是這樣啊，也難怪你會嚇到。」

「是呀，真的很驚訝。」

只要拿得到錢，也許她根本不在意對方想了解齋木的原因，沒有打算進一步深究的想法讓安達放下心來。找到了一個好對象呢，安達為好預兆感到開心。

「不過我也嚇了一跳呢，沒想到齋木會做出那種事，真的是嚇了好大一跳。」

荒井重複了好幾次「嚇了一跳」，看來她是真的很吃驚，當然啦，認識的人犯下大量殺人事件的話，一般人都會很驚訝，不過荒井的「嚇了一跳」似乎並不只是這麼單純。

「妳的意思是指，齋木並不像是會做出那種事的人嗎？」

其他店員也曾在電視採訪中這麼說過。安達想要確認那究竟是不過不失的表面證詞，還是事實真是如此。

「他完全不像那種人，很沉默寡言，大概是因為討厭和人起爭執吧，他不會多說些閒言閒語，是默默工作的類型。」

話不多的人有時候會被認為不知道在想什麼，感覺很詭異，但有時候也會像這樣，受到正面的評價。一個人看起來怎麼樣，會隨著看的人的感受而改變，看來荒井對齋木是抱持著正面印象。

8

「妳和齋木經常互動嗎？」

如果只是單純從遠處看著，那只不過是一種印象罷了，若不是曾經交談過，對他的個性有某種程度了解的話，也許聽到這些也沒什麼意義。

「這部分，因為我們是內場和外場，互動的機會也不到非常多，只是我算是愛說話的人，而齋木個性很溫柔。」

荒井的語氣聽起來不像是在談論一個兇惡的殺人犯，看來齋木並不是在這近三十年間養成了殘暴的性格。安達回想起不積極發言，總是安靜笑著的小學時期的齋木，荒井的話彷彿直接連結到了那個時候的齋木，有一種異樣的感覺。

如果齋木個性一直沒變的話，應該不可能犯下大量殺人案才對。

「妳說他很溫柔，具體來說是怎麼樣的溫柔方式？」

溫柔的人不代表就一定不會殺人，聽說家暴的受害人之所以無法逃離加害人，就是因為加害人溫柔對待被害人的關係，溫柔與攻擊性是可以並存的。

「他很關心我的孩子。小孩就是經常會突然發燒，所以我不得不去幼兒園接他，這時候受到我影響的人雖然是外場的員工，可是連沒什麼關係的內場員工都會露出厭惡的表情，大部分都是男人。但是齋木從來不曾露出厭惡的表情，他反而會在下一次見到我時，關心地問我孩子的狀況怎麼樣了？」

孩子，這個詞讓安達很在意。犯案時，齋木放過了帶著孩子的母親，安達忽然想起了這件事。難道齋木喜歡小孩嗎？

「也就是說，有時候齋木會自己來找妳說話嗎？」

比起齋木是否喜歡小孩，安達先確認了另一個他更在意的地方。因為報導說齋木過著等同於家裡蹲的生活，所以安達原本想像齋木是無法主動與女性說話的類型，難道不是這樣的嗎？

「對，有時候會，雖然不是那麼頻繁。我想大概是因為我有小孩，所以他才來找我說話，我猜他一定很喜歡小孩。」

「原來是這樣。」

有小孩的話，在搭話的時候難度就會比較低吧。雖然對象有限，但齋木會主動找女性說話這件事還是讓人很意外。他似乎不是一直關在自己的殼中，而是有一定程度的社交能力，如果光靠報導內容來描繪齋木的形象，就會擅自塑造出一個與事實完全不符的樣貌。媒體大概是只挑選出符合大量殺人案兇手印象的插曲來報導吧，果然必須聽過認識當事者的人所說的話，才能夠了解當事者真正的樣貌，安達對這個認知有了切身的感受。

「那意思是說，他並不是家裡蹲的阿宅那類型的人囉？」

「完全不是，其實他根本不是，但犯下那個案件後，就被說成是那樣了。」

這樣子啊，雖然這很令人驚訝，不過也是個很大的收穫。因為這麼一來，小學時的霸凌是齋木對社會懷抱恨意的遠因，這樣的解釋也許就不成立了。

但是反過來說，為什麼他要犯下大量殺人案，其中原因就成了一個謎。只要還有不明朗的地方，就還不能放心。

「齋木有比較親近的人嗎？」

現在已經知道齋木會和職場上的人說話了，然而碰到面會交談，和往來密切是兩回事，齋木有足以稱之為朋友的對象嗎？

「不知道呢，我也不是那麼經常在關注齋木，所以不太清楚，只是我覺得職場外的地方應該有。」

「這樣子啊，這是從齋木本人那裡聽到的嗎？」

「沒有，不是，是我自己這麼觀察到的。」

「觀察到的，例如從什麼樣的地方觀察？」

不是那麼經常在關注齋木，所以不太清楚，說是這麼說，但這不是還滿常在觀察齋木的嗎？不過這麼做畢竟幫了大忙，所以安達就不指出她的矛盾之處了。

「他曾經問我如果要送女性禮物的話，送什麼東西會讓對方開心。」

荒井又說出了意料之外的話。女人嗎？齋木當時有交往中的女性嗎？

「那妳怎麼回答他？」

「我問了他的預算後，他說大概一萬日圓，所以我就回答化妝包怎麼樣？畢竟化妝包也不會不實用。」

「後來他有真的送出去嗎？」

「他說送了，因為之後他有向我道謝。」

這樣的話，代表他身邊確實曾有過親近到會送禮物給對方的女性，雖然不知道這是他的交往對象，抑或只是他單方面有好感的對象。

「關於那個對象，妳還知道其他什麼事嗎？」

可以的話希望能夠鎖定該名女性，然後去見她一面。他本來是為了尋求線索而這麼問，荒井卻繃起了一張臉。

「這和送禮的事可能沒關係，不過齋木不知何時起，開始會自言自語著想要更多錢。」

「想要更多錢？」

話題開始轉往了奇怪的方向，這有側耳傾聽的價值，安達如此直覺。

「對，像是『好想要中樂透』，或是『股票真的賺得到錢嗎？』之類，我曾聽他像在閒聊一樣這麼說，聽到這些話之後，我就想難道他正在和很花錢的對象來往嗎？

搞不好和女人有關。」

不過可能也沒有關係，荒井重申了一次。當然的確是有這個可能，但是也無法斷定完全沒關係，畢竟人類鋌而走險犯罪的原因，大多都和金錢或女人的糾紛有關。如果同時和這兩方都有牽扯的話，也不難想見他陷入萬劫不復的狀況，於是自暴自棄犯下兇案。

「不過齋木不可能賺到一大筆錢吧，妳有問他後來結果怎麼樣了嗎？」

「沒有，我也不知道，只是我覺得他似乎是被逼急了，因為他排了非常滿的班表，拚命工作到我都擔心他會不會搞壞身體。」

是向女人進貢金錢嗎？如果是這樣的話就更想見見那名女性了，但是很可惜的是，荒井似乎不知道更多的情報了。

「齋木在職場上有比較要好的男性嗎？」

如果是和男女之情有關的事，即使不曾和異性談論，也可能和同性提到，安達期待著職場上會不會有人聽過齋木聊到女人的話題。荒井歪著頭思考了一下。

「很難說呢，是有人會和他交談，但算不算得上要好就……要不要我下次去問問對方？」

「那就麻煩妳了。」

要是調查在這裡遇到瓶頸可就傷腦筋了，若她願意介紹其他人，那可真是再好不過了。

「齋木後來辭掉工作變成無業狀態，既然他需要錢，為什麼還要辭掉工作呢？」

安達改成從另一個角度提出問題，是因為和女友分手後不再需要上貢金錢了嗎？

「關於這件事，齋木是有一天突然就辭職了，就像我剛才說的，我們如果碰到面就會交談，所以我有一點受到打擊，希望他至少能夠和我打聲招呼。不過想到他犯下了那樣的案件，也許是發生了什麼事也說不定。」

荒井皺起眉頭，彷彿終於想起自己談論的對象做了什麼事一樣。

「一定是這樣沒錯，妳想得到可能發生了什麼事嗎？」

安達不抱期望地這麼問，荒井依然一臉嚴肅地回答。

「在他辭職前不久，他曾說他養的鸚鵡死掉了，他似乎非常疼愛那隻鸚鵡，所以當時情緒很低落。只是不太可能因為這個理由就辭職吧，當然也不可能因為鸚鵡死了就犯下那起事件。」

就算日子再怎麼寂寞，鸚鵡是他唯一的心靈寄託，也很難想像鸚鵡的死和那麼重大的案件有關聯。如同荒井自己說的，這和案件沒關係吧。

「其實直到現在我都還是覺得齋木犯下那樣的刑案就像假的一樣。到底是發生了什麼事，才會導致那麼溫柔的齋木做出那種事？」

荒井這麼反問道。這個問題的答案，安達本人才想知道呢，應該不只是被女人給甩了這種程度的事才對。

荒井低下頭，將抹茶拿鐵送到嘴邊，或許是再一次感受到無法理解齋木的行為吧，不過這一點，安達也一樣。齋木比起模糊描繪的虛像，來得更加是個有血有肉的人類，連這麼理所當然的事情都沒有察覺，安達這才知道自己有多麼欠缺想像力。

9

說自己必須去幼兒園接孩子的荒井先回去之後，安達仍繼續留了下來，他在腦海中整理剛才聽到的內容。不，其實他仍處在一片混亂中，不知道該從哪裡開始整理起才好。他發現自己從媒體及齋木母親那裡聽來的話，形塑出了一個刻板的兇手印象，被排除在社會常軌之外的男人，因為怨恨社會而犯案，他無意識地如此深信著。現在他知道了並不是這麼一回事之後，齋木的樣貌反而似乎變得模糊了起來而讓他陷入混亂之中。

不過另一方面，他也開始覺得齋木的動機也許不是抽象的對社會的怨恨，而是擁有更具體明確的原因。當然他無法想像那是什麼樣的原因，就算是沉迷於要花錢的女人好了，也不知道這和大量殺人之間有什麼關聯性，安達想要再繼續調查。

咖啡已經喝完了，所以安達站起身，端著托盤拿到餐具回收區，在往出口方向走去時，他看到剛才坐在隔壁的中年女性也站起來了。安達走出店外，走進就在眼前的車站驗票閘門。

回到家中時，家人都出來迎接他，兩個女兒對於晚餐時間安達在家感到很高興。

女兒們還小，可以不用和她們解釋向公司請假的原因讓安達心懷感激，同時他也自虐地想著，做出不能讓孩子知道的事，這種父母真的是糟糕透頂。

「所以，今天感覺怎麼樣？」

收拾完晚餐的碗盤，兩個女兒都上床睡覺之後，美春這麼問道。美春一臉擔憂，還似乎微微皺起了眉頭，她大概是一直壓抑著自己擔心的情緒吧，她接著說的這句話，證實了這個猜測。

「我明白你不想說，可是你也差不多該透露一些讓我知道了吧。」

「妳說得對，對不起。」

安達坦率地道歉，然後隔著餐桌坐在美春斜對面。從齋木媽媽那裡聽到的事也還沒有說過，所以他按照順序一一說明，直到今天與荒井的對話。美春輕輕點著頭，仔細聆聽不開口打岔，最後安達說：

「——怎麼說呢，這讓我知道光憑單方面的報導來塑造一個人的形象是錯誤的，齋木可以主動和女性交談，也想過要送女性禮物，所以他才不是家裡蹲的阿宅。四十多歲單身、無業、攻擊動漫展，只靠著這幾句話，我不知不覺就任意想像了兇手的樣貌。光是知道了這件事，我就覺得到處去訪談很值得。」

「是嗎？如果你是這麼想的話，那就太好了。」

美春像是放下了一顆心，微微地露出了笑容。讓美春這麼擔心，安達感到很歉疚，他理解到，不是自己一個人悶在心裡煩惱就不會影響到他人。

「這樣的話，就沒有所謂小學時的霸凌導致齋木人生走偏的這回事了吧？」

美春急著下結論。雖然明白以美春的立場她會很想這麼說，但安達還不能馬上就跳到這個結論去。

「或許是這樣沒錯，不過我還想要再多調查一些看看。」

「那個，我去搜尋了會犯下這類案件的人的類型，雖然只是網路上得來的知識。」

美春說了出乎意料之外的話。原來如此，去搜尋犯下同類型案件的兇手嗎？因為安達想知道的只有關於齋木個人的事，所以沒有想到這方面，他對於美春獲得了什麼樣的知識很感興趣。

「有一門學科叫作犯罪生物學，簡單來說，就是犯罪傾向是否會遺傳、是否可以從體格及長相看出犯罪傾向等的研究。光聽就讓人覺得這是什麼荒謬的研究對吧？所以這是在十九世紀時做的研究，進入二十世紀之後幾乎就被全盤否定了。可是到了本世紀，這些理論再次復活，因為科學家懷疑ＤＮＡ中是否潛藏有犯罪因子。」

「哦～」

一個出生在二十世紀末的人，完全可以判斷已經遭到否定的犯罪生物學研究是毫無可信度的理論，可是如果是ＤＮＡ犯罪因子的話，就會讓人覺得這也許有其可能性，只不過這個假設若經過證明成立的話，感覺會是一件相當可怕的事。

「我想表達的是，會犯下這種殘忍案件的人，打從一開始就是屬於這一類的人了，當然我的意思不是說兇手一生下來就是個罪犯，而是ＤＮＡ似乎可以決定一個人是否為心理變態。再說人類不是那麼輕易就會改變的生物，就算有些人會因為霸凌導致人生改變，但會不會成為重大案件的兇手，我覺得還是有其他因素在。我們不論遇到多糟糕的情況，都不會因此去大量殺人對吧，能夠大量殺人的人，打從一開始就和我們是不同種類的人類了。」

美春的主張已經踏入相當危險的範疇了，這種想法是錯的，雖然可以從倫理上加以否定，不過安達也知道世界上有不少人是抱持著同樣的想法。因為只要想著犯下重大刑案的人和自己是不同種類，就能夠讓人感到安心，安達自己也是，難以想像自己體內沉睡著犯罪因子。

而且美春之所以這麼說，毫無疑問都是為了安達，她想表達不是安達在齋木體內植入了犯罪因子，安達可以理解美春的用意。安達決定性地改變了齋木的人生，這種想法在某種意義上或許太傲慢了，只是，「人類不會改變」這句話，也讓安達想起了一件事。

齋木雖然話不多但個性很溫柔，聽到荒井這麼說，安達感覺和小學時的齋木形象重疊了，他很清楚記得從這件事中感受到的異樣感。如果人的本質不會改變，那麼齋木或許還是那個安達認識的齋木，假如是這樣的話，難以想像他的體內潛伏著犯罪傾向。這到底是怎麼一回事？難道人類終究會改變嗎？辭去工作之後，齋木的本質改變了嗎？

美春想要幫安達減輕罪惡意識的行為真的很令人感激，他不單純感謝這件事，也深刻體會到有一位賢慧的妻子是多大的福分。只不過，到頭來她的想法一直在同一個地方繞圈圈也是事實。安達在心中下了一個決定，那就是他絕對不要輕易下結論，絕對不能因為片段的資訊，就自以為理解了齋木的內心，如果他這麼做，就代表他認為以齋木的腦筋有問題結案沒有關係。這樣的結論，安達自己是怎麼樣都無法接受的，所以他必須更深入了解齋木才可以。

小學時的齋木看起來並沒有犯罪傾向，這件事安達沒有告訴美春，反駁美春只會辜負了她的好意，再說安達自己也還沒有整理出頭緒來。反正他還沒有辦法回去上班，那就再多調查一陣子吧，安達只是這麼回應就結束了話題。「這樣啊。」美春點了點頭，為了燙衣服到二樓去了。

一個人留在客廳裡的安達，伸手拿取放在餐桌上的平板電腦，他想要再一次確認荒井的話中讓他在意的點，孩子這兩個字，一直盤踞在他腦海中。

齋木放過了帶著孩子的母親，這件事已經被報導過好幾次了，關於齋木的意圖，爆發出了各式各樣的意見。「即使是殘忍的殺人兇手也無法對稚嫩的孩童下手」，有這樣正經的意見，也有「因為他沒有殺害兒童，就認為兇手也有人性的想法實在太鄉愿了」這種嚴厲的見解。為什麼放過母子兩人，這只有齋木本人才知道，大概會成為永遠的謎題了吧。

安達想要再看一次當時的狀況，令人驚訝的是，有人從頭到尾錄下了整個犯案經過，該說他很有勇氣呢，抑或單純只是有勇無謀。他應該不是思考過報導的意義後才不停拍攝的，所以只能說有事發生時留下影片是現在年輕人的常識吧。事件受到報導之後，那段影像馬上就被放到電視上播出，不難想像電視台如何欣喜地買下那段影片。

當然電視上並沒有播出被害人在大火中燃燒的畫面，片段的影像，只能勉強傳達出臨場感。不過拍攝者上傳了未經剪輯的版本到網路空間，上百萬的人都看到了許多被害人全身包覆在烈火中的樣子。

不用說，那段影片馬上就被刪除了，那不是創造出來的電影，而是真的有人死去，那個樣子實在太過殘忍了。不過曾經上傳到網路上的資料，並不會輕易從網路上消失，影片立刻經過複製，被四處轉載到其他地方，所以即使到了現在，只要搜尋一下就能看到未經剪輯版的影片。

蒐集事件相關資訊的網站也冒出了好幾個，安達用平板打開其中一個，因為那裡也放上了影片。看到首頁之後，安達的手指瞬間凍結，網站有更新資料，是出現新的消息了嗎？安達不抱太大的期望，點閱了更新資訊。

更新資訊中，貼著影片的連結，安達按下連結，他暫時專注在開始播放的影片中。不久後，安達發出了微弱的呻吟聲。

第四章

1

視線集中在自己身上，龜谷壯彌如此感受到。這並不是自我意識過剩，而是校園中的好幾個人千真萬確地看著這裡，不僅如此，每個小團體還各自唧唧咕咕地說著什麼。他們說的應該不是自己的壞話，相反地，搞不好還帶著讚賞意味，因為現在的壯彌已經是整個大學中萬眾矚目的新星了。

當然，這是源自於他是悽慘的大量殺人案中的生還者，光是站在那裡，人們就會想來和他交談，再加上壯彌做出了更具勇氣的行動，他不逃不躲地錄下了兇手整個犯案經過的影片。這是一個值得讚賞的行為，如果壯彌沒有拍下影片，兇手犯下的惡行有多麼慘絕人寰，就永遠只會令人一知半解。

他不是經過理性思考，而是單純覺得一定要拍下來所以就拿起了手機，雖然感到恐懼，不過也感受到一股如同磁力般的吸引讓他不能停止攝影。他當時大概也不是處於正常感受之下吧，可以確定的是他那時並沒有做出冷靜的判斷，不過他反而覺得這樣比較好，正因為那時的壯彌缺乏冷靜，所以才能留下珍貴的紀錄。錄下犯案經過的人，似乎只有壯彌一個，因此那段影片就更加具有價值了。

他理所當然認為應該上傳到網路上，否則他拍攝影片就沒有意義了。一放到YouTube之後，眨眼間觀看次數就超過了三千次，老實說他大吃一驚。沒有任何才華，外貌也不出眾的自己，竟然受到社會如此熱切的關注，感覺好像視野忽然整個打開了一樣。

不僅如此，原本追隨者只有十二人的推特帳號，收到了來自電視台的回應，問說能不能讓他們使用他上傳到YouTube的影片，有好幾間電視台都這麼詢問。他曾隱約想過會出現這樣的接洽，不過實際上獲得電視台的主動接觸還是讓他很興奮，他有自己做了一件大事的真實感受。

當然他認為對方應該不會無償使用，於是問了金額，結果每一間電視台都說沒辦法提供現金報酬，不過他們給了商品券和亞馬遜的禮券取代。雖然他內心嘀咕著這和現金有什麼不一樣，不過只要有拿到東西他不介意是什麼形式。從好幾間電視台拿到禮券後累積成一筆不小的金額，這讓他喜出望外。

影片本身在那天的傍晚就被刪除了，畢竟是實際殺人的畫面，他已經有心理準備大概會被刪掉了，不過最終而言，觀看次數達到了十萬次以上。影片只存在了短短數小時，這是個很可觀的數字了。一想到自己的行為驅動了這麼多的人，他就驕傲得胸口彷彿要脹裂了。

傍晚的電視新聞中用了壯彌的影片，可以的話他希望錄下所有電視台的新聞，可惜沒辦法，不得已之下，他只錄了兩台新聞節目。這兩台都將人在燃燒的畫面剪掉了，不過這也是預料中的事，畢竟那不是可以在電視上播出的影像，正因為如此，壯彌認為自己的影片更加有其存在意義。

在推特上表明自己就是拍攝者之後，推特帳號在瞬間增加了許多追隨者，按讚人數也立刻達到十萬人，感覺就像自己成為了當紅的偶像明星一樣。生活有如在畫著一幅平凡無奇繪畫的自己，沒想到竟然也會有這麼一天的到來，人生在一夕之間全盤改變就是指這種情況吧，壯彌飄飄然地想著。

然後，就是在大學校園內受到的矚目了。壯彌並沒有在網路上放自己的大頭照，可是大家卻好像都知道他就是拍攝事件整個過程的人。網路上受到的關注，確實地反映到了真實世界中，不分男女，來自四面八方的人視線都投注到了自己身上。原來受人關注是這麼爽的事，以前都不知道，難怪外型姣好的人都要以演藝圈為目標，壯彌覺得自己能夠體會他們的心情了。

進入大教室之後，同班的男同學向他走來，那是平常幾乎不會交談，感覺不太合拍的輕浮型男子，他以天生的裝熟態度和壯彌搭話：「欸、欸。」

「那個事件的影片，是你拍的吧？」

「啊，呃，嗯，對啊。」

壯彌小心注意不要讓自己的回答聽起來有驕傲的感覺，因此故意採用模稜兩可的語氣，萬一被人認為他拿著自己的作為臭屁吹噓，這種評價只要出現過一次，就會馬上受到打壓，他本能地察覺到自己應該怎麼應對才好。

「你超強的啊，我看過影片了，錄影的時候你離兇手超近的欸，你不怕被他攻擊嗎？」

或許是聽到了兩人的對話，有好幾個人也靠過來了，他們都是知道長相但沒有來往過的同學，除此之外的人，壯彌覺得他們也都豎起了耳朵在聽。在這大教室之中，所有人的注意力都因為自己說的話而被吸引了過來。

「因為我覺得他好像沒有要過來我這邊的意思，如果他朝我過來，我當然會跑啊！」

雖然這是事實，不過他還是強調了其實自己並沒有那麼勇敢。他想要受人矚目，但又不能太出鋒頭，其中該如何拿捏才是關鍵。

「就算如此，你敢追著他跑還是很厲害啊，要是他丟汽油彈過來，一顆就玩完了喔？要是我才不敢。」

對方很直率地表達了佩服，將壯彌的自尊心捧得飛上了天。沒想到連外表看起來這麼不合拍的人都如此稱讚他，他也好想稱讚自己當時沒有逃跑的判斷。

「你在近距離看到人燒起來的樣子了吧？」

其他人插進來問了問題，壯彌轉向對方，「嗯」地點了點頭。

「我看到了，超可怕。」

「就是說，要是我看到那種畫面，一輩子都會有心理陰影，你都沒感覺嗎？」

「也不是沒感覺啦。」

「我想也是。」

被人這麼一問壯彌才發現，其實有人死掉的場景對他來說並沒有那麼震撼，他一心一意只關心別人會怎麼看待他拍攝的影片，可是這種話一旦說出口，就會被當成是禽獸看待，所以他又補充道：

「我還當場吐了。」

「啊～我懂！要是我也會吐出來，畢竟味道很臭吧？」

「很臭。」

「我不行了，光是想像就快吐了。」

對方這麼說，然後壓著自己的胸口，可是和他說的話相反，他的口氣裡帶著一種彷彿覺得有趣的語調。

「那段影片已經被 YouTube 刪掉了，不過你自己有留下原檔吧？」

又有另外一個人問，壯彌點頭後他就傾身過來。

「其實我只在電視上看過，你還有的話可以借我看嗎？」

「啊，我也是。」

「我也是。」

圍在身邊的人又增加了，這麼多人聚集在自己的座位旁，這種事就算回溯到小學時代也從來不曾發生過，畢竟壯彌本來就不是會成為班上風雲人物的類型，所以他對於人群以自己為中心圍繞在身旁感到無比興奮。

他拿出手機，打算播放影片，但這時候老師走進教室了。「搞什麼啊！」包圍著壯彌的人群小聲地嘟囔著逐漸散去，「下課之後再看喔！」也有好幾個人這麼說，萬眾矚目的狀態似乎還會繼續。

壯彌腦中發熱，課堂上的話一句也沒聽進去。

2

那是第二堂法語課結束之後的事，壯彌正想離開教室時，有道女性的聲音叫住了他，壯彌一回頭，同班的女同學正看著自己，他們曾一起上過同一堂課好幾次，所以壯彌認得她的長相，但名字就想不起來了。壯彌正驚訝於對方找他有什麼事時，她微低著頭又向前走近了一步。

「那、那個，不好意思，動漫展的那段影片，是龜谷同學你拍的吧？」

哎呀，就知道是這件事。成為萬眾矚目的焦點後，大家都會來找他說話。一瞬間，壯彌這麼想。女同學長得很普通，在此之前完全沒有任何記憶點，所以壯彌連名字都不記得，不過連這樣的人都來找他說話，讓他確實感受到自己受關注的程度有多高。

「嗯，是呀。」

只是女同學給他的感覺並不差，從她無法抬起頭看著對方的樣子，可以知道她一定是鼓起了相當大的勇氣才來找壯彌說話的，壯彌也是沒辦法主動和他人搭話的類型，所以可以理解她的心情。反過來說，她不惜鼓起這麼大的勇氣也要來找壯彌說話的原因是什麼？壯彌對這一點很感興趣。

「你好厲害，我覺得你非常勇敢。」

女同學終於抬起了臉。神奇的是，她同樣說出了「勇敢」這個詞，這種有志一同太有趣了，壯彌的嘴角很自然地浮現出微笑，他以這樣的表情回答了：「沒有啦。」

「我當時一心一意都在這件事上，沒有想太多其他的東西，只想著一定要拍下來。」

「其實我那時候也在動漫展。」

「欸，真的嗎？」

聽到出乎意料的內容，壯彌眨了好幾次眼。當然啦，動漫展是十萬人規模的大型活動，就算認識的人出現在那裡也不是什麼太偶然的事，只是那個人如果是同班同學的話還是很令人驚訝。她也看到了犯案的過程嗎？

「那妳看到了事情發生的經過囉？」

「沒有，我在會場裡，所以完全沒看到，第一時間連發生了什麼事都搞不清楚。」

「啊，原來是那樣的感覺啊。」

在那之後，案發現場立刻就被警方封鎖了，所以他不得不離開。壯彌當時人在會場外，因此不用等待馬上就搭到電車了，不過他聽說在會場內的人不但離開會場時很不容易，要回家時也花了很多時間，因為百合海鷗線完全容納不下這麼多人，也有很多人是走到臨海線的車站搭車。

「對，我們被強制離開會場，不知道是真是假的傳聞滿天飛，非常恐怖。連沒有看到案發現場的我都覺得很恐怖了，你還能追著兇手拍影片，我真的認為很了不起，所以我無論如何都想和你說說話，對不起。」

女同學一口氣說完後，快速地低下了頭。這是「突然叫住你很抱歉」的意思嗎？其實根本不需要道歉呀，壯彌想。

「這樣子啊，不過，總之，妳沒有受傷真是太好了。呃，我記得妳是……」

不知道對方的名字繼續交談下去實在太沒禮貌了，所以他裝作一副忽然想不起來的樣子，女同學意會到他的意思，說出了自己的名字。

「我是西山，西山佳奈。」

「啊，西山同學，沒錯沒錯。我是龜谷壯彌。」

印象中姓氏是寫成常見的西山，但名字是不是寫成佳奈就不知道了。

「是，我知道。」

西山佳奈這麼回答，噗哧地笑了。也許她是覺得現在每個人都知道壯彌的名字，還特地自己報上名來很有趣吧，總覺得很害羞。

「西山同學妳也喜歡動漫呀？」

動漫已經不是專屬於宅男的喜好了，現在也有很多年輕女孩喜歡動漫，只不過壯彌的同好之中沒有女性。如果她也喜歡動漫的話，以後或許偶爾可以一起聊天。

「對，我非常喜歡。」

佳奈的表情亮了起來，可以聊到動漫的話題讓她很開心，這份喜悅之情表露無遺。真不錯呢，壯彌心想，他和瞧不起動漫迷的人完全無法對話。

「像是哪一類的？啊，大概會聊一陣子，妳可以嗎？」

「當然可以！我完全不介意。」

對於出乎意料的關心，佳奈的手快速小幅度揮動，只是為了不妨礙到走廊上來往的人群，他們移動到走道底端。

佳奈說出了幾部作品的名字。每週播出的動畫超過十部以上，所以即使同為動漫迷，有時候喜愛的作品也可能完全沒有交集。果然，佳奈所舉的例子中，壯彌只看過一部。壯彌說了這件事後，佳奈又「啊，可是……」繼續舉出其他的作品。

「我幾乎什麼都看，比起劇情我更喜歡裡面的角色。」

「哦，原來是這樣。」

這麼一說，壯彌才發現她說的很多都是角色很紅的動畫，而佳奈繼續列舉的作品中，也有很多是壯彌看過的。

「你去動漫展主要是為了買周邊嗎？」

這次換佳奈提問，壯彌點點頭。

「對啊，結果我什麼都沒買到，太可惜了。」

「就是說呀。」

不知是否回想起動漫展並不全都是美好回憶，佳奈的語調低沉了下去，壯彌覺得很過意不去，回到了原本的話題。

「不過妳既然已經進去會場了，應該有買到東西吧？」

「啊，沒有，其實我什麼都沒有買，雖然我很想買，不過那時候我在做角色扮演，讓其他人拍照。」

「欸，是這樣嗎？我有點驚訝。」

佳奈的五官相當平凡，在人群之中絕對不會引人矚目，搞不好在路上擦身而過也不會發現，再加上如果不是發生了那種事，她是不可能主動來找自己談話的類型，所以她說有在玩角色扮演讓壯彌很意外。她是玩得多投入的扮演者呢？

「那妳應該有照片吧？借我看。」

他很直接地就提出要求。基本上角色扮演者都是為了展現給別人看而扮裝，所以讓他人看照片應該不會不願意才是。

「欸，有點害羞。」

佳奈這麼說，卻還是從包包裡拿出了手機，點開畫面後轉給壯彌看。

壯彌探頭一看，不禁懷疑是不是搞錯人了，因為畫面上的女孩子相當可愛，這樣的女孩子出現在動漫展的話，一定會受到很大的關注，想為她拍照的男人立刻就會蜂擁而上。可是這張照片的女孩子，和佳奈沒有任何相像的地方，他還以為佳奈叫出了其他人的照片。

「這就是妳說的照片嗎？」

所以他委婉地詢問，並預期對方會說：「啊，我弄錯張了。」不過佳奈沒有這麼回答。

「對，看起來完全就像其他人吧。」

「欸，這真的是妳嗎？」

壯彌瞪大了眼睛，再次盯著照片看，藍色眼影配上粉紅色唇膏，妝化得相當濃。不過問題在這裡嗎？五官本身看起來就長得不一樣了。

「這是詐騙妝，我的臉本來就很平凡無奇，所以很容易靠化妝改變。」

「是喔。」

不停顯露驚訝之色很沒禮貌，壯彌如此反省自己，不過不論是誰看到都會大吃一驚吧。照片中的女孩子戴著水藍色的假髮，穿著歌德蘿莉型的制服，壯彌知道這是哪一部動畫的角色。不僅是臉漂亮得就像另一個人，整體也相當忠實地還原了角色造型，光看照片，就可以知道佳奈是個技術極高超的角色扮演者。

「好厲害，還有其他的嗎？」

「有啊。」

佳奈說完，滑過手機畫面顯示其他的照片，這次一百八十度大轉變，是黑髮穿著戰鬥服裝的男性打扮。這張也是，不論怎麼看，都是個美女，眼角向上挑，五官也很深邃，感覺鼻子的高度也不一樣，難道化妝連這個都做得到嗎？角色扮演者實在太厲害了，壯彌真心感到佩服。

回過神來，才發現心臟跳得很快，他被照片裡的女孩給吸引了。壯彌本來就對三次元的女性沒什麼興趣，比較喜歡二次元的女孩子，所以在現實世界中從來沒想過要主動與女孩子說話。可是這張照片是二次元的角色現身在三次元之中，而且還是像動漫劇情設定一樣，超乎現實的美女，這怎麼能讓人不喜歡呢？壯彌戀愛了，不是對眼前的佳奈，而是對照片中角色扮演的女孩子。

還有嗎？還有嗎？壯彌一張接一張地看過佳奈其他的照片。現在是中午休息應該吃午餐的時間了，壯彌卻絲毫不覺得肚子餓。

3

之後，每當遇見佳奈他們就會聊天。壯彌愛上的是角色扮演後的女孩，所以可以很輕鬆地和看起來簡直像另外一個人的佳奈說話，而佳奈也是，大概是認識了擁有相同興趣的人感到很開心，所以態度並不特別拘謹，她也告訴了壯彌自己正確的名字寫法是「果南」。

「雖然有很多人會看動漫當興趣，可是一聽到我有在做角色扮演就常常謝謝再聯絡。」

因為是同班同學年紀又相同，所以壯彌要果南說話隨性一點不用太拘束，一開始果南好像不知道該如何說話才好，但她馬上就習慣了。午休時間他們剛好在校園內的便利商店巧遇，所以就買了午餐後一起吃。雖然是並肩坐在長椅上，但壯彌幾乎沒有坐在異性身旁的緊張感。

「欸，是這樣嗎？讓他們看妳的照片，他們一定也會很佩服的。」

壯彌非常肯定那樣的差異任何人看了都會感到佩服，所以這樣回答，不過果南卻苦笑道。

「不是你想的那樣，看到詐騙妝他們反而會更傻眼。」

「真的嗎？妳明明那麼厲害。」

「那是因為你喜歡動漫，所以才會這麼想。」

「是這樣嗎？真不敢相信，我甚至還想看看實際裝扮的樣了，而不只是看照片而已咧。」

「你人真好，那之後我要參加活動，你要來看嗎？」

「什麼？」

壯彌確實是抱著或許有一天能有機會看到她實際裝扮的淡淡期待，但沒想到機會這麼快就到來了，他忍不住連聲回答道。

「我要去我要去，什麼時候？」

「下星期日，時機還真巧呢！」

真的是這樣！壯彌在內心用力點頭。他才剛因世界上真有這麼幸運的事嗎而樂得飄飄然，就馬上發現這並不是什麼了不起的幸運。

「差不多每個月都會在不同的地方有活動，因為我沒有其他興趣，所以幾乎都會參加。」

「這樣子啊，好期待喔。」

壯彌是真心這麼說的，果南看起來也有些開心地告訴他活動的細節。參加活動的人並不是只有角色扮演者，似乎也有很多是想為扮演者拍照的人，如果只是拍拍紀念照的話不需要繳納參加費，但若是想認真攝影的話就要付費了。壯彌想要盡可能多拍一些果南的照片，所以毫不猶豫就決定要付費。

地點在東池袋，攝影地點除了在 World Import Mart 大樓內的活動會場外，還有太陽城廣場以及東池袋中央公園。壯彌為活動場地範圍竟然這麼廣闊而感到吃驚，他原本想像的是單純一個會場就沒了。

「不僅如此，還可以穿著扮演服裝直接進去太陽城裡的店家，或是附近的電影院及電玩中心喔，很好玩吧。」

「喔喔！」

壯彌雖然是動漫迷，但他對角色扮演並沒有興趣，所以完全不知道有這樣的活動，他開始越來越期待當天了。

在從大學回家的電車上，壯彌打開了活動網頁，仔細研讀參加時的注意事項，也看了過往活動的照片。然後，他操作手機的手指停了下來，因為上面有果南的照片。

那時候的果南打扮相當暴露，或許是女戰士的角色，服裝分為上半身與下半身，而且還大膽地露出胸口，胸口間的溝深到令人驚訝得移不開視線。果南的胸部看起來並沒有那麼大，也許是平常的穿搭顯瘦吧，壯彌只是深覺不可思議。

果南沒有給自己看這張照片，大概是因為覺得很害羞吧，可是他很能理解在網站首頁上刊登這張照片的人的心情。即使與其他的角色扮演者比較，果南的存在感也是更勝一籌，有這樣的扮演者在，拍了照片後當然會想要放在網站首頁上啊。

壯彌存下那張照片，在到家之前一直盯著照片看，完全無法想像自己現在看著的人，就是今天自己與之輕鬆聊天的女孩。

之後在大學遇見時，壯彌馬上問果南她的照片不是有放在網站首頁嗎？於是果南瞬間刷紅了臉。

「啊～果然被你發現了。」

「有這種照片妳早點說嘛，不是拍得很棒嗎？」

「因為那張照片滿暴露的……」

「對啊，我嚇了一跳。」

「因為夏天很熱，很多人都穿得比較暴露，不是只有我。」

原來如此，因為每個月都有活動，所以大概會看季節決定要扮演什麼樣的角色吧。

這個星期日果南會做什麼樣的裝扮呢？壯彌充滿了期待，但為了將樂趣保留到當日，他故意不先問果南。

「那個，我想你一定覺得很奇怪，所以我就自己招了，胸部的那個溝是我畫的，其實我沒有那麼大。」

「蛤？」

雖然感覺好像被人看透了內心一樣丟臉，不過更多的是驚訝。光是化妝可以將臉改造成像是另外一個人一樣就夠難以置信了，竟然連身材都和實際不一樣嗎？

「男生大概不知道，不過胸部的溝是可以畫出來的，有滿多角色扮演者都會露出胸口，這些扮演者大部分都會畫乳溝，其實大概沒有多少人是真的大胸部吧。」

「是這樣嗎……」

壯彌整個愣住了。早知道就不要問了，但同時也為自己不知道的世界之深奧感到瞠目結舌。認識果南之後，自己好像打開了通往未知世界的大門，這絕對不是過於誇大的感想。

「不過，和乳溝沒有關係，放在網站上的人裡面，妳是扮演得最好的人，這不是客套話。」

壯彌不想被認為自己是用下流眼光在看她，所以急忙補充道。雖然不能說他不在意胸部的事，不過臉更重要也是事實。化了角色扮演妝的果南比任何人都還要漂亮。其實他剛才不是想說扮演得最好，而是最漂亮的人，但他也沒有大膽到敢堂堂正正說出這種話。

「謝謝，被認識的人看到我角色扮演的樣子感覺很害羞，不過你會稱讚我，所以我覺得讓你看也沒關係。」

果南這麼說，一臉真的很開心地笑了，壯彌也露出開心的笑容。

活動當天他們直接約在會場見面，因為果南需要時間準備，所以她說等她換完裝再碰面比較好。角色扮演者不能在家裡就裝扮好，而是要到會場再換裝似乎是個規矩，只要付參加費，就可以使用更衣室，聽說還有販售角色扮演用具的攤位，以防有人忘了帶東西。

碰面地點，他們約在了太陽城廣場靠近池袋側的樓梯附近。壯彌在ＪＲ池袋站下車，沿著太陽通走過去。可以穿著角色扮演服進去的電影院和電玩中心似乎都在這條路上，偶而可以看見角色扮演者出沒，每個人都像從遊戲或動漫裡走出來的一樣，花了很多心力在變裝上。壯彌也曾在動漫展上看過角色扮演者，不過他們很平常地走在路上實在太超乎現實了，壯彌的視線忍不住追著他們跑。

拖著行李箱走在路上的人大概是角色扮演者吧，壯彌開始有了頭緒。行李箱中放了換裝衣物和整套化妝用具，當壯彌發現這點仔細觀察之後，才注意到拖著行李箱的人還真不少。這是個有這麼多人參加的活動嗎？壯彌再次驚嘆道。

這份驚訝在他看到東池袋中央公園之後又更加增長了，因為公園裡有大量的角色扮演者，在他原本的想像中，大概只會有屈指可數的人數，不過實際情況卻完全相反，人潮擁擠到用密集來形容比較貼切。那絕對不是個小公園，人卻多到湧出公園外，大概至少超過百人，而其中約半數的人，都穿著虛幻世界的服裝並化著大濃妝。動漫世界突然出現在街道中。

走在路上的一般路人，都一副不知道發生什麼事的表情看向公園裡，有趣的是，多數是外國人，他們光明正大地舉起手機或相機拍攝角色扮演者們。又不是萬聖節卻有這麼多人扮裝，一定非常少見吧，對身為日本人的壯彌來說，這幅景象也很壯觀。

要快點去櫃檯辦手續，壯彌焦急了起來。只要付了參加費，就會得到一張卡片，在詢問角色扮演者可不可以拍照時，他們會確認拍攝者有沒有那張卡片，這是活動網站上寫的。根據壯彌的觀察，也許是為了省去這道手續，手上拿著相機的人脖子上都掛著卡套，雖然壯彌只想拍果南，不過沒有卡片還拿著手機拍照總覺得心虛。壯彌走過公園前的路，進入太陽城中。

櫃檯在 World Import Mart 大樓中，從公園側走過來並不近，排隊等待之後終於完成繳費，壯彌往目標太陽城廣場的樓梯前進。他有稍微提早出門，所以距離約好的時間還有一段空檔。果南說就算壯彌沒有在約好的時間出現，她也會一直待在廣場或公園裡，不過他迫不及待想要快點看到她實際裝扮的樣子，能早一秒是一秒。

壯彌從 World Import Mart 大樓直接走到太陽城廣場。這是他第一次來到廣場，所以不知道占地有多大，廣場遠比他原先預期的還要大多了。與公園相同，這裡也聚集了許多角色扮演者，而舉起相機朝扮演者們拍攝的男人也為數眾多。壯彌一面穿過人群一面觀察後發現，那些男人絕大多數都拿著相當專業的相機，那就是所謂的單眼相機吧，不僅如此，還有看似助手的人拿著反光板將光打在模特兒身上，這樣的景象也四處可見。動漫展中也有很多人是為了拍照而去，所以壯彌也曾看過操作專業器材的樣子，不過他一直認為那些人是例外的存在。而在這個角色扮演者的活動中，似乎進行專業攝影的人才是普通多數，壯彌開始覺得只想到用手機拍攝的自己有多麼菜。

即使是寬約三十公尺的樓梯也站滿了人，這裡似乎是個很好的拍攝地點。壯彌在人群中發現了攝影者的排隊人龍，看來他們在等待輪流拍攝。在穿越廣場時壯彌也有看到排隊的人，但沒有哪一個模特兒前方形成人龍，「該不會！」壯彌這麼想著往前走去一看，果然如他所預料，在攝影者前方擺出各種姿勢的角色扮演者正是果南。

4

今天的果南打扮比較偏文靜風，露出的肌膚較少，是長袖長褲服裝，白色的衣服為上下一體型，手腳的袖口褲管呈傘狀加寬，頭上戴著綠色的長假髮，一眼就能看出這是哪一個角色。雖然是以前的動畫了，不過最近又開始製作續集電影，說起來是個出現得正逢時的角色。

所以這或許是攝影者大排長龍的原因，不過壯彌卻覺得不是這樣，果南的裝扮非常細緻又美麗，這才是原因，壯彌完全能夠理解想要將她的姿態拍成照片的人的心情。為其他扮演者拍照的人，只是沒有發現這裡有個如此厲害的人，一旦他們知道了，所有人一定都會過來排隊。

果南的臉看起來依然像另外一個人，動畫的角色是可愛型的人物，所以這次她身上不見英氣，不過大眼尖下巴的五官相當還原動畫角色。因為知道她真正的臉長什麼樣子，所以總是對她怎麼有辦法如此變臉感到不可思議，如果她說她動過整形手術，那還比較能夠接受。

出聲叫她可能會被其他人白眼，所以壯彌走到了攝影者身後，果南馬上就發現他了，用眼睛向他打了招呼，不過反應就只有這樣而已，她並沒有出聲。看來如果想拍果南的照片，壯彌也必須加入人龍中排隊才可以，他壓根兒沒想過事情會變成這樣。

壯彌乖乖地排到隊伍最後方，等待輪到他拍攝。不能占用太多時間拍攝似乎是不成文的規定，每個人都拍大概兩、三分鐘就結束了，照這個樣子，感覺很快就輪到壯彌了。

排隊等待的攝影者在輪到自己之後，就會稍微舉起卡套，然後向果南說：「我要拍攝了。」果南會笑著回應：「好的，麻煩你了。」每個人都幾乎是相同的應對模式。

可是在壯彌前前方的人卻有些不同，一開始他先叫了「小南」，看來是認識的人。

「妳今天也很可愛呢，超級耀眼。」

「土橋先生你才是，今天也很會說話。」

果南並不害羞，輕鬆地回敬他，這讓壯彌大感意外，忍不住盯著果南的臉瞧。果南的笑容中，看起來有著向要好的人展露的親近感，為了看那個叫土橋的人是何方神聖，壯彌從隊伍中稍微站出來一些從後方觀察。

土橋的年紀看起來比壯彌和果南要大，搞不好是二十後半歲了，然後，或許已經在工作了，他手上的相機似乎不是便宜貨。

土橋給人清爽的印象，比起動漫宅，氣質更像攝影愛好者，剪得整整齊齊的頭髮乾淨清潔，裝扮上一絲阿宅的酸臭味都沒有。壯彌和時尚無緣所以無法斷定，不過這應該可以稱之為型男吧，至少以黑色為基調統一的服裝，看起來比壯彌穿的衣服還要帥氣多了。壯彌都是隨便穿著媽媽在附近廉價品店買回來的衣服，而土橋感覺是在精品店裡自己挑選的。

土橋舉起相機對著果南，像個職業攝影師一樣嘴裡說著「很好」、「很可愛」、「沒錯沒錯，就是這種感覺」，同時按下快門。雖然很想說外行裝內行笑死人了，但他的舉手投足還真有那麼一回事，看著看著，壯彌開始想這搞不好就是他的工作。網路上有一些遊戲及動漫網站是由企業經營，壯彌推測他也許就是那些公司派來的攝影師。

這樣的話果南還真厲害呢，壯彌心想。不但認識專業攝影師，似乎還讓他拍攝過好幾次了。她的裝扮水準這麼高，這也是理所當然的，雖然壯彌這麼覺得，但同時又感覺果南好像離他越來越遠了。不，離他越來越遠的不是果南，而是這個耀眼的角色扮演者。現在他和果南只要碰到面就會閒聊幾句，但和這個角色扮演者卻全然沒有任何交集，壯彌渴望著自己也能和她變得親近。

土橋拍完之後說了「謝謝，今天真是傑作」等語，最後又補充一句讓人無法忽視的話。

「之後見。」

之後見，這是什麼意思？是等一下要見面嗎？為什麼果南要去見土橋？他們兩人是什麼關係？光是聽到土橋那麼一句話，心中就瞬間湧起了各式各樣的疑問，他的視線追著土橋走下樓梯的身影。

壯彌前方的人拍完後，終於輪到他了。果南說了「讓你久等了」，明明是熟悉的聲音，卻沒來由地覺得今天聽起來像是動畫聲優一樣，感覺很可愛，有些難以和她四目相對。

「剛才那個人是妳朋友嗎？」

都還沒稱讚果南的裝扮，他就突然這麼問，果南一臉愣住的表情回道：「什麼？」

「剛才那個人？他不是我朋友啊。」

「不是啦，我是指在我前面的前面那個人。」

「喔喔，土橋先生。對，他是我朋友，總是來幫我拍照。」

「是……喔。」

這些事聽他們之間的對話就知道了，但壯彌還是受到了打擊。他知道自己受到打擊很奇怪，可是那種衝擊的感覺卻又停不下來。

「他是不是有說之後見？」

壯彌無法不質問在意的地方。你沒有權利問她這種問題，另一個自己在心中這麼告誡著，他卻依然止不住衝動。

「對，因為他要給我照片。」

「喔喔……」

到了現在，壯彌才終於發現，果南手上的角色扮演照片都不是她自拍的角度，而是有人幫她拍攝的照片，而那個人或許就是土橋。內心深處長出了一種尖銳的情感，越來越苦澀，而壯彌無法看清這股情感的真實樣貌。

「嗯……還有人在排隊……」

果南一副難以開口地看了看壯彌的身後。她是想說要拍照的話就快點拍一拍吧，壯彌回過神來，拿著手機迅速拍下果南的身影。他不像土橋那樣會說一些正向回饋的話，也不知道該怎麼指定姿勢，只好任由果南熟練地擺出動作。因為她扮演的是不太笑的角色，所以表情變化不多，雖然知道這只是在扮演角色，但壯彌還是覺得好像是自己被拒絕了一樣。

「謝謝，等一下我也可以和妳見面嗎？」

壯彌放下手機，一鼓作氣問道，果南不再扮演面無表情的角色，露出微笑。

「當然啦，是我邀你來的，這樣就讓你回去的話太說不過去了，不過要暫時等我一陣子，你也去拍其他扮演者的照片嘛。」

果南開朗地這麼說，壯彌對其他角色扮演者一點興趣也沒有，但他還是回應了「說的也是」。他將位子讓給後方的人之後，就在稍微遠一點的地方看著果南。

果南前方的人龍一直沒有消散，雖然不到貪食蛇那麼長，但也是毫不間斷地不停有人加入排隊，因為手持相機的人們會在會場中四處遊蕩，看到中意的扮演者就提出攝影要求。直到果南自己出面停止接受排隊後，攝影時間才終於結束。

「你一直在等我啊，對不起喔，拖了很長一段時間。」

差不多有一個小時，果南都不停地在擺姿勢，她應該是累了吧，和人群說想要休息一段時間，結束了拍照時間。她向本來想排隊拍照的人說了聲晚點見，因為攝影者們看來都還會在會場裡待一陣子，她打算到時候再繼續拍攝吧。

「我想坐下來喝杯茶，走吧。」

果南手中拿著行李，向壯彌提出邀約。他們直接走進了太陽城裡，果南看起來已經熟門熟路，完全不理會知名的連鎖店，筆直朝地下走去，壯彌跟著她走，就看到了還有空位的店家。果南點了珍珠奶茶，壯彌點了冰可可後，兩人找位子坐下。

「啊～累死我了，好想喝甜的。」

不知道是不是口渴了，果南用吸管一口氣喝掉了約四分之一的飲料，店裡其他的客人們都向果南投以好奇的眼光，還可以聽到有人悄聲說著果南扮演的角色名稱，或是「好厲害喔」、「超可愛的」等感想。和能夠吸引周圍目光的人在一起，壯彌感到既驕傲又尷尬。對當事者果南來說，這似乎並不是什麼太特別的事，她絲毫不放在心上地喝著珍珠奶茶。

「大家都在看妳呢。」

壯彌靠向果南，小聲和她說道，果南點點頭，說：「就是會有人看呢。」

「我已經不覺得尷尬了，不過你會這麼覺得吧？」

被說中想法後，壯彌感到不知所措，不過他嘴裡還是說著：「我是不覺得啦。」

「只是想說大家都在看，妳好厲害呀。」

「謝謝，不過只有在角色扮演的時候，大家才會關注我。」

果南的聲音裡沒有夾雜特別的情感，只是淡淡地說。壯彌無法否定她的這份認知，因為在學校裡的果南，確實不是個引人注目的存在，壯彌想起了一直到不久之前，自己甚至還不記得她的名字。

「我沒有什麼值得自傲的地方，外表很平凡，頭腦也不是非常聰明，沒有領導能力，說話也不特別有趣，爸媽也不有錢，一切的一切都很平凡。」

果南對自己的評價，壯彌完全可以一對一代入自己，這些都是他平常就在想的事，不論哪一方面都正中紅心。他甚至沒有惡名昭彰的事蹟，只是過著毫無起伏的人生，果南也是這樣嗎？壯彌和她產生了共鳴。

「不過正因為如此，我從小就有想變身的心願，不管是動漫還是特攝影片，我最喜歡的就是可以變身的故事，我想要變身成為和這麼平凡無奇的我完全不同的人。在知道角色扮演之後，我就想我絕對要去嘗試，因為這樣，我的化妝技術就變得這麼好了。」

「我懂，我完全懂。」

壯彌打從心底點頭，他認為希望自己可以變身，並且在現實中確實變身成另外一個人的果南非常了不起。變身並不是那麼簡單就能實現的心願，壯彌開始羨慕起了果南。

不過他馬上就想起自己也嘗到了受人矚目的喜悅，上傳動漫展攻擊事件的影片，讓壯彌成為了在校園中被人關注的對象。這樣啊，果南現在也正品嘗著這份快感呢。現在有一大群人正看著本來沒有人會多看一眼的自己，可以成為特別的存在，這份喜悅實在難以向他人解釋，所以壯彌更加覺得自己和果南心意相通。

「妳的變身非常成功喔，簡直不是我所認識的西山同學。」

壯彌的原意是想稱讚她，想告訴她自己完全能夠理解她的想法，可是果南也許是害羞，苦笑地說：「因為這是詐騙妝呀。」壯彌沒辦法說出「才沒這回事」，缺乏對答如流的談話能力，讓他煩躁不已。

5

離開店裡回到太陽城廣場的樓梯後，馬上就有拿著相機的人聚集了過來。攝影再度開始了，所以壯彌拉開了一段距離。其實他是想在旁看著她的，可是他擔心自己一直跟著會讓她覺得厭煩，所以他上樓到處走走看看其他的角色扮演者。裝扮精緻的人並不少，只是在壯彌眼中，還是果南最厲害。

他和果南並沒有約好之後要再見面，可是他也沒有好好和她打招呼道別，所以他想晚一點應該還可以再會合，因此就在過了一段時間以後回到樓梯去看看，可惜拍攝還在繼續，無奈之下，這次他到太陽城內的書店去打發時間。角色扮演活動的氣氛雖然愉快，可是如果想要拍照的對象只有一個人的話，時間實在是太多了。下次參加活動的時候，想要認真為果南拍照，壯彌在內心下定決心要去買一台單眼相機。

正當他隨意翻閱雜誌時，手機響起了震動，壯彌拿出來一看，是果南傳來的LINE訊息，上面寫著「我現在和土橋先生在喝茶」。光是看到這行字，壯彌的心就忽地沸騰了起來，他生氣地想，和果南喝茶的對象應該是自己才對。

是和剛才同一家店嗎？壯彌不管三七二十一地就往那裡走去。他搭電梯往下，穿過地下樓層，就在看到剛才那家店時，壯彌突然回過神來。跑進店裡去之後，他又能做什麼呢？

他們三個人是不可能同桌快樂聊天的，自己既沒有和任何人都聊得來的本事，果南也沒有說他可以過去。他並不在意土橋會怎麼想，但他絕對不想要被果南討厭，不得已之下，他決定從遠方偷看店裡的樣子。

那間店正面對著大樓的挑空設計，挑空設計的中間有一個大型樓梯，躲在那裡的陰影處，可以很清楚看見落地玻璃窗的店內。壯彌不用尋找，果南馬上映入他的眼簾。

土橋背對著壯彌，所以他只能看見果南的表情，她一臉開心地笑著，時而說話，時而點頭。果南和壯彌喝飲料時又是如何呢？她是否也是露出那樣的表情？壯彌努力回想，還是覺得她現在的表情更快樂，內心的波濤越來越洶湧，他開始覺得在這裡待不下去了。

壯彌轉身，直接往通向池袋車站的地下連結通道走去。在這之前，壯彌對現實中的女性都沒什麼興趣，他喜歡的都是故事中的女孩子，所以不曾體驗過嫉妒之心。故事中的女孩子不論和誰談戀愛，都不帶有真實性，因此壯彌也不會湧現嫉妒的感覺。他現在感受到的這股不愉快的情緒，難道就是所謂的嫉妒心嗎？他並不想知道果南有著像土橋這樣的友人。

搭上電車過了一會兒之後，頭腦才慢慢冷靜下來。他沒有說一聲就離開果南會擔心吧，於是他傳了LINE給果南，「我累了，所以先回家了喔」。因為他還有加上表情符號，果南應該不會認為自己心情不好。到了傍晚，果南回了訊息，「今天謝謝你」，她還寫了一句「在學校遇到時要給我照片喔」，光是看到這行字，壯彌的心情就沒來由地高漲了起來。在學校裡的果南又會回到平凡的樣貌，他應該多看幾眼那個特別的果南的，壯彌對自己的思慮不周感到有些後悔。

既然對方都替他想好了理由，那他就可以堂堂正正約她明天午休時見面了。他們決定在校園內的便利商店買好午餐後再一起吃。搞定邀約之後雖然滿足，但壯彌卻不特別感到興奮，一想到下一次果南的角色扮演是在一個月之後，他就覺得時間過得很慢。

隔天他們又在便利商店巧遇，即使沒有特別說好幾點，不過依課表安排來看，這個時間在這裡相遇的可能性很高。「昨天很好玩喔。」壯彌和果南打招呼後，買好東西，兩人就去尋找外面還空著的長椅。昨天的外貌彷彿南柯一夢，今天的果南五官很平板。真的是變身呢，壯彌心想。

「妳和土橋先生認識很久了嗎？」

或許不該提及土橋的名字，但壯彌卻無法克制不問出口，果南打開她買的鹹麵包袋口，回道：「嗯。」

「從我剛開始玩角色扮演時就認識了，前後加起來大概有三年了吧。」

「這麼久了。」

竟然能幫果南拍攝角色扮演的照片長達三年，這讓壯彌羨慕起了土橋，嫉妒之火又開始打從心底劈里啪啦燃燒起來。來往了三年之久，也難怪他們那麼熟，壯彌知道自己已落後了許多。

「他從我裝扮還很生疏的時候就來找我拍照，所以我非常高興，他還介紹我認識其他的扮演者，讓我開拓了交友圈。因為有他的幫忙，我的裝扮才越來越好，因此我很感謝土橋先生。」

「是喔。」

果然不應該問這個問題的。這麼一說，土橋是從角色扮演者果南的誕生一路看著她長大的，想要取代土橋的位置是想都別想了，必須使用其他的方法，向果南昭告自己的存在。自己可以做些什麼事呢？壯彌思考著。

「話說回來，昨天謝謝你了，其實我心裡有點害怕，所以你的出現讓我很安心。」

果南三兩下就結束土橋的話題，然後說出這句話。壯彌不懂她說的害怕是什麼意思，因此一臉疑惑，果南馬上就接著說明自己的感受。

「因為你想啊，動漫展才剛發生那樣的事，所以我很害怕會不會又出現同樣的事情。」

「喔喔……」

兇手已經死了，而且這又是完全不同的活動，所以壯彌不曾將兩者聯想在一起，不過這只是壯彌太遲鈍了，也許有很多人都很害怕，壯彌感受到了平常的那股格格不入。

所謂的格格不入，是他對這個世界的感覺。對壯彌來說，這個世界常常讓他覺得是在螢幕中發生的事，不論什麼事都缺乏真實感，所以即使無法建立親密的人際關係他也不感到孤獨，痛苦或悲傷的事他也不會有太深刻的感受，即使眼前發生了大量殺人事件，他也只覺得好像在看虛構片，也因為這樣，當時他才能夠繼續攝影。

自己的感受能力也許太遲鈍了，他一直這麼認為。又或者是發展障礙？還是遊戲玩太多或太沉迷上網的關係？感覺像是這一類的原因，不過他並不在乎，反正他本來就沒有足夠的動力活著，情緒波動太大的話太累了，他不想要太累。

「你感覺完全不害怕呢，好堅強喔！」

果南佩服地說。不，只是我情緒的擺盪幅度太小了而已，壯彌在心中這麼回答，卻沒有說出口。不需要刻意告訴別人自己的感覺遲鈍，如果別人覺得這是堅強的話，他希望就維持這個美麗的誤會。

「那件事已經結束了，我覺得和角色扮演活動不會有什麼關聯。」

這是事實，不過他沒有想到模仿犯的可能性，這就只是單純的遲鈍了。果南一定是個纖細敏銳的人。

「如果可以這麼想就好了，我也知道我就是愛瞎操心，可是動漫展的案子中還不知道兇手的動機不是嗎？所以我到現在還是會害怕。」

「兇手的動機？不是對社會的怨恨嗎？」

媒體上的報導都是採這個論調，感覺也不太可能有除此之外的動機了，所以壯彌完全沒有深入思考過，他甚至不覺得需要去思考。

「關於兇手生前的生活，不是有很多種說法嗎？說他沒有一份正式的工作，經濟上一直不寬裕之類的，還有人說他是下流中年。」

果南手上拿著鹹麵包，一口也沒吃地不斷說道，壯彌只是說著「對呀」應和她。「下流」是個多令人厭惡的詞啊，可是現實中過著這種生活的人並不在少數，之前壯彌就把這當成是一個知識記下來了。

「我們至少可以讀大學，代表父母不是下流階級吧，雖然不是什麼富貴人家，可是生活上並沒有困難。就業也是，一定可以進入某間公司工作吧，畢竟不像兇手出社會時遇到了就業冰河期，我想不至於面試了一百間以上也沒有任何一間錄取，所以我就覺得，兇手生活的世界和我們生活的世界，感覺好像完全不一樣。」

「不一樣的世界？」

壯彌覺得這就有點太誇張了。大家都是說著相同語言的日本人，居住區域也不是相隔十萬八千里，日本位於下流階級的人，應該沒有像國外真正貧困的人那樣，連填飽肚子都是煩惱。說彼此生活在不同的世界，聽起來有瞧不起對方的意思在，這點壯彌無法贊同。

「嗯……我的說法可能不是很恰當，我想表達的是，我們沒有真的看到他們，或者說，我們沒有理解他們的痛苦。」

看來果南有些想說的話，只是好像很難化成言語。區分成我們和他們，這又是個不太好的表達方式，只不過果南似乎沒有瞧不起兇手的意思，她只是努力想傳達她的想法。果南究竟想說什麼，壯彌現在還理不出個頭緒。

「到頭來，人類還是只知道自己身邊的事，不管從網路上獲得多少資訊，那些也不過就是電子呈現的資訊，缺乏現實感。我只知道我生活的世界，所以不明白到了中年還找不到像樣工作的人過著什麼樣的人生，就算在網路上查詢，也絕對無法想像實際上有多辛苦。該怎麼說呢，我在想，兇手憤恨的會不會就是世人想像力的貧乏程度。大部分的人不會意識到自己無法想像他人的生活，因為根本不需要去想像與自己無關的人呀。」

缺乏現實感這句話，讓壯彌心驚了一下，感覺就像自己的心情被看穿了一樣。直到現在，壯彌還是無法想像身中汽油彈，被火焰吞噬而亡的人的感受，他也不曾想過去試著想像看看，因為他又不認識被害人，他自己也不是被害人，他覺得果南好像在責備自己這一點。

「我會這麼想，是因為不知道兇手在想什麼而感到很害怕。」

果南繼續說道，看來她還沒說到真正想表達的事。

「我在想，就算動機是對社會的怨恨，那為什麼要選擇動漫展為目標？沒有人會覺得動漫展可以代表現在的日本社會吧？可是他卻攻擊了動漫展，總覺得這其中帶有什麼含意，只要沒弄清楚這個含意，我就會害怕也許其他的活動哪一天也會受到攻擊。」

「含意？會有什麼含意嗎？兇手連動漫宅都不是，他會不會是覺得攻擊哪裡都沒關係？」

雖然覺得果南想深入思考事情的態度很了不起，但想找出腦筋不正常的兇手行為中的含意，總覺得只是在白費時間。兇手就是窮兇惡極之人，以這個想法做結論沒有什麼問題吧。

「但地點可是在東京展覽館喔，那裡又不是個交通便利的地方，如果覺得地點無所謂的話，就不會選那裡了吧？以銀座的步行者天堂為目標，或拿刀進入東京證券交易所裡亂砍，感覺還更能發洩對社會的怨恨。特地搬汽油彈去丟人，或是自己淋油自焚，讓我感受到的是他有強大的怒火，你不覺得嗎？」

「怒火嗎？」

這麼一說，壯彌想起了當時看到的景象，兇手站得直挺挺的，大叫著死去，那個樣子的確會讓人想到兇手在對某件事表達他的憤怒。這樣啊，原來這就是想像嗎？明明是他親眼看見的，自己卻什麼都沒有想像，兇手是對這種漠不關心感到憤怒嗎？

「也許是這樣呢，我什麼都沒有感受到，西山同學妳好厲害。」

壯彌真心感到佩服，他完全沒辦法像果南那樣思考，如果大家都可以像果南一樣發揮想像力的話，或許就不會發生悲劇，兇手也不會怨恨這個社會了吧。

「沒有啦，這一點也不厲害，我只是很膽小而已。」

果南這麼回答後，稍微嘟了嘟嘴，接著像是要把堵在心中的想法吐出來一樣，一口氣說道。

「我在想，如果兇手是對動漫展感到憤怒的話，原因會是因為我們太不知人間疾苦的關係嗎？有些人身無分文，每天都為了生活煩惱，可是我們卻大量購買動漫周邊，裝扮成動漫角色讓人拍照，看起來很開心，所以他才感到憤怒也說不定。如果是這樣的話，也許會出現其他人攻擊角色扮演活動，這就是我害怕的。」

原來如此，可以理解果南的恐懼了。可是就算兇手的動機真是如此，壯彌也認為不需要因此而害怕，這種動機，怎麼想都只不過是藉口罷了。

「如果兇手是因為這種理由襲擊動漫展的話，那也是兇手有問題，畢竟讓自己感到開心沒有道理需要受到責備吧！如果要說買動漫周邊是浪費錢，那麼世界上還有其他更會花錢的人，像是買大量股票的人，砸大錢在藝術品上的人，兇手應該把他們當作目標。在攻擊中死去的人，一定不是那麼有錢的人，可是他們卻被人怨恨而失去生命，這讓人怎麼原諒！」

他知道這樣反駁果南也沒有意義，可是他感覺好像聽到了不講理的言論，無法不說些什麼。事到如今，總算湧起了對兇手的怒火，這是他第一次覺得兇手不可原諒。

「是呀，我也不是在同情兇手。我覺得兇手很惡毒，也絕對不認為動漫展被攻擊是活該，我只是想知道兇手真正的動機，因為一旦輕易將動機歸咎為對社會的怨恨，總覺得就沒有人願意認真思考兇手的想法了……」

「嗯，妳說的沒錯，對不起。」

壯彌為自己激動的語氣道歉，果南微垂下臉，搖搖頭說：「沒關係。」雖然那起事件為壯彌創造了和果南來往的契機，不過他知道事件本身在果南心底留下了一個疙瘩。他還是，無法不恨那個兇手。

6

聽了果南的不安後，雖然不是什麼感覺都沒有，但壯彌還是認為殺了一群人之後又自殺的男人，他的心情自己怎麼可能會懂。比起這個，讓他更在意的是土橋的存在，凝眼的土橋比已經死掉的兇手還要是個更大的問題，壯彌這是第一次知道，原來嫉妒心竟會讓人如此冷靜不下來。

他想要成為果南重要的男人，他是如此強烈渴望著。該怎麼做才能成為比土橋更重要的人？最能討果南歡心的，是磨練拍照的技術吧，如果可以拍出比土橋還要更好的照片，那麼她應該就會認可自己。這是這實在是太不現實了，壯彌是個連相機都沒有的外行人，就算現在開始磨練技術，也不知道什麼時候才能沾上土橋的邊。

所以他只能找其他路了，可是他卻找不到，他甚至還想過不然自己也去玩角色扮演，來增加共同話題。

就在他悶悶不樂時，有個沒見過的男人在學校裡找他說話。身材偏瘦留著長髮的那個人，是壯彌在大教室的課程結束後來到走廊時出聲叫住他的。他一定是想聽動漫展遭到攻擊的事吧，壯彌反射性地就這麼想。

「你是龜谷同學吧？哎唷，終於見到你了。」

長髮男性這麼說，難道他一直在找壯彌嗎？雖然受到關注很爽，但他已經習慣這種情況了，老實說，還有一種「又來了」的想法揮之不去。

「我是二年級的澤渡，你好呀。」

二年級的話就是學長了，不過完全感受不到他擺出學長的架子，他的態度和善，很中庸，壯彌嗅到了和自己同類的味道，因此對他印象並不壞。他有什麼事呢？壯彌放空地想著。

「你就是錄下動漫展遭到攻擊時的畫面的人吧？」

不出所料，澤渡問了這個問題，配合對方和善的態度，壯彌也有禮地回答。

「對，是我。」

「我找你好久了，我們年級和科系都不一樣，費了我好大一番工夫呢。」

澤渡這麼說，露出了微笑，壯彌也模稜兩可地笑了，心中卻充滿疑問，他不惜這樣找到自己，應該不是出於單純的好奇心吧，可是自己卻完全想不出可能的原因。

「等一下你有什麼事嗎？要不要坐下來聊聊？」

下午他還有課，本來想要去便利商店買便當的。雖然還是要看對方想聊什麼，不過抽出個五分鐘倒是無所謂。

「好啊，去那邊的長椅坐可以嗎？」

「謝謝。」

澤渡道謝後，率先往前走，壯彌跟在後方，到一樓大廳的長椅坐下。澤渡稍微轉過身，臉朝向壯彌。

「那段影片已經成為話題了呢，你在學校裡也成為名人了吧，開心嗎？」

「嗯，應該算開心吧。」

好像被看穿自己心中樂歪了的感覺，壯彌覺得很尷尬。澤渡嘴邊仍掛著沉穩的微笑，繼續說道。

「我呢，對那類案件很有興趣，兇手到底在想什麼？一口氣殺了這麼多的人，那到底是什麼感覺？」

澤渡稍微往斜上方看，歌唱似地說，他的語氣非常悠哉，所以有一種詭異感。壯彌原本以為嗅到了同類的味道，或許他錯了，搞不好這個人是個危險人物。

「你不想知道嗎？你就是因為想知道，所以才拍下兇手影片的吧？」

「不是，我並沒有這麼想，該怎麼說，我只是拍到忘我了而已。」

對方尋求壯彌的認同，這只是讓他感到不知所措而已。成為受人矚目的存在後，就會有三教九流的人接近，其中就算有怪人也不奇怪，壯彌直到現在才醒悟。

「是這樣嗎？不過你現在很想知道吧？畢竟你是當事者呀。」

雖然這只是澤渡一廂情願的想法，不過旁觀者會這麼想或許也很自然，事實上當時也在會場的果南就很想知道兇手的動機，壯彌知道對動機不感興趣的自己反而比較奇怪，他沒辦法說出「我也沒有很想知道啊」。

「呃嗯，是呀。」

「沒錯吧。」

澤渡得意地將臉湊了過來，然後以稍微由下往上看的視線看著壯彌，突兀地說出沒有前後脈絡的話。

「我哥的工作啊，是在挖角。」

「蛤？挖角？」

壯彌不明白這是在說什麼，他開始覺得早知道對方叫住他時，就說沒時間別理他就好了。他想要找個時機站起身結束話題，可是卻又忍不住繼續配合對方的話題。

「你說的挖角是指向看起來有潛力成為藝人的人搭訕的意思嗎？」

「不是，跟那種挖角不一樣，是介紹女孩子去坐檯酒吧或色情產業工作。」

「什麼？」

突然聽到意料之外的秘密，壯彌驚訝得說不出話。雖然總覺得這不是能和才剛見面的人大大方方說出口的職業，不過澤渡卻完全沒有絲毫扭捏，他是覺得職業無貴賤所以如此坦蕩嗎？或是他自己也身處於那個世界裡？真是個令人摸不著頭緒的人。

「那種工作有很強的橫向聯繫，所以能夠獲得各種情報，然後我就聽說了，動漫展的兇手好像常去某間坐檯酒吧。」

「欸，坐檯酒吧？」

壯彌不禁瞪大了眼睛，重複著句尾。他在不知不覺間，將兇手想像成了一個家裡蹲的阿宅，可是阿宅不會去坐檯酒吧，那是油水不相溶的兩個族群。坐檯酒吧這個詞，讓壯彌打從心底大吃一驚。

「很有趣吧，好像是他有一個喜歡的小姐所以才去的，不過這種戀情通常都不會順利啦，可以和酒店小姐交往的人只有有錢人而已，靠打工維生的人迷上酒店小姐根本不會有什麼好事，我在想兇案的動機會不會跟這些事有關？」

「哦～原來如此。」

壯彌忘了自己本來想落跑了，情不自禁點了點頭，聽到完全出乎意料之外的情報，讓他燃起了一點興趣。這件事媒體還沒報導過，網路上應該也還沒有風聲，這是壯彌錄下了犯案過程而受到矚目，所以對方才自己找上門的情報。

「我啊，對於兇手喜歡上什麼樣的女人，之後如何發展成大量殺人非常好奇，你也是吧？可是呢，因為好奇就去調查實在是太麻煩了，我哥看起來也完全沒興趣，所以我就想你也許會對這件事有興趣。」

原來是這麼回事啊，壯彌明白了澤渡的意圖。對於沒去過坐檯酒吧的人來說，那裡的確不是個能輕易踏入的地方，比起去坐檯酒吧尋找小姐，倒不如在校園內找到一個學生難度要低得多，也就是說，他希望壯彌代替他去調查。可以理解他的想法。

當然，對壯彌來說，坐檯酒吧也是個今生無緣的地方，他不想特地花錢進去，就算去了他也不會覺得好玩吧，可是他的腦中冒出了某個聯想。

果南想知道兇手的動機，如果壯彌能夠找出動機，她應該會很開心吧，不只是開心，還會非常欽佩，這件事或許可以成為縮短與果南之間距離的契機。

而這也會是一個與土橋的方式不同，能夠走進果南內心的方法。從頭細想過一次之後，壯彌只剩這個辦法了。沒有任何特長的壯彌，因為錄下了兇案的整個過程，所以成為受人矚目的存在，就像果南做了角色扮演的裝扮之後他人前來拍照一樣，壯彌也變身了。可是和果南不一樣，壯彌的變身只是暫時性的，如果往後他還想要繼續受到關注的話，就需要丟出新的材料。要是可以追查兇手的動機，這就能成為新的材料吧，若再加上果南的認可，簡直就是一石二鳥之計。

「真有趣，你知道那家坐檯酒吧在哪裡吧。」

壯彌表現出他的興趣，他不想被自己以外的人捷足先登，澤渡勾起嘴角笑了笑，點頭。

「你願意去調查嗎？那我就告訴你。不只是那間店的地點，連小姐的名字我都知道，雖然只是藝名。」

「請告訴我。」

壯彌要求道。

7

壯彌當然是想要去澤渡告訴他的那間坐檯酒吧看看，只是沒有任何準備就去大概不會有收穫，潛入坐檯酒吧的樣子他自然是要拍成影片的，只有照片沒辦法引起他人注目。話雖如此，也不是只要拍成影片就怎麼拍都可以。拍攝動漫展影片那時候，他沒有多餘時間去思考手震或是距離等問題，所以才創造出臨場感，可是下一部影片就不能這麼做了，為了累積觀看次數，必須拍攝看起來順暢的影片，所以有必要事先想好要拍什麼樣的畫面。

還有，拍攝方式也是個問題，總不可能光明正大地舉著手機就走進店裡，坐到位置上之後，也會被要求不能攝影，這樣的話，就只能偷拍了。於是壯彌在網路上搜尋有什麼樣的偷拍手法。

最後，他的結論是眼鏡型的攝影機應該不錯，有一種是在黑框眼鏡的中梁中間安裝攝影鏡頭，這種類型的，就可以從正面拍攝交談對象的臉了。雖然擔心面對面的話會不會被對方發現鏡頭的存在，不過他放大了網路上的眼鏡圖片，也找不到鏡頭在哪裡。坐檯酒吧店裡應該不會太明亮，看來不需要擔心被看穿眼鏡是偷拍攝影機了。

壯彌立刻在網路上下單，價格不到一萬日圓，比想像中的便宜。商品很快就送到了，壯彌先試戴看看，他從鏡子裡看自己的臉，卻完全看不出眼鏡上裝置了攝影機，左看右看，都只是個普通的眼鏡罷了。這樣就沒問題了，這麼想的同時，他也感受到世道的可怕，沒有人會知道自己在哪裡被誰拍下了影像。

壯彌也在網路上預習了坐檯酒吧的流程及客人的規矩，畢竟對於沒有絲毫欲望想去那種店的人來說，酒店是個門檻很高的地方。他害怕像自己這種涉世未深的小毛頭就算去了，小姐也不把他當一回事，所以至少要在事前先學好他能學的東西。

他也看了澤渡告訴他的那間店的網站，首頁上有身穿小禮服，頭髮梳得高高的小姐們的照片，光是看了那些照片，他就湧起退縮的念頭了，可是他非去那裡不可。於是他先點開了寫著「成員介紹」的小姐一覽頁面。

上面有成排的女性照片，卻沒有他想找的名字，頁面上附註了店內還有其他許多小姐，大概是能登在網頁上的，只有願意露臉的人吧，看樣子澤渡說的那位小姐不願意露臉。

壯彌平常和女性交談就有障礙了，更何況是這麼妖豔的女性，該聊些什麼才好呢？

越想他就越憂鬱，最後下了個結論：炒熱氣氛是對方的工作！小姐們都很專業，一定可以找出話題的，如果遇到也喜歡動漫的小姐，他有自信可以聊得很愉快。他只能抱著破釜沉舟的決心，硬著頭皮去試試了。

壯彌決定好前往的日期，為自己做了行前心理準備。目標的那間店從晚上八點開始營業，他本來以為只有這裡這麼晚開店，沒想到錦糸町的其他坐檯酒吧也都差不多，大概是為了方便小姐帶著客人一同入店，所以營業時間才訂這麼晚吧。

壯彌隨意吃了一點東西後，搭乘ＪＲ總武線到錦糸町站，名為「Elley」的那間店，距離車站步行只要幾分鐘。從出了車站驗票閘門的那一刻起，壯彌的身體就因緊張而僵硬。可以的話他真不想去，可是又不斷告訴自己為了獲得果南的認可，這一關是逃不掉的。

壯彌拿出手機開始拍攝影片，因為他不想立刻上傳關鍵影像，而是要先做一點鋪陳。好不容易拍到的獨家畫面，一次就全部公開實在太可惜了，他打算分成好幾個階段上傳影片，來吸引人們的注意力。

「那麼，我現在要拍攝的是重大畫面。聽說東京展覽館大量殺人案的兇手，竟然有心儀的女性，我現在就要去見那個人。」

壯彌一個人自言自語，當然，這是旁白。雖然是周圍的人聽不見的音量，不過戴在耳朵上的無線耳機的麥克風可以收到音，他已經測試過好幾次，確認好多大的音量才可以錄到聲音。現在的無線耳機很優秀，即使只是細微的喃喃自語都可以收錄到清晰的聲音。

「兇手齋木有喜歡的女人，這件事還沒有其他地方報導過，其實我也是透過某個管道獲得這個極機密的情報，這是因為我拍下了犯案現場的影片，所以才得到的情報，搞不好這與齋木的犯案動機有所關聯，是一個大獨家。」

壯彌明白表示了這部影片的價值，他並不認為這是誇大，齋木有一名執著的女性，或許真的能揭開他的犯案動機。警方不太可能不知道有那名女性的存在，不過公開讓一般大眾知道，也許會有新的情報進來，如果因為壯彌的行為讓犯案動機明朗化，果南也會感謝他吧。

壯彌繞過車站前的圓環，走入大樓之間。和新宿的歌舞伎町及池袋北口不同，沒有太多雜亂猥瑣的感覺，單調無趣的辦公大樓之間，點綴著一些店家，即使如此，現在已過了晚上八點，因此華麗的霓虹燈非常顯眼。

目標的大樓前方並沒有攬客的小姐，是現在規定不能攬客了嗎？在來這裡的路上也有其他坐檯酒吧，不過沒有人硬是將他攔下來，讓他鬆了一口氣，如果有人在攬客的話，他就不能光明正大拿手機拍攝了。壯彌停下來，將手機朝上拍。

拍到招牌之後，放大畫面，大樓的五樓可以看見店名「Elley」。手機的拍攝就到這裡為止，於是他附上一段結語旁白。

「好的，這裡就是那個女人工作的店家，也就是說，那個女人是名酒店小姐，很驚訝吧，看來齋木是迷上了酒店小姐。那名小姐究竟是什麼樣的人呢？我想要潛進去採訪。」

關掉攝影功能，收好手機及無線耳機，然後壯彌拿出裝設了錄影鏡頭的眼鏡戴上，長按鏡腳上的電源鈕後，再次開始錄影。雖然他又出現了想逃走的念頭，不過他暗中喝斥自己之後，搭進了大樓的電梯。很快地就到了五樓，電梯門一開，就沐浴在「歡迎光臨」聲中。

「一位嗎？」

穿著黑西裝的年輕男性走近問道。萬一對方上下打量對他品頭論足的話，他可待不下去，不過酒店少爺並沒有這麼做，壯彌以幾乎顫抖的聲音回答：「對。」

「您要指名嗎？」

壯彌在事前做的功課中已經知道對方會這麼問了，即使對方沒有問，他也打算要指名，和目標以外的女性談話也沒有什麼意義。

「我要指名麗娜。」

如果澤渡的情報還沒太過時，這間店裡的確有名叫麗娜的小姐，問題是不知道她今天有沒有上班。雖然他曾想過要不要先打電話來確認，但也不知道對方願不願意回答，而且他根本沒有勇氣打電話過來。如果麗娜不在的話，他打算待個三十分鐘就走。

「麗娜嗎？請稍等。」

不過幸好酒店少爺沒有說麗娜休假。她在嗎？這樣就不用跑第二趟了，壯彌默默地鬆了口氣，他的心跳至今仍用力得彷彿心跳聲要傳入耳中。

服務人員帶領壯彌進入店內後，他坐在沙發上。才剛開店，因此其他客人並不多。雖然他很想四處張望，不過這麼做會導致影像晃動看起來不清晰，轉動頭部的時候一定要放慢速度。壯彌在不至於不自然的程度下，一點一點移動臉部。

「歡迎光臨。」

馬上就有女性過來，壯彌忍不住慌忙抬起頭，站在眼前的是身穿水藍色小禮服的褐髮女性。這個人就是麗娜嗎？壯彌僵硬地打招呼：「妳好。」

「可以坐你旁邊嗎？」

明知對方不會說不行，她還是如此問道。「請坐。」壯彌回應後，她以帶著鼻音的聲音說：「謝謝。」然後遞出手中的名片。

「我是麗娜，你好呀。聽說你指名我，不過你是第一次來吧？」

「呃，嗯。之前我朋友來，說這裡有很可愛的女孩子。」

指名的理由壯彌事先已經想好了，他猜想就算說謊穿幫了，對方應該也不會深究。不知道麗娜是否真的相信，總之她直接表現出開心的樣子。

「欸～是這樣嗎？希望你看到真人之後不要覺得失望。」

雖然麗娜這麼說，不過她的長相已經夠可愛了，圓臉加上眼角略微下垂的小狗眼，是療癒型的外貌，看起來有一點狐狸臉，不過喜歡這款長相的男人應該很多吧，外表太過美豔的類型給人強勢的感覺，所以壯彌對這種的也比較有好感。

「完全不失望啊，比我想像的還要可愛。」

自己也很意外地發現，話就這樣流暢地從嘴中冒出。雖然一部分原因是對方療癒型的外貌讓他畏縮的情緒消失了，不過他也隱隱約約有一種似曾相識的感覺。仔細一想其中的原因，他發現是因為酒店小姐和角色扮演者有一些相像，都是非日常的服飾加上濃妝，還有平常絕對不會這樣梳得高高的髮型，每一點都和角色扮演者相同。如果以這樣的角度來看，壯彌覺得酒店小姐就像魔法少女一樣，若她們手上還有魔杖的話就完美了。

「哎唷，好開心喔，客人你好會說話。」

麗娜睜大了眼睛，雙手交握在胸前，雖然胸部大小一般，不過看得到乳溝。壯彌想起了果南說乳溝是可以造假的，這個一定也是偽造的乳溝。

「方便的話，可以和你拿一張名片嗎？該不會你還是學生？」

為了創造下一次的指名，小姐們都會想知道聯絡方式，壯彌已經在網路上查過了，當然他並不打算告訴對方自己的聯絡方式，更何況他根本沒有名片。

「嗯，我是學生，所以沒有名片。」

「這樣子啊，那要不要交換 LINE？」

對方這麼提議，讓壯彌有些慌張，他以為只要說沒有名片對方就會放棄了，然而是他指名對方的，不交換 LINE ID 的話太不自然了吧，無奈之下，壯彌只好和她互加為好友，反正他 LINE 用的不是本名，要是之後太麻煩封鎖她就好了，壯彌瞬間如此判斷。

「還是學生的話，你主修什麼？」

點了飲料之後，麗娜延續先前的話題。真不愧是專家。壯彌在回答的同時，依然盡可能地看著麗娜的臉，這是為了不讓眼鏡上的鏡頭移位，點頭時也不要晃動脖子比較好。

所以他才會發現，麗娜應該沒有第一印象中認為的那麼年輕，雖然是娃娃臉，不過感覺和壯彌不是同世代的人，大概是二十五到近三十之間吧。當然這個年紀也還是很年輕，只是壯彌刷新了認知，原來她比自己年長啊。

「你在學校有加入社團嗎？」

麗娜拓展了話題的廣度。詢問客人的工作或興趣，找出可以成為話題的線索是基本技巧吧，如果客人是上班族的話，也可以用稱讚服裝或手錶來開啟話題，只不過壯彌身上並沒有佩戴足以受到稱讚的物品，那麼興趣算是比較保險的話題吧，壯彌心想。

「我沒有參加社團，我是個阿宅。」

「阿宅？哪方面的阿宅？」

「動漫宅。最近我交到在玩角色扮演的朋友，之前去了扮演者的活動，很好玩。」

雖然擔心聊動漫的事會不會是一步險棋，不過他將話題轉到角色扮演者活動上，而不是動漫展。如果要公開影片的話，至少要創造一些觀眾會喜歡的場面，所以他不可能完全不提到動漫相關的話題。

「哦～角色扮演，真好呢，我也想要試試看。」

「妳的打扮就像在玩角色扮演啊，跟魔法少女一樣。」
壯彌不加修飾地說出心中所想，麗娜聽了咯咯直笑。
「我第一次聽到有人這麼說，你真是有趣的人呢。」
她也許是刻意做出這麼大的反應，不過卻沒有在演戲的虛偽感。幾句話就讓對方笑成這樣，壯彌感到很開心。原來如此，男人就是為了追求這樣的對話而來到坐檯酒吧的嗎？他開始有點能夠理解這種心情了。
「動畫的話我也有看過幾部喔。」
麗娜這麼說，舉出了幾部作品名稱，每一部都算是低年齡層的兒童在看的卡通，不過她舉的都是長壽型的作品，或許是她小時候看過的也說不定。壯彌小時候也看過那些動畫，所以應對無礙。不過那和動漫宅看的作品類型是兩回事，她是努力配合自己的吧，壯彌心想。
「麗娜小姐，妳還有其他主業嗎？」
光是由對方一直提問無法成為好的影片，於是壯彌看準了時機問道。麗娜搖搖頭。
「沒有，就只有在酒吧，白天很難找到什麼好工作。」
「現在的大環境就是這樣呢，我也很擔心找不到工作機會。」
比起派遣或非正職工作，到坐檯酒吧上班賺的錢應該多很多吧。長得可愛的女生還有這條路可走，真好，壯彌在心中這麼想。沒有一份正職工作，長期過著底層生活的話，就會變成像齋木那樣，齋木是否很羨慕麗娜呢？壯彌想像著。

「有讀大學的人應該不用擔心吧。像我這樣的人，看不到未來才是充滿了絕望呢！」

出乎意料地，麗娜說出了灰暗的話，因為她長著一副療癒系的臉又很愛笑，所以壯彌以為她是個性格開朗的人。人真的是不能從單一面向來理解呢，壯彌重新體認到。開朗的印象是營業用的一面吧。

「絕望這個詞太沉重了吧，只要和有錢人結婚不就可以馬上逆轉了嗎？」

像齋木那種靠打工維生的男人，她一定沒有放在眼裡。就算不能一口氣直搗核心，也能夠慢慢地從周邊問題進攻，壯彌覺得發現了自己的意外才能。

「你認識那種有錢人的話一定要介紹給我喔～」

麗娜像在轉換情緒似地笑了，不過和先前不同，這次可以感受到她有些勉強。

大約聊了三十分鐘後，麗娜就被叫到其他桌去了。「我會再回來。」麗娜離去前這麼說，不過以影片素材來說已經夠了，壯彌不想付延時費，所以決定就到這裡結束，只不過他無法否認還想要再和麗娜多聊一些的心情。

他覺得好像明白齋木會頻繁來這裡的理由了。

8

回到家後壯彌確認了畫面，坐檯酒吧店裡雖然昏暗，不過與拍攝對象之間的距離夠近，所以拍到了可以拿來使用的畫面。麗娜的長相和說話方式都可以清楚辨識，這部影片一旦公開後，毫無疑問地會獲得很大的迴響。

話雖如此，他並沒有立刻放出麗娜影像的打算，因為他已確實體會到，影片的受關注程度總有一天會下降，就連有人實際遭受殺害的影片，都隨著時間過去關注度越來越低，如果想要不斷吸引他人的注意力，就要懂得收放之間的拿捏。

為此，壯彌才會拍攝從車站走到酒吧那段路的影片。他的打算是一開始先公布這段影片，然後等待幾天，等到人們的關注度夠高了以後，再上傳麗娜的影像。而且那段影像一開始先在麗娜的臉上打馬賽克感覺也不錯，壯彌有些煩惱該如何編輯才好。

他將從車站到酒吧的那段影片加上標題、嵌入重點字幕和最後吊人胃口的幾句話後就完成了。壯彌事先在推特上發表了「我得到東京展覽館一案最新的情報了！」這種煽動的貼文，然後有好幾個人回應「欸，是什麼情報？」、「是什麼是什麼？」，按讚數也有一百個以上。案件發生後已經過了一段時間，追隨者數不斷地在減少，壯彌心想這樣的話又會再次出現盛況吧。

在推特上的預告過了三天後，他將第一段影片放上了YouTube，犯案當時的影片雖然馬上就遭到刪除，不過這次的就沒問題了吧。他很期待不停往上增加的觀看次數，每隔五分鐘就要確認一次，影片公開之後，數字直線上升。

留言欄裡出現了「這樣就結束了？」、「幹嘛賣關子啊！」的評論，不過「這個真的是大獨家耶！」、「好期待第二段影片！」等正向的回應也不在少數。關注再次回到自己身上，能夠實際感受到這點，讓壯彌情緒高昂。這就是變身的快感，他心想。

那是他公開影片後的隔天。午休時間他到了校園內的便利商店，可是卻沒看到果南，他猜想她今天或許和朋友去吃飯了，買好自己的午餐後就離開店內。這時，旁邊忽然有人叫住他。

「龜谷同學。」

是果南。看來她的課似乎提早結束，於是剛好和壯彌錯過，先離開了便利商店。

「喔喔，西山同學。我還以為妳今天不吃便利商店，跑去其他餐廳了呢。」

「你有空嗎？」

果南沒有理會壯彌的話，表情很凝重，但是壯彌並沒有將事情看得太嚴重，只是想說發生什麼事了嗎？

「有啊，要一起吃飯嗎？」

這麼說完，壯彌才注意到果南手上並沒有便利商店的袋子。難道她不是已經買好了東西，而是現在才要去買嗎？那我就等她一下吧，壯彌心想。

「不用了，我只是有話要說。」

不過果南的反應很嚴肅，壯彌終於開始覺得好像和平常不太一樣。

「那我們找個地方坐吧。」

壯彌僵硬地回答，開始尋找空著的長椅，他很快就找到了，兩人並肩坐下。果南從一開始就斜坐，臉朝著壯彌，壯彌被果南的態度震懾，完全沒有吃午餐的心情。

「你不是公開了新的影片嗎？那是怎麼回事？」

果南的語氣中帶著質問，她是因為那段影片而生氣嗎？可是壯彌不明白果南為何會生氣，這是他為了讓果南開心才去拍的影片呀！

「就是我找到東京展覽館案的兇手喜歡的女人了啊，這樣不就有機會知道兇手真正的動機了嗎？」

這不需要解釋也可以理解吧，真奇怪，雖然壯彌內心這麼想，不過還是向果南說明。果南的表情沒有改變，深吸了一口氣。

「你在說什麼呀，那是警方的工作吧！」

原來是這樣啊，聽到這句話，壯彌理解了。因為我深入險境，所以她才生氣的吧，動漫裡也經常有這種場景，女主角對於有勇無謀的男主角真心感到憤怒，當然這也是因為擔心男主角安危的緣故。壯彌察覺到果南的怒氣是源自於她對壯彌的擔心。

「話是這麼說沒錯，可是廣泛向民眾公開，搞不好情報會自己找上門呀。」

這一點也不危險，反而還很有趣，壯彌原本想要加上這句話，但他卻說不出口。他與麗娜聊得很愉快的這件事，撕爛他的嘴也不能和果南說。

「你覺得為了達到這個目的，兇手喜歡的女性之後有什麼遭遇都沒關係嗎？」

「蛤？」

壯彌瞬間不明白果南想要表達什麼了。難道果南不是因為擔心我嗎？她是為了誰才動怒的？

「你打算公開到什麼程度？該不會連那名女性的臉和名字都要公開吧？」

果南是在責備壯彌。直到現在，壯彌才領悟到自己會錯果南生氣的原因了。果南是為了麗娜才生氣的嗎？可是為什麼？他覺得果南沒有生氣的道理呀。

「呃，可是，如果不揭開那個女人的身分，情報就不會出現呀。」

壯彌慌亂地回答道，但果南嚴肅的表情還是沒有改變。

「你做這種事，會害那個女人沒辦法活下去，她會受到社會大眾的譴責，被逼到絕境，不但沒辦法再工作，或許還會無家可歸，你沒有這麼想過嗎？」

「妳也說得太誇張了，那個女人如果沒有做錯事怎麼會被譴責，要是她有錯的話被譴責不也是剛好而已嗎？」

「這怎麼會是剛好而已，就算她是造成事件開端的人好了，也不能因為這樣就合理認為可以剝奪她活下去的權利。」

看來他和果南之間，有很大的認知鴻溝，即使在網路上遭受攻擊，也不會因此而活不下去，果南是不是將網路世界與現實世界混為一談了啊？

「我就說妳的想像太誇張了，在網路上遭到攻擊怎麼會死呢？網路這種東西就是熱度來得快去得也快，過一段時間之後大家就都忘了。」

現在就是因為壯彌已經快要被遺忘了，所以他才會為下一步做打算，要是大家沒有遺忘掉壯彌英雄般的行為，那他就不會去找出麗娜了。

「我想是忘不掉的，應該說，只要曾經公開在網路上，就會一輩子留下紀錄，不論那個人逃到日本的任何角落，都有可能會被某個人察覺。」

「就算真的是這樣，那也是她罪有應得吧？如果她不是造成事件開端的人，怎麼會被人人喊打到這個地步。」

「我不這麼認為，即使她完全沒有錯，這個社會也會不斷譴責她逼死她。」

果南皺起眉頭，嘴巴抿成一條直線，然後，她稍微放緩了質問的語氣。

「因為你沒有實際體會過網路的可怕。即使像我這種無名小卒，只要在網路上多裸露一些，馬上就會遭到攻擊，像是恐龍啦，或是醜女之類的，都是根本不認識的人毫無理由地胡亂攻擊。我覺得很不可思議，他們是出於什麼心態說出這種話的？都不會討厭滿不在乎地說出這種話的自己嗎？這個世界上有非常多能下手對他人潑出髒水的人，更別說他們一旦相信自己是正義的一方，那更是無人可以阻擋了。我很害怕網路上的負面情感，明白原來人類是如此殘酷的生物總是讓我感到悲傷，即使如此，我還能夠繼續堅持玩角色扮演，都是因為有願意稱讚我的人存在。比起惡意貶低的人，不吝於稱讚的人一定還是比較多的，我是這麼相信所以才能持續下去，可是會牢牢扎在心中的，還是那些惡意言論。就算被人稱讚了一百次，只要遭受一次中傷，就會陷入非常黑暗的情緒中，就算只有那麼一次也一樣，所以，如果惡意言論是數以萬計攻擊而來的話，我想就真的活不下去了。我不敢相信你竟然連這種事具有多大的危險性都無法想像。」

果南的口氣與其說是在責備壯彌，更像是在哀切訴說悲傷的現實。聽著聽著，壯彌也開始覺得自己這麼做不好，就在他準備要道歉時，果南在最後一句話拉開了與他的距離，這讓壯彌大吃一驚，急忙想要挽回果南的心。

「是呀，妳說的沒錯，是我做錯了，我不會公開之後的第二段影片了。」

「嗯，就請你這麼做吧。」

果南點頭。正當壯彌鬆了一口氣想果南是否原諒了自己的時候，她又拋出了這麼一句話。

「之前我不是說過，也許兇手憤怒的，就是社會大眾有多麼缺乏想像力這件事嗎？我覺得我的想法並沒有猜錯。」

果南沒有看向壯彌的雙眼，一個人自言自語般地說道，壯彌的腦中一片空白，連一句辯解的話也說不出來。果南站起身，然後留下愣住的壯彌，不發一語地離開。

言語會扎在心中，果南是這麼說的，而現在，壯彌體會到了這是怎麼樣的一回事。

第五章

1

連結中的影片，是案件發生時拍下整個過程的人拍攝的新片段，不知道他是從哪裡獲得情報的，不過裡面說他找到了兇手齋木喜歡的女性。影片從ＪＲ錦糸町站開始，只是在拍攝走路的過程，因為完全摸不著頭緒他要走去哪裡，就繼續看下去，沒想到他在坐檯酒吧前停了下來。攝影機雖然隨著抬頭往上看酒吧招牌的動作移動，但最重要的店名卻打了馬賽克，而且影片到這裡就結束了，上傳者說這是潛入採訪，所以之後應該會有第二段吧。故意吊人胃口，讓安達感到很焦躁。

安達沒有任何線索判斷這個情報是真的還是假的，不過拍攝者說是因為他拍下了犯案現場的影片，所以才能得到這份情報。也許真的有這麼回事，現在和過去不同，即使沒有任何關聯的人，也可以透過網路輕易地聯繫，手握情報的人主動去找拍攝者，也不是什麼太奇怪的事。

再加上這和安達得到的情報一致，也讓影片的可信度增加了。齋木有喜歡的女性，還有他需要錢，這兩個情報和影片中指出，齋木心儀的對象在坐檯酒吧工作並無矛盾之處，相反地，就像拼上了一片拼圖一樣讓人恍然大悟。應該是可以相信這部影片的吧。

下了這個結論之後，安達就在等待下一部影片，結果不但沒有續集的消息，那支影片本身也遭到刪除了。這次的影片和犯案過程的那部不同，應該不可能被YouTube刪除，雖然觸及了個人隱私的邊緣，不過不只臉，連名字都沒有出現，這樣能想到的就只有影片不是遭到刪除，而是拍攝者自己下架的。

發生什麼事了呢？是拍攝者收到來自女性的抗議嗎？這非常有可能，不過安達卻覺得非常挫敗，原本以為可以不用費一番工夫就找出齋木喜歡的人，沒想到事情不如人願。

這樣的話，就只能靠自己去搜尋了。幸好遭刪除的影片已經被轉傳到其他各個網站了，只要以這部影片為線索，就可以找到該女性工作的酒吧了。問題是那之後要怎麼做。

突然跑到酒吧去，問說和齋木熟識的女性是誰，對方也不可能會說，一個弄不好，或許還會被店家掃地出門也說不定。

不過從另一方面想，搞不好可以像家庭餐廳那時一樣，找到願意收錢提供情報的人，如果有和目標女性感情不睦的小姐，那對方更有可能積極爆料，總之要先到酒吧去看看，才能夠開拓新的道路。

安達一邊播放影片，一邊使用 Google 地圖確認怎麼走。影片的時間大約五分鐘，Google 地圖上面也有標示坐檯酒吧，是間名叫「Elley」的店。

安達直接打開了酒吧的網站，他沒有去過錦糸町的酒店，所以無法推測這間店的消費層級在哪裡，不過至少網站上露臉的小姐們素質都很平均，就算比銀座或六本木等級差一些，看起來也不像二流的店，只不過小姐的照片應該都是有經過修圖的吧。

他和美春打聲招呼說要出門一趟，就離開了家中，美春雖然一臉擔心，卻沒有阻止他。既然目標是從恐慌症中復原，那就只能讓自己動起來，這件事美春也很清楚。

安達搭乘東京地下鐵半藏門線，坐到錦糸町站。坐檯酒吧的營業時間從晚上八點開始，所以他出門的時間絕對不會太晚。安達打開 Google 地圖確認路線，朝著「Elley」前進，如影片拍攝的，五分鐘就走到了。

安達並不是從來不曾踏足這類的店家，但他也不是自己喜歡才去的，他只在應酬時去過，因此次數應該不滿十次。他不是瞧不起在店裡工作的女性，只是有美春他就滿足了。

因為經驗不多，所以踏入店內時有些緊張，他告訴迎上前來的酒店少爺自己沒有特別要指名誰。店裡的裝潢有皮革沙發及水晶吊燈等，不會輸給六本木的酒吧，不過費用比較便宜，應該會有更偏好這裡的客人。

「歡迎光臨，你是第一次來吧？」

或許是店裡的客人還不算多，一次來了兩位小姐，雖然覺得一對一比較好談話，可是也無法拒絕。坐在安達兩側的小姐，各自遞出了自己的名片，因為她們也想要安達的，所以安達拿出了銀行名片，看到公司名稱後，兩人都驚叫了聲「好厲害」。這大概是營業模式的反應，不過她們或許也期待著安達出手夠大方。

「你的公司在大手町，為什麼會來到錦糸町呢？平常應該都是去銀座的店吧？」

出乎意料之外，對方毫無顧忌地發問。對於難得上門的客人，詢問為什麼會來這裡不是大忌嗎？或許在大手町工作的人真的很少會來這裡，因此實在太好奇了吧。安達沒有事先準備好答案，所以瞬間轉動起腦袋。

「銀座的女孩子比較偏冰山美人，我覺得有點累了，所以想找隨和一點的女孩。」

討對方的歡心對於打開對方的話匣子是必要的手段，所以他才這樣回答，果然兩人也都很開心。

「那你就來對了，我們完全不會裝模作樣！」

「沒錯沒錯，親切隨和就是錦糸町的賣點。」

左右兩邊妳一言我一語。原來如此，的確是這樣，她們兩人感覺都沒有奇怪的矜持。

兩名女性的相貌都還算可愛，但不是網站上刊登的照片那種美女類型，不過銀座也一樣有這類型的小姐。聽說在服務業，腦筋的靈活度比外表來得更重要，她們是不是腦筋很靈活的人呢？總之，幸好是不加多想，嘰嘰喳喳的類型。

「今天不需要工作嗎？」

右邊的女孩問。因為是平日，安達卻沒有穿著西裝，所以她才這樣問的吧，安達決定這題據實以告。

「其實我得了恐慌症，沒辦法去上班，目前停職中。」

「蛤～那一定很辛苦。」

「你一定吃了很多苦吧。」

兩人都給予了同情。不過安達並不打算坦白說出這是肇因於自己的愚蠢。

「我以前一直以為自己很堅強，沒想到我並不是很了解自己。」

「是呀，在大公司上班應該很容易就在不知不覺中累積了壓力吧！」

「這裡的客人也是啊，很多人是不釋放壓力就感覺快發瘋了所以才來的。」

話題在沒有刻意營造之下，開始往好的方向前進。安達謹慎地選擇說出口的話。

「這我可以理解呢，所以我才會來呀。」

「那就在這裡享受放鬆時刻吧，我們會好好療癒你的心靈～」

「喝完啤酒要點什麼？要來一杯不一樣的嗎？」

對話中還是不忘認真工作，安達克制住想苦笑的心，回答道：

「難得來一趟，就開一瓶酒吧，妳們也要喝吧？」

「那我們就不客氣了，謝謝招待。」

即使開了一瓶酒也不代表之後還會再來，這是為了讓她們留下好印象。要是太吝於花錢，對方大概不會願意開口。

「像我這樣內心生病的客人應該很多吧？」

安達硬是將話題拉了回來。像這樣主動帶話題，如果她們知道齋木的事，應該第一個就會想到他才對，然而她們兩人都沒有特別聯想到他的樣子。

「不知道呢，畢竟不是每個人都像你一樣願意老實說出來。」

「反而是這樣的人才不會老實說，那種說自己快要發瘋的人，大多看起來都很正常。」

他的猜測落空了。她們兩人看起來都不像在裝傻，難道是不知道齋木是這裡的常客嗎？還是說齋木喜歡的女性雖然在這裡工作，但她是從其他酒店跳槽過來的？如果齋木光顧的是她以前工作的酒店，那麼這兩人不認識齋木也不奇怪。

「是嗎？可是聽說之前在東京展覽館發生的那件事，那個兇手就去過坐檯酒吧，妳們不知道嗎？」

不得已之下，安達只好賭一把。他認為如果提到具體事件，她們應該多少會有一些反應吧。果然不出所料，兩人的表情變得僵硬。

「啊，你是看了那段影片才來的嗎？那段影片是假的，兇手根本沒有來過這間店。」

「沒錯，給我們帶來超多麻煩，這是什麼惡意騷擾嗎？」

兩人都降低了聲調，她們似乎是關閉了營業模式，可以很清楚感覺到她們雙雙拉開了距離。看來是安達賭輸了。

「假的嗎？那為什麼對方要上傳那種影片？」

反正對方都升起了警戒心，再怎麼掩飾也沒有意義了，安達乾脆改變方式，繼續提出疑問。他想，只要不放棄地一直丟出問題，說不定可以得到找出齋木心儀女子的線索。

「我哪知道啊，要嘛是惡意騷擾，不然就是搞錯了吧。」

「不好意思，如果是出於奇怪的好奇心才來店的客人，我們必須請你出去，我要叫少爺來了。」

小姐們的態度比想像中還要強硬，安達沒有想過對方會趕自己出去。沒辦法再繼續探問下去了，他只好放棄，一點收穫也沒有，真是太遺憾了。

「我不是出於好奇心，可是被妳說成這樣也不好玩了，那我回去了，剛才那瓶酒就當我沒點過。」

「我明白了，客人結帳。」

小姐叫來酒店少爺，給予指示，在金額結算好之前，兩人就都起身離開了。她們會以這麼冷淡的態度應對，究竟是因為齋木真的來過這裡，還是因為單純害怕謠言造成店譽損傷？兩人的態度感覺像是後者，可是搞不好只是因為她們很擅長演戲。

酒吧的費用在合理範圍內，並沒有被敲竹槓，安達以現金支付後就離開了店內。小姐們並沒有出來送客。

走到大樓外後，安達抬頭仰望酒吧。那支影片感覺不像是對店家的惡意騷擾，可是就算齋木喜歡的人就在這裡，安達也沒有鎖定對象的方法。他感受到外行人的極限，焦躁感不斷增加，忍不住喪氣地想，會有明白齋木真實想法的那一天到來嗎？

2

雖然他沒有小看這件事，不過學偵探一樣查案比他想像的還要困難，缺乏知識、技術和人脈的人，突然想去調查某個人的過去怎麼可能順利成功。如果自己擁有讓對方洩漏口風的技巧，就可以在坐檯酒吧掌握到情報了，明知線索就在那裡，卻兩手空空頹喪而歸的自己實在是太沒用了。

外行人能夠仰賴的就只有網路，而網路上靠著照片上一點點的情報，搜索出地點或人物的例子並不少見，安達期待這些人能發揮力量，替他找到齋木喜歡的人。已經知道對方工作的地點了，就差一步而已，鄉民們的好奇心應該受到了很大的刺激才是。

話雖如此，又不能一整天都對著電腦，這麼做鬱悶的心情並不會比較開朗，雖然不想出門，但要是輸給了這股情緒，恐慌症就沒有希望痊癒了吧，就算要不斷鼓勵害怕外界的自己，也必須繼續外出調查。

齋木的過往片片段段地被人爆料出來，除了那間家庭餐廳之外，他曾經工作過的其他地方也被挖了出來，根據網路情報所說，那是間在龜戶的小鋼珠店。已經是五年前的事了，過了五年的話或許認識齋木的人都不在那裡了，但為了靠自己的力量調查，安達還是決定去一趟。

在此之前安達從來不曾去打過小鋼珠，他對賭博類的遊戲完全沒有興趣，無法理解怎麼會有人因為賭博身敗名裂。可以想像世界上會有自己無法理解的娛樂存在，但他更想將想像力用在其他地方。

或許因為安達是這樣的人，當他前去拜訪小鋼珠店的時候，對方的反應極其冷淡，只是不停說著「不認識」，根本不願好好聽安達說話，安達很努力地想纏著對方，但卻只是徒勞無功。真的是沒有人認識齋木嗎？還是因為不想扯上關係所以什麼都不想說？他連是哪一個原因都不知道。

有一種走進死胡同的感覺。光是能夠和齋木的母親及荒井談到話，也許就夠幸運了吧，可是他的運氣似乎早早就已經用光了。他開始思考起說不定只能半途而廢地結束調查，在恐慌症還不見治好之下就回公司上班了。

就在這時候，跳出了LINE訊息通知。安達完全沒有頭緒會是誰，打開一看，不禁瞪大了眼睛，傳訊息的人是荒井。

「前幾天謝謝你了，那時候你拜託我，那個偶爾會和齋木說話的男性，我可以幫你介紹。」

只是閱讀了這麼一段句子，心情感覺就整個開朗了起來。馬上就陷入沮喪，然後又會因為一點小事而情緒飛揚，都是因為恐慌症的關係嗎？他本來已經感到走投無路了，因此格外開心。

「只是，可以像我那時候一樣付受訪費用嗎？對方說這樣的話，他願意和你見面。」

安達對下一句話苦笑了起來。這也是沒辦法的事吧，不花錢對方就不肯開口，這件事安達已經親身體會到了。外行人想要獲得情報的話，最終還是只能靠金錢的力量。

「謝謝妳的聯絡，請妳一定要幫忙介紹。受訪費用我明白了，不論約在哪裡我都可以過去，可以請對方指定時間地點嗎？」

安達回傳了訊息，荒井沒有過太久，就回覆了「那麼我和他商量後再跟你聯絡」。隔天兩人再度互傳訊息，敲定了馬上可以見面，地點就在之前和荒井見面的塔利咖啡。

因為荒井不會陪同出現，所以安達帶了一本大開本記事簿，讓對方可以認出自己。記事簿的書套是皮革製的，具有高級質感，因此應該是很醒目的物品。安達在約好的時間前二十分鐘抵達，將記事簿放在桌上，和先前一樣，在對方抵達之前他都在上網等待。

荒井介紹的是一名年輕男性，聽說他和齋木不同，不是打工人員，而是正職的廚師。年紀和待遇都有差還能夠產生友情嗎？安達反射性地感到疑惑。「偶爾會和齋木說話的男性」，荒井在 LINE 上是這麼寫的，這個形容很中肯，正往這裡來的正職廚師和齋木大概不是朋友。

在差不多約好的時刻，一名三十歲左右的男性走入店中，因為他很明顯在找人的樣子，於是安達半站起身吸引他的注意，然後他好像看到了記事簿，便走了過來。「是安達先生嗎？」他大聲確認。

「我姓今岡，是透過荒井小姐介紹的。」

「謝謝你特地來一趟，我是安達。」

在報上姓氏之後，安達詢問他想點什麼飲料。「咖啡。」因為今岡這麼說，安達便表示由他去買，今岡沒有任何不好意思地回道：「那就麻煩你了。」從他後來又加了句「大杯的」，可以看出他似乎是不懂得客氣的類型。

結完帳之後，安達端著擺了飲料紙杯的托盤回來，將托盤放在桌上後坐下，與今岡面對面，在不失禮貌的範圍內觀察著今岡。

因為是廚師，身上沒有不整潔的感覺，但也不會給人特別時尚的印象。外面套著卡其色夾克，下方可以看見廚師服，髮型是簡單俐落的短髮，臉雖小但看起來並不是個好男人，銳利的下巴反而有種狡猾的感覺，大概是因為他掛在嘴角的微笑就像是在冷笑的關係吧。

「我就不問你為什麼要打聽齋木的事了，所以，可以先給我受訪費用嗎？」

再一次地，今岡絲毫不覺得不好意思。他用了「我就不問」這種像是在賣人情的說法，難道是因為他察覺到了什麼嗎？安達內心想著這與其說是受訪費用，更像是封口費呀，同時拿出了皮夾。

「請收下。」

安達小聲說著，遞出了一萬日圓鈔票。「謝啦。」今岡回應完，咧嘴一笑。

「出手真大方呢，給荒井一萬，又給我一萬。哎呀，畢竟是犯下不得了案件的同學嘛，一定會在意的啊。」

本來是不想讓他多嘴所以才願意付錢的，沒想到才剛和今岡見面立即就感到不愉快了，於是安達希望他快點吐出情報。

「聽說你有些關於齋木的事要說。」

「喔，算是吧。」

今岡雖然這麼回應，但卻不馬上開口，而是一派悠閒地啜飲咖啡。他應該不至於以吊自己胃口為樂，但安達卻感到焦急了起來。不可以被對方打亂自己的步調，安達告誡著自己。

「我雖然是個廚師，但對咖啡的味道卻不特別挑剔，所以就算是這種連鎖店的咖啡我也覺得夠好喝了。」

他明知道這不是自己想聽的內容，卻悠悠哉哉地閒聊著。難道他手上有很珍貴的情報，珍貴到太快說出來很可惜嗎？還是說其實剛好相反？

「你和齋木是什麼樣的交情？」

安達無視於今岡的廢話，直接詢問他想知道的事。今岡帶著一點苦笑皺起了眉頭，一副敗給你了的樣子回答。

「就是職場上的同事，他是打工的廚師，而我是正職的廚師，不過同樣都在廚房工作，所以經常見到面。」

「也就是說你們並不是朋友。」

「職場上的同事就是職場上的同事，不會是朋友，這不僅限於齋木，其他人也是一樣。再說他是犯下那種案件的人，就算本來是朋友，現在也不會承認是朋友了吧。」

的確是這樣吧。不過安達已經理解到這個男人不是齋木的朋友了，因為從他的口吻中聽不出他在描述一個友好的對象。

「職場中的齋木是個什麼樣的人？」

他猜想應該會和荒井所說的齋木形象不一樣。今岡簡要地回答。

「是個陰沉的人，沉默寡言，不會自己主動說什麼的類型，就算大家聊天聊得很開心，他也不會加入。」

「廚房裡只有齋木一個人是計時人員嗎？」

安達要確認先決條件，如果其他人都是正職人員的話，可以想見也許很難打入他們的圈子之中。

「沒有啊，還有幾個人也是打工的，不過沒有像齋木年紀那麼大就是了。」

其他的計時人員都是年輕人嗎？這樣的話可以想像他的確很難加入任何一個圈子而不得不沉默寡言了，也許是因為這樣，所以和外場的荒井比較容易交談。

還有另一件讓他很在意的事。從今岡的語氣中可以感受到他對齋木的輕蔑，這大概不是錯覺，如果是遭到輕視的本人，感覺一定更強烈。

「齋木受到其他人排擠嗎？」

要確認這件事讓他很難受，小學時被霸凌的齋木，過了四十歲在職場還是被人排擠，從別人口中聽到這件事實在很痛苦。安達聽了荒井的話後之所以鬆了一口氣，是因為知道了原來齋木可以很平常地和他人交談，如果齋木還是和小學當時的情況一樣什麼都沒改變的話，會讓安達想像他過著絕望的人生，齋木是否曾經有過覺得活著真好的經驗呢？

「嗯……要說被排擠的話也可以算被排擠吧，不過那裡也不是大家可以熱烈聊天的地方，畢竟我們的工作是製作別人會吃下肚的東西，所以也不能劈里啪啦說個沒完。」

這倒是，安達稍微鬆了口氣，廚師在廚房裡聊天打屁的餐廳他也不會想去。

「這樣子啊，那你是否曾經覺得他一生氣人格就突然大轉變，或是發現他有意外暴力的一面？」

「哦～這方面啊，你想問也是很正常的啦，不過我沒有看過這些情況，我覺得他就只是個安靜又陰沉的人。話雖如此，我也不會說什麼『沒想到他會做出那種事』之類的話，畢竟人類會做出什麼事沒有人會知道。」

果然出現了與荒井不同的意見，不過這也只是一些很普羅大眾的論調罷了。

簡單來說，今岡只說出了一些換誰來說都一樣的內容。今岡和齋木並不熟，所以不可能熟知他的個性，聽這種人說話可以得到什麼情報嗎？安達開始懷疑了起來。荒井為什麼要介紹這種人給他？

「荒井小姐會特地把你介紹給我，是因為有些事只有你知道而已吧？」連要注意遣詞用字，安達都開始嫌麻煩了，他只覺得與其在那邊賣關子，不如快點全部說出來。

今岡陷入了沉默，也許是他發現安達不滿意他剛才提供的內容，而感到不開心了吧。過了一會兒，他才不情不願開口。

「荒井覺得齋木搞不好有女人，我想大概八九不離十了。」

「為什麼你會這麼認為？」

「我看到齋木的手機收到女人傳來的 LINE。」

這是個有用的情報。雖然齋木有喜歡的人已經差不多受到證實了，不過如果知道對方名字的話就可以更進一步，安達的身體忍不住向前傾。

「女人傳 LINE 給他，你記得對方的名字嗎？」

「沒有，我沒記那麼細。」

不過今岡卻一臉不好意思地搖頭。興奮感瞬間就洩了氣。這點程度實在稱不上多大條的情報，安達現在都已經知道齋木喜歡的女人在哪裡工作了，有女人傳 LINE 給他這一點，連驚喜都不算，畢竟如果是常客，傳傳營業 LINE 也不足為奇。

「那你知道的事就只有這些了嗎？」

因為太失望，安達顧不得客氣了，這麼點資訊可不值得一萬日圓啊，安達很想這麼抱怨。

3

今岡感覺很不爽，但或許是無法反駁，所以抱著雙臂貼靠在椅背上，大概是他自己也發現那些資訊不值得一萬日圓吧。這點程度的內容就覺得是新情報，他應該是不知道網路上那段影片的事。

「那我來猜猜你為什麼要調查齋木的事吧，是因為愧疚感吧，不是嗎？」

不知道他在打什麼主意，今岡突然改變了話題。齋木小學時受到霸凌的事，媒體已經報導到爛了，而他大概是從荒井那裡聽說了安達是齋木的小學同學，這樣的話要看穿安達的意圖並不是多大的困難，今岡那副「我贏了吧」的表情讓安達非常不愉快。

「那又怎麼樣？」

安達一改先前的態度反問道，要是示弱的話，像今岡這樣的男人大概會趁勢爬到頭上來，所以他必須表現出不卑不亢的樣子。

「也難怪你會覺得愧疚，你是在一流銀行上班、一帆風順的精英，可是齋木卻是連個像樣的工作都沒有，靠著打工維生只有一年比一年老的下流中年，你們兩人相差太多了，所以覺得很對不起他吧。不過啊，你那個其實不是愧疚，你只是在逃避正視你真正的想法。」

「這話是什麼意思？」

安達雖然反擊了，但卻被今岡的言論給刺傷，因為他反射性地有一種今岡正要說出正確答案的預感。今岡鬆開環抱的雙手，湊上臉來。

「來聊聊我的事吧。我和齋木不是什麼朋友，因為我瞧不起他。我是不知道什麼就業冰河期啦，但是像你這麼優秀的人還是能夠安穩地在一流的企業工作啊。那一代的人啊，就是對自己太好了，覺得都是別人的錯，莫名其妙地很會幫自己找不順遂的理由。」

今岡一臉淡然地說出帶毒言論，這麼誠實讓安達嚇了一大跳。他曾經聽過同情在就業冰河時期出社會的人的言論，卻沒聽過這麼露骨的真心話，所以安達無法打斷他，只能等他繼續說下去。

「當然他們是運氣不好，可是運氣不是自己都不努力就能夠掌握的東西吧，你應該比我這種人有更強烈的這種想法。運氣不好的話就要更加努力，也沒下多少工夫努力，就只會怪東怪西說是時代的錯，是社會的錯，就是這樣運氣才不會降臨啦。」

無法反駁今岡的主張，讓安達很不甘心，因為這也是安達平日裡的想法。雖然他有自知之明，知道自己運氣很好，可是他同時也認為這個好運是靠自己的力量吸引而來的。運氣也是實力的一種，安達是真心認同這個說法。

但是他也從來沒有因為這樣，就將自己拿來和他人做比較，他從來沒想過運氣不好的人是他們努力不夠的關係。他自己是這麼認為的。

「雖然我也只不過是個家庭餐廳的廚師，可是我還是有餐飲證照，因為我不想停在這個等級，我的夢想是在一流餐廳裡工作。你應該可以想像吧，考餐飲證照不是那麼簡單的事，這是我努力的結果，我比齋木還要努力，所以得到比齋木還要好的待遇。」

安達不知道在家庭餐廳的廚房裡擔任正職員工是否必須擁有餐飲證照，不過他認為說自己很努力的今岡的言論沒有錯。所以他和齋木的待遇有差別，聽到這句話也只能認同了。

「所以也不能怪我瞧不起齋木，我不覺得日本社會是努力卻得不到回報的絕望之處，只要拚死命想辦法去做，多少都會有一點成果，之所以看不到成果，就是因為沒有想辦法去做，可是媒體或進步分子卻說什麼沒有社會安全網啦，社會的犧牲者啦之類的寵壞了他們，所以才會出現像齋木那樣的人。社會的犧牲者就可以殺人嗎？沒這回事吧，根本沒有必要去了解那種人的心情。」

雖然嗆辣，卻有一種吸引人的力量。安達在知道齋木的事件之後，價值觀受到了挑戰，所以他甚至羨慕能夠如此堅定斷言的今岡。如果有今岡那樣的堅強，一定就不會得到恐慌症了吧。

「怎麼樣，安達先生？這麼認為的人，只有我一個嗎？我並不這麼想喔。大家只是沒有說出口而已，其實心中都在想著同樣的事，因為理性告訴自己不可以輕視他人，所以才隱藏了真心話，沒錯吧？你也一樣，沒辦法肯定地說完全沒有瞧不起齋木的想法對吧？」

今岡還是說出了自己最不想聽到的話。自從知道齋木的案子之後，安達一直避免面對這個問題，因為他認為這樣的想法是絕對不能顯露在外的，就連在心裡想想也不可以。

「所以啊，你內心揮之不去的其實根本不是愧疚感，你只是希望自己不是會輕視他人的人，你希望自己是個願意去理解社會弱者的人。我覺得這也沒什麼不好，你是個好人，沒關係的。」

什麼東西沒關係啊，安達很想反問。哪裡在沒關係了。安達感受到大腦中血液的流動速度越來越快。好想要躲進狹隘的世界裡，他完全不想去想像與自己境遇不同的人的處境。

「總覺得你好像很不滿，所以我才發表了長篇大論，這樣就值得這一萬日圓了吧。」

今岡得意洋洋，一副贏家的樣子說道，安達一句話也無法反駁。

4

之後和今岡的互動，安達只剩下模模糊糊的印象，他記得今岡說要是又想起什麼事再和他聯絡，於是給了他郵件信箱。可是今岡先離開咖啡店後，安達的恐慌症就發作了，心臟突然大力跳動，撲通撲通的跳動聲彷彿迴盪在整間店內，暈眩讓眼前發白，眼睛明明是張開的卻什麼也看不見，安達差點尖叫出聲，於是用手摀住了自己的嘴巴。

繼續這樣下去可就糟了，這個念頭勉強還在運作，安達用另一隻手摸索著提包，他在尋找精神鎮定劑。找到之後，就著眼前的咖啡服下，吃藥配咖啡或許不好，但他已經沒有多餘的力氣去倒水了。之後他趴在桌上，拚命忍耐著想尖叫的衝動。

淚水滴滴答答流下，這是出於悲傷，還是單純發作的關係，又或是今岡的言論強烈震撼了他的內心，他連思考都做不到。即使如此，他至少還是可以判斷一個成年人獨自流淚的話，會被投以懷疑的目光，安達忍住嗚咽聲，持續趴在桌子上，直到眼淚止住。

安達不知道花了多久的時間，症狀才平靜下來，雖然他連動的力氣都沒有，卻還是一心想著回家。他靠著這股回巢的本能，總算是搭上電車回到家了。大概是他一臉慘狀，出門迎接的美春瞪大了眼睛倒抽一口氣，但他已經沒有心力解釋發生了什麼事。

安達沒吃晚餐也沒洗澡，直接躲進了床上睡覺。美春應該很想和他說點什麼，但除了「晚安」她一句話也沒說。房間暗下來之後，安達呼出一口放下心來的氣，他感覺躺在身邊的美春似乎在哭，可是他卻連確認這件事都做不到。

從隔天開始，安達變得無法出門，他對外界的恐懼實在太過強烈了，連靠近玄關都沒辦法，恐慌症不僅沒有治好，甚至還惡化了，一切的一切，都適得其反。如果過去的人生是受到幸運之神眷顧，那麼他現在鐵定就是被幸運之神拋棄了。

幸好，他的症狀並不是有氣無力，什麼都不做反而讓他更痛苦，所以他買了電子書，是在討論貧富差距的社會，以及從中產階級跌落的人們的書籍。他躺在床上，不停地閱讀這些書，雖然他想過做這些事又有什麼幫助，但又想不到還有什麼事可以讓自己更理解齋木的心情。讀書做功課是安達最熟練的行為了。

書中探討的剛好是安達即將踏入社會的那段時期，也就是就業冰河期。可是書中所寫的內容，明明就是安達親身經歷過的年代，卻好像是在另一個世界中發生的事一樣。一旦在大學畢業的那個時間點失敗了，之後就只能過著這樣的人生嗎？因為他的身邊沒有人淪落到下流階級，所以這些事從來不曾入他的眼。「看不見的貧窮」這句標語說得非常有道理。

可是另一方面，在他閱讀的同時像藤壺一樣牢牢黏在他腦海深處的，是今岡說的話。不論是誰，其實都瞧不起淪落到下流階級的人，他是這麼說的。如果安達當時可以否定今岡的話，他現在就能堂堂正正抬頭挺胸。然而，至少安達是無法否定今岡的，「淪落到下流階級的人才會犯下重大案件」，他總覺得自己無意識地在尋找這樣的結論。

書中提到了好幾個生活在困苦中的實例，每一個個案都有值得同情的地方，可以看出無論再怎麼努力，都有一道社會之牆令人無法翻身。但是另一方面，也讓人覺得他們是否在該努力的時候不夠努力？例如有一個案例是辭掉出社會第一份工作之後，就一直沒能找到正職工作。書中雖然提出了這個社會沒有機會重新來過的現實面，但卻沒寫到他為何要辭掉第一份工作，作者沒有探討當事人不願意留在第一份工作努力的責任。

將淪落到下流階級的錯歸咎於當事人，是一種傲慢的想法吧，安達也有這種明理的判斷，只是社會不可能平等對待所有國民，既然有能力差異，自然就需要競爭，難道要否定競爭之下結果的差距嗎？

自己努力過了，今岡自豪地說。安達也有自信自己努力過了。這份自信導致產生了瞧不起他人的想法嗎？這樣的話，難道在競爭中獲勝的人必須對戰敗的人永遠帶著愧疚感嗎？這樣也很奇怪吧。

其中一段話讓安達忍不住畫上重點記號。「絕望會讓人走向極端」。沒錯，就是這樣，安達不住點頭。齋木的行為就是絕望的結果吧，安達不斷思考著齋木對什麼事感到絕望了呢？

讀書讀累了之後，安達和平常一樣到處逛網站，他期待可以鎖定齋木喜歡的人，但世上可沒這麼好的事。沒有任何新情報，在犯案現場拍下影片的人也依然沒有更新推特，他明知徒勞無功，卻還是傳送了私訊給對方，結果一如所料沒有回音，或許他的隱私權設定為不接受陌生訊息吧。

關在家中生活的第三天，發生了一件事。看著電腦螢幕的安達倒抽了一口氣，他的呼吸就這樣停止了，也無法吐氣，只是瞪大著眼睛，出神地看著顯示在螢幕上的文字。

那是他平常關注的案件情報彙整網站，上面寫著「已經鎖定了小學時霸凌兇手的人了？」該來的事情還是來了，安達知道自己的臉色變得慘白，全身無力，幾乎要直接倒在地上。惡夢追上來了，安達心想。

不，還不確定。安達想辦法為自己打氣。也許對方還沒鎖定對象，就算鎖定了對象，搞不好也是真壁或其他人，要因為自己的名字暴露於大眾面前而感到絕望，現在還太早了。

按下連結，跳出了一個不曾見過的部落格。安達已經盡可能看過了提到事件的網站及部落格，所以這個大概是最近才創立的吧。裡面有幾則貼文，總之就從最新的文章開始讀起，然後，安達集中精神在自己的思緒中。

最新文章中將霸凌齋木的人稱為Ａ。這個Ａ，是匿名用的代號Ａ，或者是姓氏拼音的Ａ？雖然兩者都有可能，不過在讀完全文後，安達判斷內容是在說自己，因為上面寫著作者已經從臉書中搜尋出Ａ了。

安達領悟到自己失敗了。在媒體報導齋木小學受到霸凌時，就應該刪除自己的臉書頁面，或者至少要設定為不公開，將個人資料公開給所有人看，是個致命性的錯誤。

安達馬上打開臉書網頁變更設定，不過大概為時已晚了，因為對方應該已經截圖了他的頁面，如果對方的目的是告發的話，那就更不可能放著任憑證據消失不管。

安達滿懷著挫敗感，回到部落格頁面。他對這個部落格的作者到底是何方神聖感到疑惑。這個部落格如他所想，剛創立沒多久，所以文章數還不多，這次安達改從第一篇開始閱讀所有的文章。

部落格的作者是案件的被害人家屬，裡面寫著家人受到案件牽連而去世了，他想要向兇手報仇，可是兇手卻自殺了，就在他不知道該怎麼處理這股情緒而深感痛苦時，得知了兇手小學時曾經遭到霸凌。霸凌兇手的人也是案件的加害人，他這麼想，因而在尋找霸凌者。這些內容條理分明地寫成了一篇篇文章。

是被害人的家屬嗎？安達平靜地接受了。被害人的家屬會憎恨欺負齋木的人也是理所當然的，因為安達覺得自己也有責任，所以不認為這是遷怒。如果自己也遇到了同樣的狀況，他應該也會怨恨欺負兇手的人，可以的話，他也會想要由那個人負起責任，就因為安達也有家人，因此不需要多豐富的想像力，就可以理解對方的感受了。

可是，安達這麼想，可是，這些過錯就由他自己一個人承擔就好了。然而現實中這是不可能的，炮火也會波及到安達的家人，社會上充滿正義感的人們，會連安達家人的名字一起爆料，安達會丟掉工作，家人則不得不避人耳目地活著，絕望的未來，就在前方不遠處等待。

唯一的一點救贖，是部落格作者只將安達代稱為A。不知道是想吊人胃口，還是目前沒有確切的證據。如果只是從臉書得知安達是齋木同學，無法斷定安達就是霸凌的加害人，說不定，還可以在這個階段收尾，這樣的話，或許還有什麼對策。

安達專注地盯著螢幕思考。不，他考慮的事在一瞬間就決定好了，只是需要一點時間來下定決心。結論只有一個，而他帶著悲傷接受了這個結論。

5

安達離開房間，走到一樓，美春正在客廳滑著平板，她發現安達下樓了，於是抬起頭，露出微笑問道：

「要喝茶嗎？」

「嗯，好啊。」

美春這三天都沒有問安達受到了什麼打擊，她刻意一副什麼事也沒發生的樣子照常生活，因為她明白這麼做對安達最好。安達打從心底感謝她的體貼，雖然他也能夠想像這麼做讓美春也很痛苦。

美春泡了咖啡，從冰箱裡拿出配咖啡用的巧克力，安達道過謝接下馬克杯，輕啜了一口，然後指著美春剛才在用的平板。

「我希望妳看一下我現在說的那個部落格。」

比起由他說明，不如先讓美春看過造成問題的部落格。美春似乎有些疑問，但沒有多問原因就打開了平板，那一刻，美春原本在看的網頁映入了眼簾，美春在看的是解釋恐慌症的網站。連日來讓美春為他擔心，安達內心也很難受。

安達要美春搜尋部落格的名稱，美春見到顯示出來的網頁後皺起了眉頭，不過還是開始看了起來。安達等了約五分鐘，等待美春看完，美春點點頭，放下了平板。

「這個A不一定就是在說你。」

她突然這麼說，大概是已經察覺到安達想要說什麼了吧，即使如此，安達還是必須表明想法。

「上面寫說在臉書上找到了A，那就是在指我，不會有錯的。」

「就算是這樣，對方之所以沒有寫出名字，也許是因為不能確定你就是霸凌者呀，你不可以自己先想太多。」

美春果然已經看穿了安達的決心。和能夠舉一反三的對象談話雖然輕鬆，但像這樣被對方先一步搶白也只能苦笑了。

「等到名字被寫出來就已經太遲了，現在的話還來得及。」

「不要，我絕對不願意。」

美春堅定地拒絕，不過這可不是說不要就能解決的事。如果只是安達和美春必須面對的問題也就算了，但這還牽扯到了兩個女兒的將來。

「那孩子們該怎麼辦？我不希望讓她們留下痛苦的回憶。」

「父母離婚孩子也會很痛苦呀。」

美春比安達還要早說出「離婚」兩個字。安達想到的辦法，是在自己的名字於網路曝光前先離婚，只要離婚，美春和女兒們的名字應該就不會被大眾知道了吧，安達認為只剩下這個辦法了。

可是美春說的話也有道理，無法反駁的安達陷入了沉默。美春往前探出身。

「事情不過還在可能階段，這樣就感到恐懼的話，和杯弓蛇影而嚇破膽子的人有什麼兩樣。為了這種程度的部落格離婚也太誇張了，我們再多想一些對策吧。」

「例如什麼樣的對策？」

安達認為自己思考過了，只是他也無法否認自己太快跳到結論去了。還會有其他的對策嗎？

「例如，我想想喔，像是搜尋這個部落格的作者，這樣萬一對方公布名字的話，我們還可以直接和對方協商。」

「找出部落格的作者……」

安達完全沒想到這個方法，這的確不是痴人說夢話的主意。在事件中死亡的受害者一共有八人，並不是幾十個人被殺，或許找出部落格作者也不是不可能的事。

「這樣啊，原來如此。」

安達不禁雙手抱胸喃喃自語了起來。雖然早就理解了美春的腦筋有多好，但還是再次感到佩服。安達大概是受到太大的衝擊所以思考停滯了，這時候就更應該仰賴美春的智慧才是。

「是呀，就算不離婚，一定也可以找出解決方法的。我要不客氣地說，現在的你並不是平常的你，若是平常的你很輕鬆就會想出這樣的辦法了，你最好要有點自覺，因為發生太多事了，你現在很容易做出極端的結論。」

被訓話了。大概就就像她所說的那樣吧。比頭腦果然還是贏不了美春，安達認為美春比自己來得聰明太多了。

「知道了，那麼現在的目標就定在找出部落格的作者，要這麼做，就必須出門，我會努力讓自己走出門外的。」

「不要太勉強自己了，外行人能做的事有限，看情況找間徵信社調查也沒關係。」

「徵信社啊！」

外行人的極限，安達自己已經強烈體會過了，也實際感受到最終還是得靠金錢。這樣的話找徵信社調查也是一個辦法，美春的聰明才智再次幫了他一個忙。

「也是呢，妳說的每一次都很有道理。」

「對吧，你可以找我商量任何事喔！」

美春搞笑地挺起了胸膛，當然，這是為了不要給安達造成負擔。安達深刻體會到在被逼到極限之時，有一位賢良的妻子是多麼令人感激，如果說前半輩子受到了幸運之神眷顧的話，和美春結婚就是他最大的幸運了。

好想要順著這個氣氛說出今岡指責他的話，可是，他還需要一點時間，因為就連說出口他都感到害怕。認同今岡的自己，以及認為這樣很醜陋的自己，直到現在還在爭執不休。

兩人暫時喝著咖啡閒聊了一陣子。漫無目標的聊天現在顯得非常珍貴，上一次和美春這樣說話，是什麼時候的事了呢？他的生活產生了劇變，感覺已經是好久好久以前的事了。

因為他現在也沒辦法去幼稚園接小女兒，所以現況是生活的一切都要仰賴美春照料，這樣畢竟還是太不好意思了，所以安達決定晚餐由他來做。雖然他極少下廚，不過只要願意做，味道也還算可以，孩子們也會邊吃邊稱讚好吃，因此他並非完全沒自信。

他決定做孩子們喜歡的漢堡排，於是拜託美春去接孩子時順便買食材，從帶著孩子回來的美春手上接過材料後，安達就開始料理了。美春問過他要不要幫忙，但他決定從頭到尾都要自己來，站在廚房裡忙碌的這段時間，就不會胡思亂想了，他心想應該要更早開始這麼做才對的。

這天夜裡，安達帶著許久未見的好心情鑽進被窩。然後隔天，他又看了部落格，裡面上傳了新的文章，看到文章內容後安達驚愕地說不出話。這一次是照片被上傳到網路上了，走在夜色中的男人的背影照片。部落格上寫著這個人就是A。

照片裡的人物正是安達。雖然是夜晚的照片，但拍得很清晰，最近的智慧型手機即使是光線昏暗的夜晚，也能夠拍出好照片，因為使用了這樣的夜晚模式，所以能夠清楚辨認被拍攝者穿的衣服，毫無疑問，那是自己的衣服。

自己被跟蹤了，這件事讓安達感到無盡的恐懼。部落格的作者不僅是從臉書中搜出安達的姓名，還捕捉到了會動的安達本人，更可怕的是，照片周遭的風景正是這附近的景色，也就是說部落格的作者已經連安達家的位置都找出來了。安達做夢也沒想過自己會被跟蹤，他帶著跟蹤者一路回到自己家中，就所有意義來說，安達也太沒有警戒心了。

後悔的感覺襲上心頭，讓他忍不住想大吼出聲，他對自己的思慮不周感到無比憤怒。安達可是生活在一個保護個人資料越來越困難的世界，而他對這一點也太缺乏自知了。就因為他想得不夠周到，才害得家人暴露在危險之中，這是再怎麼懊悔也追悔莫及的錯誤。

在恐懼的刺激之下，安達猛地站起身，將蕾絲窗簾掀起一個小縫，看向窗外，他害怕現在是不是也有人在監視著這個家。幸好外面什麼人也沒有。可是被不知名人士盯著看的感覺已經牢牢鑲嵌在他的意識底層，更準確地說，這種感覺絕不可有一刻或忘。

找出部落格的作者是當務之急，這已經不是外行人能力所及的事了，如同美春所說的，應該要找徵信社幫忙。現在不是探詢齋木真實想法的時候了，現在應該要為了保護自己而行動。

6

之前的人生從來不曾陷入必須出動徵信社的局面，所以對於行情和他們的運作模式完全一片空白。安達先在網路上搜尋了徵信社，然後出現在搜尋結果最上方的似乎是一間大公司，網頁製作得非常詳盡，說明也很仔細，即使是初次委託的客戶也不會一頭霧水，所以安達認真地看過整個網站。

一開始可以匿名用電話討論，這讓安達放下心來，畢竟他必須先確認對方有沒有辦法處理他面臨的困難。接著他看了大概的費用，忍不住低聲哀號，因為那絕對不是可以輕鬆負擔的價格。

要說理所當然的話，這倒也是理所當然，畢竟一、兩萬日幣很難期待他們會多認真調查。可是問題在於，調查並不是只調查一個人就結束了，最壞的情況，是必須調查所有死亡被害人的家屬，這個情況下的金額，感覺會是個不得不舉手投降、無法支付的天文數字。就算危險再怎麼逼近眼前了，要掏出所有存款的大筆金額還是讓安達感到猶豫。即使不惜這麼做找出部落格的作者，搞不好也無法避免安達的名字曝光，這實在很難說是個實際的做法。

這樣的話，該怎麼做才好？一個人思考也只會落入美春所說的「極端結論」，他自知現在的自己缺乏冷靜的判斷能力，所以再次和美春商量。然而這次即使是美春，一時半刻也想不出什麼好主意，兩人討論了各式各樣的方法，還是找不到解決對策。

在兩人討論時，安達好幾次看向窗外，他也知道自己變得太神經質了，可是他並不認為自己過度擔心，因為對方毫無疑問地已經找到這個家的地點了，這樣的話，如果對方現身反而對自己有利，畢竟看不見的對手才是最恐怖的，若是對方以一個現實人類之姿出現在安達面前的話，他們就可以對話了。安達心裡祈禱著趕快來監視我家啊！

那是過了下午三點之後的事。安達在二樓的房間時又看向了窗外，結果他感覺自己和站在路上的行人四目交接了，對方馬上就移開了視線，可是安達覺得對方剛才很明顯就是在看二樓。是部落格的作者嗎？安達心想。

從部落格文章的語氣來看，安達想像的作者是個男人，可是抬頭看向家中的人是個中年女性。也許她不是部落格的作者吧，搞不好是看了部落格上的照片後，從背景的街道察覺地點就在這附近，出於好奇心而來看熱鬧的人。即使如此，也不能就這樣讓她跑掉，肉眼看得到的人，出現在自己的視線範圍中，他必須去確認對方究竟是什麼人。

在他飛奔出房間跑下樓梯時，他想的是抓住對方質問一番，可是他馬上就發現這並非良策，萬一對方裝傻的話，他就束手無策了。為了了解對方的身分，還是不出聲尾隨其後比較好，若是可以找出對方住在哪裡，那麼雙方就平分秋色了，必須快點打破只有己方不利的狀態。

安達從玄關門上的貓眼窺看門外，可惜視野狹窄，看不到該名女性站立的地方。安達繞到客廳，從客廳窗戶向外偷看，然而女性的身影已經消失了。

對方知道自己已然發現了，安達急忙回到玄關穿上鞋子。在他走出門外時已經沒有了恐懼。他在大門內側往道路左右兩方看去，往車站的方向有一名女性步行中的背影。那是剛才的女性嗎？因為是瞬間的事，安達並不記得她的服裝了，雖然他反省自己應該要冷靜好好觀察的，不過為時已晚，總之，現在只能追在那位女性身後了。安達走出門外，隔了一段距離走在該名女性後方。

從背影可以觀察出該名女性的身形稱不上纖細，後背有肉，從這樣的體型來看，推測該女性年紀約在四十到五十多歲，長髮大約及肩，服裝是黃色的針織外套配上深綠色長裙，並沒有突出的特徵。她的樣子看起來也不著急，也不曾轉頭往後看，如果她是因為監視安達家被發現而逃跑的話，這樣的步伐還真是悠哉。

也許是她剛好結束監視，正打算打道回府，這樣的話就太幸運了，因為她搞不好會帶著安達回到自己家也說不定。安達心想，難道自己的運氣還沒用盡？

接近車站之後，女性稍微加快了腳步，或許是她要搭乘的那班車快到了吧，因此安達也跟著加快了腳步，但又不會快到足以追上該名女性，他打算看到驗票閘門之後再縮短距離。

然而女性並沒有走向車站，她在轉頭看了一眼後，就突然跑進了車站前方的建築物裡。被擺了一道，安達忽然領悟。該名女性跑進去的地方，是派出所。

她果然察覺到安達在追她了。如果她告訴警方有個男人尾隨著她的話，警方就會試圖追捕自己吧，若是如此，他該怎麼解釋才好？就算解釋之後警方願意理解，也一定會被拖延很長一段時間，在這段時間裡，該名女性早就悠悠哉哉地逃走了。這樣的話，被警方攔下拖延只是在浪費時間而已，現在應該要離開這裡才是，安達如此判斷。

安達趕在警方從派出所出來之前，轉進旁邊的小巷，並跑了起來，然後馬上又鑽進其他道路，安達不斷地跑，直到確定沒有人在追他為止。原來被人追趕是這麼可怕的事，在這把年紀之前他都不知道，躲警察的行為簡直就像自己是個反社會分子一樣，讓他覺得自己實在太可悲了。

安達繞遠路回到家後，和美春說了事情的始末，說完後氣力用盡，他倒在了床上，這次則是和害怕發作的恐懼感奮戰。他緩慢地吸氣，吐氣，終於情緒開始逐漸平緩，他放空地盯著天花板。

對方大概是打從心底憎恨安達吧，這種事不需要刻意去想像也知道。如果是出於憎恨想報仇的話，不在網路上曝光他的名字對方是不會收手的。安達理解到他的名字之所以還沒出現在網路上，不是因為對方沒有確切證據，而是在凌遲他，對方慢慢地收網，就是要拉長安達恐懼的時間。安達深刻明白了對方的怒火有多熾烈。

安達開始假設名字在網路上曝光之後會發生什麼事。當然，要撲滅鄉民怒火是不可能的了，安達會成為千夫所指的對象，並失去在銀行的未來，雖然不至於被勸導離職，但排除在升遷名單外是無庸置疑的，搞不好還會被貶去做閒差。周遭的人看向安達的眼神也會改變，這讓他覺得很痛苦。

美春的親戚們一定也會疏遠他們，也許還會有人勸美春離婚；就算美春婚前的朋友對她不離不棄，媽媽朋友們大概不會再接近她了。很簡單就能夠想像得到大家在背後說他們壞話的樣子，附近的鄰居可能也很難再來往了。

然後是兩個女兒。小女兒還在讀幼稚園，被朋友排擠的風險或許還不高，但這種想法大概是太樂觀了。小孩子會認真吸收爸媽所說的話，如果有家長說安達同學的爸爸是個壞人，那麼小女兒就有可能受到欺負。大女兒已經是小學生了，情況只會更嚴重。因為自己的關係害得女兒被欺負，這是安達最無法忍受的事。

落到了這個境地之後，安達才終於恍然大悟。想像力所能及的範圍是多麼地狹隘，必須身處於同樣的立場之後，才能夠真正理解。因為壞事而名傳千里的恐懼，是如何巨大，這種事只要稍微一想就能明白了，他卻從來不曾思考過，這些日子以來的行為，安達早就已經犯下了過錯。

他想到的是齋木喜歡的人。安達並不知道在坐檯酒吧工作的女性與齋木交往的情況，也許和該女性交往導致齋木自暴自棄，但事情也有很大的可能性並非如此，可是他卻為了找出該女性而跑去坐檯酒吧，這是完全沒有顧慮到對方的行為。那樣的影片流出之後，也難怪她會害怕得逃走，該女性或許已經從那間店離職了，店員和其他的小姐如此維護她，他們是擁有高尚情操的人，而趕走安達的兩位小姐，她們做了正確的事。安達才是惡人。

長達四十年以上的人生中，不知道他在無意之間傷害了多少人，一想到這一點，安達就害怕得全身僵硬。現在的狀況，是他不曾顧慮他人的痛楚活到今天的代價嗎？這樣的話，他希望能夠由他一個人來承受就好，他希望沒有罪過的家人，往後也能笑著繼續人生。

他思考著齋木的絕望，然而他的想像力還是不夠。是因為我絕望得還不夠徹底嗎？希望我能夠成為明白他人痛楚的人，安達打從心底期望著。

第六章

1

不是用餐時間，下午三點左右的家庭餐廳客人卻意外地多，本來以為是老人家或家庭主婦閒聊的聚會場所，沒想到還有上班族打扮的男人、打扮像學生的年輕人，以及穿著看不出職業的中年男子等，各式各樣的人。在他人眼中，自己看起來大概是時間太多的中年婦女吧，江成厚子心想。

只不過如果是觀察入微的人，或許會看出厚子的眼神並不尋常。她不是透過鏡子看到的，只是覺得自己的眼中應該滿布著絕望的氣息，話雖如此，厚子的外表絲毫沒有引人注目的特色，又有誰會仔細看進她的眼底？因為沒有人在意厚子，所以即使她老是一個人坐著發呆，也沒有人會覺得奇怪，她已經接連好幾天來到這間家庭餐廳了，店員卻沒有露出警戒的神色，這就可以證明這一點。沒有人在意的自己，就像透明人一樣。

長時間身為透明人之後，厚子就沒有勇氣現出原形了，只要主動找店員攀談，她就不再是透明人，一旦店員意識到自己的存在，搞不好就不能再到這裡來了。不，不再到這裡來還算是好的，萬一對方告訴她「他是個好人」，那她該怎麼辦才好？沒有人是百分之百邪惡的，正如同沒有人是百分之百善良純真一樣，不論是多麼窮兇惡極的兇手，一定也有可取之處。但她並不想聽到這些，她才不想知道兇手有什麼可取之處，因為她很清楚，這樣只會讓自己陷入不必要的糾葛之中。

那麼妳想聽到什麼？她如此自問，卻理不出答案。是想確認他過著不幸的一生，還是希望有人作證他性格惡劣？無論是哪一個答案，她覺得自己都會心痛，她已經可以預見自己不管聽到什麼都會很痛苦，但卻又無法壓抑想知道的心。自己到底想要做什麼，厚子自己也不明白。

過往的人生，她靠著相信總有一天會有好事發生來度過每一天，不是只有自己不受幸運之神眷顧，她一直這麼告訴自己。但她現在得到結論了，那些都只不過是自我欺騙而已。她必須要自我欺騙才活得下去，結果這些努力卻都只是一場空，在知道這個事實時她受到了巨大的衝擊。就算再怎麼忍耐，也不會有好事發生，反而只是等來更悲慘的命運。又有誰想像得到將來女兒會被人燒死呢？再怎麼悲觀的人，也無法預測到會有這樣的未來吧？只要一想到女兒焦黑的樣子，厚子就會隨即發狂。光靠肉眼無法辨識那是自己女兒的燒焦殘骸，還有肉類烤過頭的焦臭味，牢牢附著在鼻腔深處的惡臭，將厚子束縛在最糟糕的惡夢中。夜裡她不再成眠，胃口也盡失，挑戰了好幾次減肥卻始終降不下來的體重，瞬間直直落下，對此，她當然沒有絲毫喜悅之情，即使鏡子裡自己的臉看起來像鬼魂一樣，她也沒有特別的感覺。除了悲傷，其他所有的情感彷彿都從心中消失得無影無蹤了。

讓她痛苦的是，她的恨意沒有發洩的對象。兇手已經自盡了，原本應該承受厚子憤怒及憎恨的兇手，已經不存在了。世上有如此不講理的事嗎？與其自殺，不如讓厚子下手。不是受到司法制裁判死刑，而是由厚子拿著菜刀一次又一次地刺進他的體內，她多麼希望如此，可是兇手卻輕易地逃離了。無論是警方、法院或是抱著遺恨的家屬，都無法再抓到兇手了，這讓她感到無比不甘。

無處釋放的負面情感，開始在體內發酵，散發出腐敗的酸臭味，厚子可以感覺到自己的內心正在逐漸腐壞。從外部強制注射進體內的毒素，腐蝕了她的身心，所以厚子無意義地來到這裡，她不知道自己想要做什麼，只是一心想逃離內心的腐臭味，可是她做出來的事，卻只是選擇飲料無限暢飲方案，待在位子上坐了三個多小時而已。她沒有和店員攀談的勇氣，也沒有發出怪聲大鬧一場的膽量，只是被包圍在看不見的牆壁之內，覺得自己就快被一點一滴地壓垮了。無法逃跑、無法尖叫，也無法恨人，她是親身感受到了四面受阻這句話字面的意思。

這間家庭餐廳是兇手齋木最後工作的地方。不露臉且改變了聲音的店員在電視上談論齋木，「他不像是個會做出這種事的人。他工作很認真，不過是個陰沉的人。」店員說的內容大意如此。那是任何人都會說，對家屬起不了任何安慰作用也無法讓他們接受事實的話。不過，會不會有些事情是不能在電視機前說出來的？若是其他店員，搞不好會說出一些有意義的東西？為什麼仁美必須死？也許有人可以告訴她原因。厚子帶著小小的期待來到了這裡，在四面受阻的世界中，這裡是唯一讓她覺得與外界有聯繫的地方，雖然實際上根本沒有什麼聯繫。

幫她搜尋家庭餐廳地點的人是長男隆章，說是搜尋，似乎其實也不是太困難的事，因為網路上已經大剌剌地寫出了這裡的地址。報紙上沒有刊登，電視新聞也沒有報導的資訊，網路上卻寫出來了，原來在自己不知道的地方，有個廣闊的世界，厚子深有所感。之前她只有舊式手機，但在隆章的推薦之下，她直接就換成了智慧型手機，之後，她就在網路上不停搜尋著齋木的事。

本來已經如槁木死灰的心曾經有一次又活了起來，那是在知道齋木生平時的事。當時厚子已不再看電視了，所以這些情報也是從網路上得知的。根據網路所說，齋木兒童時代曾經受到霸凌，導致無法上學，因為這個契機讓他走上了歧路，無法找到像樣的工作，過著從社會脫節的人生，最後犯下了那樣的兇案。這樣的話，霸凌齋木的那些人也該負起責任吧？厚子很自然地這麼想。

現在齋木已經死了，該負起責任的就是那些人。厚子的恨，就該由霸凌的加害人來承受。雖然她得出了這樣的結論，但她完全不知道霸凌的加害人在哪裡，現在又在做些什麼，她仰賴的救命繩索網路，也不會有那麼久遠以前的資訊。看不見的對象，有跟沒有是一樣的，所以厚子的恨依然無處可發洩，她只能任憑負面情感慢慢腐蝕內心。

她不太喜歡咖啡，但她也不特別喜歡紅茶，所以她總是在飲料吧前以刪除法選擇喝花草茶。她也不清楚自己是否喜歡花草茶的味道，只是覺得很新奇，就因為這樣的理由，厚子持續喝著花草茶。她每天都到家庭餐廳來，但什麼事也沒做，就只是喝花草茶然後回家，就算被取了花草茶阿桑的綽號也不奇怪，只不過不會有人注意到透明人吧。心裡明明充斥著黑暗的恨意，在其他人眼裡卻只是一片透明，對於這種落差，厚子自己感到毛骨悚然。

家庭餐廳的飲料吧放了好幾種花草茶的茶包，她嘗試過每一種之後掌握了花花草草的味道。仁美被燒死以後，她得到的新技能就只有關於香草的知識。厚子心想，我到底在做什麼，又該做些什麼才好？該做什麼才能緩和這股悲傷？真的有辦法可以緩和悲傷嗎？說到底，自己是否真心想要緩和這股悲傷？自己是不是無法深入思考事情？是不是不想去思考？是不是失去了思考能力？一切都被暴風般的渾沌吞噬殆盡，厚子什麼都不明白，她唯一能做的只有來到家庭餐廳喝著花草茶。孩子遭人燒死的悲劇與日常之間的差距讓她感到茫然，她連該怎麼活下去都搞不清楚了。

收銀檯前有人說要見店長，是來推銷東西的嗎？還是說媒體來採訪？若是媒體的話或許可以聽到新的情報，厚子抱著這樣的期待豎起了耳朵。拿著菜單站在收銀櫃檯旁的店員是三十多歲的女性，四十歲上下的男性正在向她說話，穿著打扮看起來是休假中的上班族，不像是媒體業的人，也不像是推銷業務員。

「我不是來給各位找麻煩的，是想要請教曾經在這裡工作的齋木均相關消息。」

那個男人說的話彷彿放大了音量般，不經意地飄進厚子的耳內，厚子端著茶杯的手微微地顫抖了起來。

2

厚子的位子就在收銀檯正旁邊，一個人的話通常都會被帶到這裡的座位，所以她可以清楚聽見兩人的對話。光是齋木均這個名字就吸走了她所有的注意力，不過來訪者報上姓氏後，該名字也撥亂了厚子的記憶，她對來訪者的名字有印象。

在搜尋小學霸凌齋木的人時，隆章有來幫忙，利用臉書找出年齡和就讀小學與齋木相同的人。隆章找到的名單一共有五個人，這樣算多還是少，厚子完全沒有概念。他們只是同小學同年級，卻無從得知是否同班，更別說是否曾經霸凌過齋木，這無法從搜尋中判別。

這五個人之中，就有安達這個姓氏，而來訪者說他姓安達，如果是來問齋木相關資訊的安達，那一定就是臉書上找到的那個安達不會有錯。意料之外的幸運讓厚子心跳加快，簡直就像見到初戀情人般的悸動，不，搞不好比那個還要更亢奮。厚子原本已經冰封的心，現在溫度突然開始上升。

站在收銀檯前的店員問過來意後，就走到店內後方去了，自稱為安達的男性沒有坐在排隊用的沙發上，而是一直站著等待。店員很快就回來了。

「非常抱歉，店長表示這件事他無法回應。」

女店員冷淡地拒絕了，她大概覺得如果是媒體也就算了，沒必要應付一個看似普通人的男性吧。安達究竟是為了什麼目的來到這裡？只是單純因為兒時認識的人犯下了重大案件所以引起他的興趣嗎？還是有更強烈的動機？

「這部分還請店長通融。」安達還不願放棄，女店員垂下了眉尾，答道：「我覺得沒有用。」之後她稍微環顧四周，臉頰靠向安達小聲說。

「若您不嫌棄的話，要不要和我談談？」

「啊，是這樣嗎？我非常樂意。」

安達毫不猶豫地就接受了這個提議。厚子正驚訝於女店員出於什麼考量而提出這個選項時，女店員接下來的話讓她明白了原因。

「不過，可以請你提供一點受訪費用嗎？」

「受訪費用？大概多少呢？」

安達警戒地反問，女店員毫不知恥地回道：

「一萬日圓你覺得如何？」

「嗯……可以。場地要選哪裡？」

「我五點下班，你可以在平井站南口的塔利咖啡等我嗎？」

「塔利咖啡嗎？知道了。」

他們雖然壓低了聲音交談，但厚子集中了精神偷聽所以勉強聽得見。也許我就是為了這一刻所以才每天都來家庭餐廳的，厚子感受著這如同命運般的安排，同時若無其事地將茶杯拿到餐具回收處。她的手還在顫抖，但這是因為她無法抑制內心的興奮。

該怎麼辦才好，她努力動著腦筋。當然她想知道安達打算從女店員那裡問出什麼，為此，她就必須像剛才那樣偷聽兩人講話，既然她已經知道他們五點約在車站前的塔利咖啡了，那麼她只要差不多在那個時間過去就好了吧，厚子心想。只是如果聽不清楚兩人對話的話就沒有意義了，她必須挑一個靠近安達他們的位子才可以，這麼一來，她就不能比安達更早到塔利咖啡，但是太晚了也不行，所以結論是她必須跟在安達後方進去。

厚子急忙拿出錢包，數了與帳單金額相同的零錢，然後拿在手上站起身，放在收銀檯前便匆匆離開店裡。前往車站那條路的前方可以看見安達的背影，厚子鬆了一口氣，稍微小跑步跟在安達後方。

這是她有生以來第一次跟蹤他人，所以對於該保持多遠的距離比較恰當毫無頭緒，不過幸好安達完全沒有對自己被跟蹤起疑心的樣子，他大概做夢也沒想到自己會被人跟蹤吧。一開始厚子隔了一大段距離，漸漸地她加快了腳步縮短距離，因為安達速度並不快，所以厚子的腳程也追得上。

距離五點還有一個小時以上，她正心想著安達會怎麼消磨時間，沒想到他直接就走進了塔利咖啡。看來他是打算先找好位子，一直等到剛才的女店員過來。厚子也跟著走進店內，在櫃檯前大大方方地排在安達身後。

店裡的座位大概坐了六成滿，所以不需要先去找位子，安達點餐後接過飲料，坐到了成排圓桌的其中一張。幸運的是安達兩側的位子都是空的，反正他對自己沒有警戒心，厚子就選了隔壁的位子坐下。

安達拿出手機開始操作。雖然想知道他在看什麼，但也不可能去偷看畫面。厚子正想著自己也來滑手機打發時間時，忽然靈光一閃。

她離開位子，再次排到櫃檯前，這次她點了蛋糕。雖然她並不餓，但桌子上不能只有杯子，於是她點了外觀華麗的草莓塔。

厚子端著店員遞來的盤子回到座位，她將盤子放在桌上，自己卻不坐回椅子，而是站在通道舉起了手機。

她微蹲下身調整角度，假裝要拍草莓塔的照片，其實是想要連安達的臉一起拍進去。安達不知道是不是在意自己正在做的事，視線朝這裡瞄了一眼，但他馬上又將注意力放回手機上，之後不曾再抬頭。厚子按下照相鍵，拍下了他的樣子，雖然發出咔嚓的大聲響，但她並沒有放在心上，這是這個時代大家都在做的事。

她還沒決定安達的照片要用在哪裡，只是認為先拍下來之後或許大有用途。這個男人可能就是間接害死仁美的罪魁禍首，為了下次遇見時能馬上認出來，她想要將他牢牢刻在腦海中。

之後，她和安達一樣開始滑手機，查詢的內容當然是安達的資料。首先是仔細閱讀安達臉書的頁面，雖然資訊量不多，但可以感受到他是人生勝利組，看來他在一流企業工作，擁有一個幸福的家庭。殺死仁美的兇手齋木均一輩子過著跌落底層的人生，最後怨恨社會，犯下了罪行，然而害齋木均跌落底層的安達，自己卻一個人悠悠哉哉地掌握了成功。齋木知道這件事嗎？他該殺的不是沒有傷害性的動漫迷，而是安達吧？厚子越了解安達的資訊，就越覺得仁美死得沒有道理。齋木為什麼要攻擊動漫展？因為不知道他的動機，所以怎麼想都無法接受。

厚子離開臉書，改為在Google搜尋安達的名字，搜尋結果出現了相當筆數的資料，但或許只是同名同姓的人罷了。錯誤的資訊沒有任何意義，因此厚子決定不去看那些搜尋結果，光是臉書的資料就能夠大致推測出目前安達的生活狀況，這樣就足夠了。

厚子不再調查安達，改為看一些省時料理食譜打發時間。以前如果想知道這些事，就必須去買書來看，但現在只要動動手指，資訊馬上就出來了，厚子每次使用智慧型手機，都要為這個世界不知何時變得這麼方便感到吃驚。

就在她東看看西看看時，時間來到傍晚五點多，店內開始湧現人潮，幾乎沒有空位了，厚子慶幸自己有提早過來。

大約過了五點十分左右時，店內出現一名厚子見過的女性，雖然她換了衣服給人的印象有些不同，但絕對是家庭餐廳的女店員不會有錯。對方看到安達後朝他走近，低頭重新自我介紹：「我是荒井。」

安達也再次報上姓名，遞給對方一張名片。那應該是公司發的名片，厚子很想偷看公司名稱，但她已經開始老花了因此看不清楚，而接下名片的荒井也沒有念出公司名稱。

荒井還沒有點飲料，所以安達代她去買，因為她坐在走道那側的位子，所以是在厚子的斜前方，厚子以眼角餘光偷看荒井，發現荒井一臉認出了厚子的表情。畢竟厚子每天都去家庭餐廳，也難怪她會記得，她的心裡大概在想「那個客人也會來這裡喝茶啊？」吧。當然厚子沒有任何反應，假裝入迷地看著手機畫面。

安達回到座位，將飲料放在荒井面前，接著拿出皮夾，在桌上放下一萬日圓鈔票，荒井說著「不好意思喔」，迅速將鈔票拉到自己手邊，然後慎重地收進包包中。

「我是個單親媽媽，一萬日圓對我來說是筆大數目，感謝你。」

荒井像在為自己找藉口般說了這句話。就算不是單親媽媽，一萬日圓也是筆大數目，而乾脆地付了這筆錢的安達，應該不會是單純出於好奇心就跑來問情報。

「其實我和齋木是國小同學，齋木犯下那樣的案件，我真的是嚇了一大跳，非常在意他為什麼要做出那種事，所以想了解最近的齋木的狀況。」

安達這樣解釋他來訪的原因，他沒有說自己曾經霸凌過齋木，雖然他也不可能自己說出口，但如果只是單純同學的話，不惜付一萬日圓打聽齋木的狀況也太奇怪了，可是荒井卻沒有特別針對這一點表示詫異。

「噢，是這樣啊，也難怪你會嚇到。」

身為不相干的旁觀者，反應就只有這樣嗎？沒有任何一丁點情緒波動，讓厚子升起一把無名火。

3

令厚子吃驚的是，這個名叫荒井的女人似乎並不討厭齋木，真要說的話，她似乎對齋木這個人帶有好感。

「我算是愛說話的人，而齋木個性很溫柔。」

「具體來說是怎麼樣的溫柔方式？」安達這麼問。厚子對這一點也很有興趣，但她又想是不是不要聽比較好？她害怕一個搞不好會聽見齋木也有值得同情的地方。

不，這是不可能的，齋木是個殘忍的大量殺人者，仁美是被殘暴的兇手齋木給燒死的，這種人只配受到憎恨，根本不可能有值得同情的地方，厚子這麼告訴自己，並豎起了耳朵。

荒井說他很關心自己的小孩，即使荒井因孩子突然發燒不得不提早下班，齋木也不會露出不悅的表情。不露出不悅的表情是基本常識吧！雖然厚子這麼想，但在這個世界你以為的常識根本不是常識，厚子也知道會露出不悅表情的男人多如牛毛。仁美和隆章還是嬰兒的時候，只要他們在半夜哭鬧，老公勝幸就會發脾氣，他會將這股怒氣發洩在厚子身上，大罵：「妳為什麼弄哭他們！」小嬰兒會哭明明就是基本常識，勝幸卻連這種事都不懂。而讓厚子最感厭煩的，就是勝幸絕對不是有哪裡不正常的人，明明很正常，卻不認為嬰兒哭泣天經地義，一想到世上的男人都是那副德性，厚子就只有絕望。

可是這些話，同時也讓厚子混亂了起來。會關心他人小孩的人，為什麼要燒死大量的人？如果他不是大量殺人兇手的話，厚子一定會對這樣的男性抱有好感。因為是世間少見，和勝幸不同類型的男人，怎麼可能會不產生好感。可是，這樣的男人卻犯下了殘忍的大量殺人案，厚子真心地懷疑起荒井所說的男人會不會不是齋木？

「那意思是說，他並不是家裡蹲的阿宅那類型的人囉？」

「完全不是，其實他根本不是，但犯下那個案件後，就被說成是那樣了。」

不是家裡蹲的阿宅？真的嗎？這樣的話媒體的那些報導又算什麼？難道只是將大眾的刻板印象套用在兇手身上，好讓兇手形象簡單易懂而已嗎？對與事件無關的人來說或許這樣無所謂，但對被害人家屬來說這可是一件大事。想要了解兇手是什麼樣的人是個再自然不過的想法吧？這代表基本常識根本沒有被當一回事吧？

厚子越來越害怕聽兩人的對話。齋木是個被社會排除在外的阿宅，她開始覺得接受這樣的兇手形象或許會比較輕鬆。如同她先前所恐懼的，「齋木其實是個好人」，她才不想聽見這樣的內容。

然而，她不可能塞住耳朵，也沒有起身離開這家店的決心，她無法果斷採取行動，只是一直坐著，結果就是談話不顧她意願地飄進耳中。

這時，荒井開始說起了讓人在意的事，她說齋木似乎有喜歡的女性，他曾找她商量送什麼禮物給女性才好，而且荒井還暗示了齋木搞不好向該女性進貢金錢。如果是想要吸引女性芳心的男人亟需用錢，最後鋌而走險的話，那麼這些線索之間就有互相關聯了，會這麼想是很自然的。例如，齋木被女人灌迷湯獻上金錢，他相信只要花錢就能和對方交往，結果卻被甩了，而那個女人是動漫迷，那天也去了動漫展，而齋木憎恨那個女人想要殺了她，於是就犯下了那起兇案。厚子的腦海中馬上就浮現了這樣的故事。

這樣的話，代表仁美是單純受到波及嗎？齋木以自我為中心的動機讓厚子打從心底燃起怒火，但同時又有終於找出似乎算是動機的成就感。心愛的人不明不白被殺有多痛苦，隨著動機的浮現，感受反而越來越深。厚子原本以為知道動機以後或許可以減輕痛苦。

齋木傾心的女性，是否在被害人名單中呢？厚子希望安達問這個問題，但安達並沒有這麼做。既然在一流企業工作，頭腦應該很好才是呀，為什麼不往這個方向思考？厚子雖然因此感到焦躁，但她也醒悟到這種事問荒井她也不會知道。該怎麼樣才能得知齋木喜歡的女性名字？萬能的網路或許查得到，厚子決定和隆章商量，於是在心中記了下來。

「其實直到現在我都還是覺得齋木犯下那樣的重案就像假的一樣。到底是發生了什麼事，才會導致那麼溫柔的齋木做出那種事？」

荒井以難過的表情這麼說。或許齋木是真的對荒井很溫柔，但他不可能對待每一個人都很溫柔吧！像是厚子的老公勝幸，就算職場上的人都說他很溫柔她也不會驚訝，只會覺得他表面工夫做得很好而已。人類會根據環境展現出不同的面貌，所以溫柔的人犯下大量殺人案也絕對不是多不可思議的事。

如果那個女人真的是從齋木身上搾取金錢，最後逼得他自暴自棄的話，那麼那個女人也要對仁美的死負起責任。但也不是因此安達的罪孽就可以減輕，那個女人是罪人，同時安達也是個罪人，只不過是如此罷了。而且那個女人搞不好已經被齋木給殺了，這樣的話，厚子的恨意還是只能發洩在安達身上。

厚子已經絲毫不考慮安達不是霸凌齋木者的可能性了，安達無庸置疑地，在擔心齋木是不是因為自己的關係而犯下大量殺人案。他願意出一萬日圓高價問話的目的，就是想要確認自己沒有責任，尤其是他的人生一路以來都是頂尖菁英，那就更會想要隱藏自己過去的錯誤了。厚子從安達行動背後的原因中感受到卑劣，因此在內心氣憤不已。

不能就這樣放過安達，雖然她還沒有具體對策，但就是無法停止將恨意發洩在安達身上。隔壁桌的荒井先離開了，剩下安達慢慢喝完咖啡後才站起身。這時厚子早就吃完草莓塔了，她跟在安達後方回收餐盤，離開咖啡店。

安達走進了ＪＲ的驗票閘門，厚子也毫不猶豫地跟在後頭。到了月台，厚子站在離安達一小段距離的地方，要是跟得太緊搞不好會被發現。時間已經是傍晚了，所以月台上的乘客不算太少，但還不至於跟丟。厚子從隔著一小段距離的地方，一直盯著安達不放。

安達搭總武線到錦糸町出站，然後換搭東京地下鐵半藏門線。厚子對錦糸町人生地不熟，因此擔心會不會跟丟人，所以她反過來利用擁擠的人潮，很乾脆地走到了安達旁邊。厚子的身高不高，因此在人群中並不顯眼，安達完全沒有發現跟蹤者的存在。

半藏門線的月台上，厚子與安達排在同一列隊伍中，只要中間夾著一個人，厚子就可以完全隱身在對方身後，就算安達轉頭，他的視線也看不到厚子。過去身高不高老是讓她吃虧，這是她第一次感受到好處。

半藏門線車廂內，相較之下比較擁擠，沒有空位，站著的人也很多，不過現在的厚子對於這個情況感到幸運，即使不拉開和安達之間的距離，也不用擔心被他發現。厚子抓著把桿，做好安達在哪裡下車都沒有關係的準備。

時間已經來到了六點，平常的話這時候她必須開始準備晚餐了，一旦拖到晚餐開飯的時間，勝幸和隆章都會擺臭臉，不過今天厚子才不管他們。仁美已經死了，至少目前這段時間她想自由行動不想看老公臉色，她覺得自己現在這麼做可以獲得原諒，因此大膽了起來。

到了澀谷安達也沒有下車，路線在這裡轉換成了東急田園都市線，安達還是繼續搭乘，然後在用賀站下車。這裡並不是轉乘站，所以他們家就在這附近嗎？雖然厚子對用賀周邊也不熟，但在她的印象中，這裡是高級住宅區。住在用賀，代表安達的生活水準比她想像的還高，到底要多少年薪，才能住在這種高級住宅區？安達不僅和齋木有著雲泥之別，在厚子眼中他也像是另一個世界的人一樣。

安達從用賀車站出來之後，沒有轉乘公車，而是直接步行，看來他們家在車站步行距離範圍內。雖然還稱不上是嫉妒，但厚子內心湧起了複雜的情感。即使小時候霸凌朋友，害得那個人的人生產生扭曲，但只要會讀書，還是可以過著上流階層的生活，在這個世界上，基本常識不是基本常識，厚子無法不覺得世界全無道理可言。

厚子距離了五十公尺左右，繼續追在安達身後。只要對方毫無防備，跟蹤就是一件相當簡單的事，安達從來不曾回頭看，因此他不可能會發現。厚子本來以為跟蹤必須躲在暗處偷偷尾隨，沒想到不需要做出那麼可疑的舉動，可以堂堂正正地走路。

大約走了十分鐘，安達走進了一間獨棟房子，雖然不是什麼豪宅，但也是個高級住宅區會出現的漂亮住家。在玄關門即將關上的瞬間，聽見了女性說「你回來啦」的聲音，看來安達有個如詩如畫的幸福家庭。

厚子舉起手機，拍下了安達家的外觀。最近智慧型手機內建的相機功能都很強大，即使是晚上也能拍得很清晰，這是隆章告訴她的。厚子確認拍好的照片，果然色澤鮮明，一點也不像晚上。問題在於厚子是否能夠記下這間住宅的位置。厚子是自認及公認的路癡，甚至可以篤定地說厚子百分之百不可能靠著記憶再次走到這裡來。

厚子雖然不太擅長操作電子產品，但這種時候該說是狗急跳牆嗎？她忽然想起了一個好方法，自己都佩服起自己了。她打開地圖程式，確定上面顯示著目前位置之後，就用螢幕截圖拍下畫面。將畫面拍成照片儲存的螢幕截圖，是買了智慧型手機之後隆章教她的第一個功能。用螢幕截圖拍下地圖畫面，厚子都忍不住要稱讚自己這是個絕頂聰明的想法了。

該怎麼使用這些照片以及安達的臉部照片，厚子還沒有思考過，可是她並不打算讓今天的這一趟做白工。自從仁美被殺之後，厚子一直如同空殼般的身體第一次填滿了充足感，她帶著高漲的情緒離開了安達家。

4

最靠近厚子家的車站是東武東上線的朝霞台站，用轉乘程式查詢之後，發現從用賀站出發要花將近一個小時才到得了，而且她們家不在車站步行範圍內，所以還要再轉搭公車才可以，等到家的時候，應該已經很晚了。

這時候有智慧型手機就很方便了，厚子傳了 LINE 訊息，告訴隆章自己會很晚回去，晚餐他們自己去便利商店買來吃。厚子馬上就收到了「了解」的回覆訊息。隆章平常沉默寡言，好像開口說話會少一塊肉，但如果是傳 LINE 的話倒是馬上就會回覆。厚子剛買智慧型手機，學會怎麼使用 LINE 的那時候，還因為隆章的回應太快了而大吃一驚，快到讓厚子甚至覺得早知道這樣，就不要硬是勉強和隆章說話，應該快點去買支智慧型手機才對。

如果是用電話交代這件事的話，隆章就會覺得麻煩而要勝幸接聽，然後勝幸就會出言諷刺不煮晚餐的厚子，可以避免這種場景出現的智慧型手機真是個魔法道具，厚子認為不想和老公說話的人都應該買一支。

讓家人吃便利商店的便當作為晚餐，厚子也感到很內疚，可是就算仁美被燒死之後，厚子沉浸在連移動身體都痛苦的悲傷深淵中，她還是每天都料理三餐，所以至少今天，她希望能夠讓自己喘口氣。幸好便利商店就在自家斜對面，正因為便利商店就在走路一分鐘的地方，所以才可以拜託他們自己去便利商店買，要是必須走五分鐘以上的話，不只是勝幸，連隆章也要擺一張臭臉了。

在澀谷換車時厚子迷路了好久，好不容易才抵達自家旁邊的公車站，她實在沒有心情再去做飯，於是決定自己的晚餐也在便利商店裡買來解決。這也是豁出去了吧，放棄煮飯有一種意想不到的解放感，光是走進便利商店的自動門，就有莫名的雀躍。聽別人說最近便利商店的便當相當好吃，厚子在便當區前煩惱著該買什麼好。

最後她選了中華蓋飯，結完帳一走出店外，雀躍的心情突然消失得無影無蹤。因為她看見了自家所在的大樓，一想到接下來必須面對不高興的勝幸，厚子的心情馬上就陷入憂鬱。

厚子家目前所住的大樓，是在十年前買的中古屋，當時是蓋好第十年，所以現在早已經是屋齡二十年的破舊大樓了。剛搬進來時雖然重新整修過，但也差不多到了該再次整修的年限了，可是大樓本身也需要大規模修繕，所以必須為此存一筆整修費。這是一棟外觀和內裝都很窮酸的大樓，即使她不想要，也被迫意識到了剛才看過的安達家和自家如何天差地遠。

搭著搖搖晃晃的電梯上到三樓，打開玄關大門，厚子小聲地說著「我回來了」，可是卻沒有人回應她「妳回來啦」，因為唯一一個會說「妳回來啦」迎接她的仁美已經不在了。「我回來了」的聲音空虛地飄盪在空中，仁美不在了的失落感重重地壓在厚子心上。

「妳跑去哪裡了？」

厚子本想在勝幸來和她說話前先躲到某處去的，可是三房兩廳的格局根本沒有那種地方，就連廚房都不是獨立式，而是和餐廳並設，厚子很討厭這種煮飯時油煙會飄到客廳的格局設計。

勝幸怒氣沖天地站著，厚子為了躲開他的視線而看向水槽，便利商店的便當空盒沒有洗就直接丟在那裡，她早就料到會是這種情況了，因此並不感到徒勞。反正只要快速沖個水丟掉就好了，比洗碗筷還要輕鬆，厚子這麼說給自己聽。

「去個地方。」

厚子無意和勝幸提安達的事，不只是這次，她從很久以前就不再和勝幸聊當天發生的事了，反正勝幸只會應付了事，有時候還會酸她：「真好，妳每天都過得這麼爽。」就算厚子再也不說平日發生的事，勝幸也沒有一點介意的感覺，搞不好他根本沒有察覺。

「什麼叫去個地方？妳該不會到處去玩了吧？」

一如所料，勝幸的聲音尖銳了起來。這種時候怎麼可能到處去玩，厚子心中浮現反駁的話，但卻沒有說出口，一旦說了，只會讓他更不爽而已。勝幸並非無情之人，仁美被殺之後他也沉浸在悲傷中，只是不知為何，他似乎認為只有自己會感到悲傷，他連想都沒想過厚子也是難過得身心俱疲。與其說他缺乏想像力，不如說他覺得不需要去想像厚子的感受。

「才不是，我去辦一件有點重要的事。」

厚子背對著勝幸，從塑膠袋中一邊拿出便利商店的便當一邊回答，勝幸煩人地繼續問道：

「是什麼重要的事？」

明明對妻子的事一點興趣也沒有，卻似乎很在意她的晚歸。煩死了，厚子心想。雖然曾經因為勝幸說的話而不開心，但這還是第一次覺得他煩人，「啊～煩死了煩死了！」厚子在心中不斷喊道。

「當然是跟仁美有關的事，這件事說來話長，你要聽嗎？」

厚子早已預料到勝幸不會想聽她說話，所以這麼問，果然不出所料，勝幸的音調降了下來。

「妳去找朋友商量嗎？」

「對，要我從頭說給你聽嗎？」

「那就不用了。」

勝幸像突然失去了興致一樣，回到客廳坐到沙發上，手上拿著電視遙控器，開始不斷換台。沒有任何興趣的勝幸最喜歡的就是看電視，勝幸在家的時候，厚子就不能看自己想看的節目。

厚子忍不住呼了口氣。這究竟是放下心來的一口氣，或是表達厭煩的一口氣，她自己也不知道，大概兩者皆是吧。

她將中華蓋飯放入微波爐中，按下加熱鍵，等待期間她到洗臉台去洗手漱口。厚子認為這是個理所應當的習慣，因此也這樣教導兩個孩子，可是只有仁美會勤奮地洗手漱口，隆章則是任憑她說破了嘴也無法養成這個習慣。當然，勝幸是不聽厚子說話的，隆章連這種細微之處都像到了勝幸，讓厚子深感失望。

厚子回到廚房，從微波爐中取出中華蓋飯，再從冰箱拿出先前煮好的麥茶，一起擺到了餐桌上。她打開蓋子吃了一口中華蓋飯，原來如此，的確是滿不錯的。若說絲毫不遜於在中華料理店吃到的口味也許是太誇張了，不過她真的這麼覺得。有這樣的水準還自己煮飯也太蠢了，勝幸父子倆一定也享用到了美味的晚餐吧。

吃完之後，厚子洗了三人份的容器然後丟掉。浴缸裡的洗澡水現在才換新的會弄到很晚，所以厚子決定加熱後隨便將就一下。要家裡的那兩人清潔浴缸，就算天塌下來了也絕不可能。

洗澡水一熱好，勝幸就一言不發地往更衣間走去。這是個好機會，厚子敲了敲隆章的房間，裡面只傳來「嗯」的回應。

5

「隆章，可以聽媽媽說一下嗎？發生大事了。」

就算隆章和老公再怎麼相像，個性還是不會完全一樣，厚子覺得隆章還是有他溫柔的地方，這是勝幸所沒有的，更別說仁美死後，現在他是厚子唯一的孩子了，厚子身為母親的愛，只能全數傾注在隆章身上。

「你之前不是幫我找到五個人可能是齋木的同學嗎？我看到了裡面那個叫安達的人。」

「是喔。」

隆章旋轉坐著的椅子，與厚子面對面。這是很難得的狀況，他平常總是不正眼看厚子，只會回應「喔」或者是「嗯」，隆章也有他自己的方式，對仁美的死感到憤怒。

「在哪看到的？」

隆章雖然很粗魯，但他還是愛著妹妹的，仁美被殺之後他不但哭了，還表現出對齋木的恨意，所以他才會幫忙在網路上搜尋可能霸凌過齋木的人。

「雖然我沒有說，不過我最近每天都會到齋木工作的家庭餐廳去，就是隆寶你幫我找到的那間。」

隆章已經快二十五歲了，但厚子到現在依然叫他「隆寶」，畢竟沒有特別的契機，稱呼方式也很難改變，雖然兒子都二十五歲了還加個「寶」字叫他，厚子也不是沒有覺得怪怪的，但本人並沒有不悅之意，她也就這麼繼續了。

「為什麼？」

從隆章嘴裡說出來的話總是只有短短幾個字，好像沒有能力說長一點的句子一樣，但事情當然不可能真的是這樣，畢竟他和朋友說話時都很正常，他只是不想和父母多說幾個字吧。不過看來這並不只是隆章的問題，任何一家都一樣。聽說結婚之後話就會變多，厚子很期待那個時候的到來，可是隆章卻完全沒有想找個對象的跡象。

「總覺得坐也不是站也不是。」

聽起來好像想要含糊不清地蒙混過去，但其實是她自己也無法清楚解釋自己的感受，遇到有人直接問她這麼做的理由，她也只能夠這樣回答而已。不過今天已經證明了，她這不是白費工夫。

「然後有一個人去那裡問齋木的事，那個人說他姓安達。」

「是喔。」

光聽隆章的回應會覺得他似乎意興闌珊，但厚子並不這麼認為。她的根據在於隆章並非一邊做事一邊回應，而是很認真地看著厚子，她已經很久不曾面對面和隆章說話了。

「安達嗎？是有出現在臉書上的人呢。」

「沒錯，我也記住了那個名字，所以一下子就想起來了，然後我就跟蹤了安達。」

「跟蹤？很會欸妳。」

隆章饒富興味地這麼說，語氣也不再單調。他的個性本來就冷淡，妹妹死了之後更是不愛說話，因此厚子大概是在隆章進入青春期之後第一次聽到這樣的聲音，就像找到安達讓厚子全身充滿了力量，隆章應該也受到了強烈的刺激。

「我跟到了他們家，也拍了照片喔！」

「不會吧，我看看！」

隆章探出了身體，厚子留下一句「你等一下」，就去拿自己的手機，回到隆章的房間後，她問過隆章「我要坐這裡喔」，然後就坐到了床上。一直到剛才，她都是站著說話。

隆章的房間只有四張半榻榻米，相較於仁美被動漫周邊淹沒的房間，隆章的房間則簡單清爽，因此大螢幕電視的存在特別明顯。因為在這四張半榻榻米大的房間裡，放著一台五十二吋的電視，比客廳裡的三十八吋電視大太多了，這樣當然無法拉開距離看電視，感覺眼睛會壞掉，不過這似乎是以前的舊觀念了，隆章說最近的電視就算近距離看也沒關係。

隆章非常喜歡打遊戲，這台大電視連接在遊戲機及電腦上，隆章在家時整個人都埋首於遊戲中，所以他才需要這麼大台的電視。面對著電視畫面擺放的椅子也是特別訂製的遊戲椅，聽說會隨著遊戲畫面震動，隆章非常寶貝這張椅子，他不讓自己以外的任何人坐上去，所以厚子剛剛才會站著說話。

「你看，就是這個。」

厚子叫出安達的臉部照片拿給隆章看，隆章接下手機盯著照片瞧。

「這傢伙看起來很像精英欸。」

「一定是精英，我看過他的臉書頁面了，他好像在很好的公司工作。」

「啊，是喔，我也來看看。」

說完，隆章的椅子轉向書桌，操作起電腦的滑鼠，他敲打鍵盤打開安達的頁面就看了起來。厚子也讓隆章看了安達家的外觀。

「這是他家，地點在用賀，我嚇了一跳呢。」

「用賀喔？沒去過，是高級住宅區嗎？」

「至少和這附近比起來是。」

「喔喔，這間房子看起來就很貴。」

探頭看向手機畫面，隆章冒出了這樣的感想，大概不論是誰看到都會這麼說吧。隆章的臉轉回電腦上，繼續閱讀臉書頁面。

「原來如此，他看起來的確很像在好公司工作。兇手齋木過著單身的打工生活吧？明明年紀相同，際遇卻是天壤之別。」

「是呀，他如果自暴自棄，去攻擊安達不就好了。」

只是因為在好公司工作就招致反感，這任何人都吃不消吧，不過安達背負著小學時霸凌齋木的罪過，至少比起一點過錯都沒有的仁美更應該遭受攻擊。

「還有啊，安達從家庭餐廳的店員那裡打聽出了齋木的私人情報，我也偷聽到了內容。」

「什麼？偷聽？這股行動力還真不像妳。」

隆章瞪大了眼睛佩服道。光是能得到隆章的佩服，就讓厚子覺得跟蹤安達很值得，厚子帶著這個好心情，說了安達和荒井的對話重點給隆章聽，隆章一臉認真地仔細聽著。

「女人嗎？這怎麼回事啊，齋木不是貧窮的阿宅嗎？」

「感覺好像不太一樣呢，你覺得呢？那個女人是不是和案子有關啊？」

「有關？什麼樣的關係？」

隆章似乎摸不著頭緒，厚子和他說了自己猜測那個女人搞不好也有去動漫展之後，隆章點頭說道：「原來是這樣啊。」

「所以才選在動漫展嗎？不管動機怎麼樣，反正仁美百分之百是受到波及的，但如果是那個女人害的就更讓人火大了。」

「查得到那個女人的名字嗎？只要知道名字，就很清楚她有沒有在受害者名單中了。」

「對喔，不過這種事查得到嗎？我覺得有點難。」

「果然是這樣嗎？我本來還以為只要搜尋網路就什麼都查得到。」

對厚子來說，這個時代的網路已經遠遠超越了現實世界的極限，畢竟報紙和電視都沒有報導過的資訊，只要在網路上搜尋就會出現，所以她也以為可以輕易知道那個女人的名字，原來其實是不行的嗎？期待越大失望也就越深。

「總之我會查查看，但妳不要抱太大希望。比起那個女人，我還比較在意安達，妳不這麼覺得嗎？」

隆章用下巴指了指，催促著厚子回答。厚子當然不想就這樣放過安達，只是她不知道該怎麼使用好不容易得手的情報。

「我當然也在意呀，只是我想不到該怎麼做才好，要直接去找他抱怨嗎？」

「蛤？抱怨？這樣妳的怨氣就可以消了嗎？」

隆章不屑地嗤之以鼻，這種語調的說話方式跟勝幸一模一樣，他從小就看著爸爸如何對待媽媽，所以學會了這個態度。雖然厚子很不愉快，但也習慣了。

「當然不行，我希望他嚴肅地承擔自己做過的事的後果。」

「對嘛，這樣不是剛好嗎？齋木已經自殺了，我真的覺得很空虛，仁美被以那麼殘忍的方式殺害，我們卻沒有辦法報仇，所以我們只要用安達代替齋木，向他報仇就好了。」

「報仇……」

要說這個想法從來不曾出現在她的念頭中是騙人的，即使不是報仇這麼強烈的用詞，她也想過要將怒氣發洩在安達身上，可是一旦要將報仇兩字說出口，她還是會感到猶豫。這麼做真的好嗎？良心為她的想法踩了煞車。

「你有什麼具體的報仇計畫嗎？」

她想知道隆章在想什麼。在家中沒有決定權的厚子，都必須先問過勝幸及隆章的意見，有時候她會覺得這樣的自己很沒用，但現在她反而應該聽聽隆章的想法。

「沒有，這部分現在才要開始想，既然連他家地點都知道了，我會稍微想想看。」

隆章搖搖頭，這麼急著問他，似乎反而讓他吃了一驚。厚子覺得好像得到了緩衝時間，於是放下心來，能夠和隆章交談這麼久也讓她感到很滿足。

「是嗎？那我會再來找你商量，要聽我說喔～」

「嗯。」

隆章看著厚子的眼睛點頭。仁美被殺之後，她每天都像活在地獄之中，但是能夠讓隆章這樣正眼瞧她，把她當一回事，可說是唯一的好事，厚子希望往後也能不斷和隆章對談。

6

蓋在指定地點上的大樓高得抬頭往上看時脖子會痠，當然這個高不只是物理上的高，價格也一樣很高，和自己住的大樓實在差太多了，厚子忍不住想笑。勝幸總是自豪於自己在上市企業工作，但即使是上市企業也有第一名和最後一名之分，真希望他等到可以住在這樣的大樓之後，再來誇耀自己的公司吧，厚子默默地想著。

停下腳步的人不只是厚子，勝幸也一樣，他不是像厚子那樣充滿感慨，而是被震撼住，搞不好還心生膽怯了。這棟大樓的門口就是如此豪華到具有一種會讓外來者退縮的威嚴。畢竟從外觀來看，與其說這是住家大樓，更像是飯店的大廳，有沙發，有擺飾，還有從天花板垂吊下來的水晶燈，穿著制服、坐在像飯店櫃檯處的女性就是所謂的門房嗎？能夠毫不膽怯地走進這種大樓的人，精神構造打從一開始就異於常人了吧。

因為勝幸一動也不動，厚子也不叫他，逕自往門口走去，要是被其他受害者家屬看到他腿軟動彈不得的樣子實在是太丟臉了。勝幸慌慌張張地追上先往前走的厚子，卻不打算走到她前方去，這還真是難得呢。

大門口有兩道自動門，第一道門自己開了，但第二道卻上了自動鎖所以打不開，不過透過玻璃門可以看見站在裡面的人，厚子向那個人點頭打招呼之後，他就走過來從內側幫他們開了門。勝幸報上自己的名字。

「我是江成。」

「恭候大駕，請進。」

出來迎接他們的是名為里村的五十多歲男性，里村的兒子也在東京展覽館遭齋木殺害，也就是說里村和厚子一樣同為被害人家屬，而他們的共通之處似乎就只有這一點而已。

「我們借了三樓的會議室，我帶兩位過去。」

站在里村後方的女性這麼向他們說。她是里村的夫人。里村雖然有一點凸出的小腹，但頭髮卻不稀少，臉上也沒有皺紋，看起來就是一副在一流公司工作的紳士樣貌，而他的夫人則與這樣的紳士相稱，穿著打扮及容貌都很優雅。在這樣的場合裡她的服裝雖然是以樸素的淺黃色為主，但那大概是高級貨，可以的話厚子很想靠近確認布料的品質，但她還是忍下來了。得知人我之差，有一種摳下結痂的自虐快感，讓她差點忍不住這麼做，不過現在不是做這種事的時候。

兩人跟著里村夫人的引導，往電梯廳前進。令人驚訝的是，電梯不是只要按下按鈕就好的設計，必須要刷過磁卡才可以按下上樓鍵。電梯籠廂很快就來了，他們進入籠箱後，要按樓層鍵時又要再刷一次磁卡。在明白這棟大樓有好幾道安全措施保護之後，他們只是啞口無言，沒有多餘心力可以感到佩服。

三人在三樓出電梯，沿著鋪了地毯的走廊向前進，就看到了會議室。想要進入會議室還要再刷一次磁卡，讓厚子真的忍不住想笑。這棟大樓的設計是徹底地排斥外來者進入，厚子他們之所以能進來，是因為這裡的住戶允許他們進來，否則她還真不知道這個世界上還有戒備如此森嚴的大樓。

「想要喝點東西可以在這裡買。我們沒有另外準備茶水，所以有需要的話請便。」

會議室斜前方有自動販賣機，讓人很想歪頭詢問這裡真的是住家大樓嗎？厚子的水壺裡裝了麥茶所以不需要飲料，不過勝幸照著里村夫人所說的買了瓶裝烏龍茶。他們經過里村夫人用手壓住的門扉，走到了會議室中。

會議室裡已經有先來的四名客人，每一人都是展覽館案的被害人家屬，因為之前已經見過面了，所以就點了點頭打招呼道：「今天還請多指教。」勝幸也在旁邊低下頭，四人則是此起彼落地說著：「也請你們多指教。」

「洗手間在自動販賣機旁邊進去的地方，不過出去之後門會自動上鎖，所以回來時請敲門通知裡面的人開門。」

里村夫人說完這句話後，就離開了會議室，她大概是要去帶之後來的人吧，就像她帶厚子他們上來一樣。座位似乎沒有特定的安排，所以就在空位上入座。先坐下來的人是勝幸，選了一個很靠近入口的位置，他似乎沒有察覺到自己選了一個很差的座位，只是很自然地就在這裡坐了下來。

會議室裡的長桌排成了長條的口字型。今天雖然是限定展覽館案被害人中死亡者的家屬聚會，但八名死者的雙親都前來的話總共會有十六人，椅子數量也很多，果然主辦人也料想會有很多人前來。即使對先來的那四人長相有印象，可是並沒有交談過，這種場合裡也沒有比較恰當的寒暄話題，所以沉默籠罩在會議室中，厚子很快就感到坐立難安了。

晚厚子他們一步的其他死者家屬也陸陸續續進來，隨著人數的增加，凝滯的氣氛也慢慢消散。厚子想，下次如果還要聚會，她要在時間快到時再來，平常她並不參加討論會，所以很不適應這樣的氣氛。

之後進來的人裡面有厚子沒見過的人，他自稱是「永淵」，所以厚子明白他就是之前提過的大學教授了。永淵是四十多歲的男性，戴著黑框眼鏡嘴邊留著小鬍子，這兩個特徵實在是太顯眼了，感覺他摘下眼鏡剃掉鬍子之後就會變成另外一個人。只有永淵在里村夫人的勸進之下坐到了口字型長桌的短邊側座位。

里村和最後的客人一起進來之後，所有人都到齊了。加入永淵之後人數還是偶數，也就是說有被害人家屬是自己一個人前來的。厚子馬上就發現這件事了，因為一個人前來的女性在這一群人之中還是很醒目。

「大家都到齊了，先謝謝各位特地來這一趟。」

站在永淵身旁的里村先向大家打招呼，所有出席者都一起低下了頭。

「在座的所有人共同背負了悲傷與痛苦，即使其他人無法理解，我們也能夠彼此分享，為此，今天才會請各位來到這裡。」

里村的說話方式很清楚明瞭，馬上可以知道他的頭腦很好，他一定是諸事講求理論的類型。被害人家屬中有這樣的人在，大概是一件幸運的事，如果沒有里村的話，被害人家屬應該就沒有機會齊聚一堂了吧。

「請容我先介紹，這位是明豐大學的永淵教授，他將會給我們各方面的建議。」

在里村的介紹之下，永淵站起身低下了頭。

「我是明豐大學的永淵，專門研究社會心理學，因緣際會之下，先前也曾訪談過許多犯罪被害人家屬，希望那些經驗能在今天派上用場。」

「我大學時代的同學也在明豐大學擔任教授，因為這層關係他介紹了永淵教授給我，永淵教授寫過支援犯罪被害人的書，我讀過之後深受感動，可以獲得永淵教授的鼎力相助，對我們來說真的是銘感五內。」

里村補充說明道。這些話在接獲通知時已經聽過了，不過厚子並沒有去看永淵的著作，因為太艱澀的專業書籍厚子看不懂，而且她也不認為看了之後會有什麼幫助，既然可以見到本人，那直接聽他講就好了。

里村和永淵一起坐回位子上。里村雙手在桌上交握，環視著所有人接續說道。

「今天聚會的目的有兩個，一個是如同我剛才說的，彼此分享悲傷與痛苦，將痛苦說出口，就算只有一點點，某些部分也能夠覺得比較輕鬆。而第二個，是大家一起思考要怎麼對待兇手的家人。」

里村雖然是說痛苦和悲傷，但比起這兩樣情感，厚子感受到他的憤怒更為強烈，可以看到里村的眼裡潛藏著如此熾盛的激情。

7

在里村的促請下，大家開始自我介紹。出席者大多數都是被害人的雙親，因為被害人的年齡分布很廣，所以父母的年齡層也大不相同，只有一名五十多歲的被害人是由母親和妹妹出席，母親的年齡大概在八十歲左右。不論被害人年輕與否，在場的都是一群不曾想像過會白髮人送黑髮人的父母。

其中厚子印象最深刻的是隻身前來的女性，當輪到她自我介紹時，她以清晰果斷的語氣說出自己的名字。

「我是米倉咲惠，這次是我的獨生子遇害，他叫作嘉樹，二十一歲的大學生。」

聽到她兒子二十一歲，厚子有些意外，因為她覺得米倉咲惠看起來只有四十歲上下，當然如果米倉比較早生的話也有可能還是三十多歲，不過她大概是看起來比較年輕吧。隻身前來代表她可能是單親媽媽，單親媽媽之中的確有些人看起來非常年輕。

「我的職業是長笛演奏家，最近有很多在外縣市的公演，和兒子相處的時間變得很少，我現在感到很後悔。」

米倉咲惠如此補充道。原來如此，長笛演奏家啊，這麼一說就能理解為什麼米倉咲惠身上有一股時尚感。服裝本身雖然很樸素，但是帶著茶褐色的長髮和高挺的鼻梁，五官給人眼睛一亮的感覺，是名就算用美女來形容，也不會有人有異議的女性。

參加者都拿到了里村製作的資料，上面印著所有出席者的姓名、被害人的姓名以及得年幾歲，所以厚子才知道米倉咲惠和她兒子嘉樹的漢字怎麼寫。

輪到勝幸自我介紹時，他沒有說出自己工作的公司名稱。不是引以為傲的上市企業嗎？勝幸的公司並不是說出來大家都知道的企業，在業界雖然有名，不過一般大眾的認知度幾乎是零，厚子也是，在認識勝幸之前根本沒有聽過那間公司的名字，那是一間主要承包大企業案子的公司。

自我介紹在勝幸這邊結束。大家都講過一輪之後，里村展現了他對所有人的同情，然後再次提到自己現在的想法。

「對我們來說困難的點在於兇手已經死亡了，如果兇手還活著，我們就可以做好提起訴訟的各種準備，但我們現在卻連兇手受到正當的制裁都無法期待，我自己目前正處於怒氣無處發洩，只能飄浮在空中的狀態。」

里村握起拳頭，緊皺眉根，也許在場的所有人都有同感，只有厚子不一樣，因為她反射性地想起了安達，她有了一個發洩怒氣的地方。厚子忍不住思考著如果告訴在座的所有人安達的存在會怎麼樣。

「為什麼我兒子非死不可？怎麼想我都無法接受。我很希望兇手能夠說出他的動機，為什麼要以動漫展為目標？為什麼一定要殺了那麼多個只是喜歡動漫的善良年輕人？如果是對社會有怨，總覺得他將恨意發洩在動漫展上沒什麼道理，各位不會想知道兇手的動機嗎？」

里村詢問眾人，在瞬間的沉默之後，有一名男性說：「我想知道。」然後他以此為開端，悲痛地說出自己有多愛女兒，女兒突然被人奪去性命讓他有多痛苦。這些都是厚子能夠理解且實際感受到的心境，因此聽著聽著眼淚幾乎要奪眶而出，對兇手的憤怒再次滾滾沸騰了起來。

自這番告白之後，忽然就開始輪流吐露起各自的心聲。在第二個人傾訴時，厚子再也忍不住淚水，拿手帕按著自己的眼際，其他的女性也都在啜泣，還有好幾名男性也在流淚。

勝幸也訴說了他對仁美的思念，不過比其他人都來得更短，這也是當然的，畢竟勝幸和仁美幾乎沒有什麼交集。他本來就是覺得女人養小孩天經地義的那種人，再加上仁美進入青春期之後又沒有共同話題，所以根本沒有多少深刻的回憶。

「各位的心情都一樣呢，可以再次確認這件事真是太好了。」

大家都說完之後，里村再次掌握了主導權，畢竟邀集大家的人是里村，由他擔任主持人也不奇怪。相反地，永淵至今沒有插嘴任何一句話，只是安靜地聽被害人家屬說話。

「我想我們的共識是大家都懷著無處可發洩的怒氣，以及想知道為什麼我們的孩子非死不可這兩點沒錯吧？」

里村如此確認道，沒有人持反對意見。里村在等到這樣的反應之後才繼續說下去。

「我有一個提議，這是最少可以解決我們兩點共識中的其中一點，順利的話還可以兩點都解決的方式。我想要向兇手的家人請求損害賠償，我還是認為應當承受我們怒氣的人是兇手的父母，而且我也期待審判過程中或許可以找出兇手真正的動機，各位想法如何？」

「我贊成。」

剛才第一個回應里村問題的人再度出聲。他似乎到現在都還無法接受女兒已死的事實，每一次發言嘴唇都會細碎地顫抖。他應該真的是一位好父親吧，厚子心想。

「我也有想過這件事，只是打官司是一件大事，我不知道該從何處下手才好，如果大家願意一起告他們，我衷心希望能夠打官司。」

這句話成為了開端，「我也是」、「我也是」的聲音此起彼落，勝幸也隨著眾人表示贊同。但是厚子卻無法馬上加入他們，只要知道安達還存在，她就無法將怒氣發洩在齋木的父母身上。

「太好了，我就想各位應該會贊成。永淵教授已經從旁看過好幾次向加害人方請求損害賠償的例子了，如果要打官司他會協助我們，也會介紹經驗豐富的律師給我們。」

四處傳來「喔喔！」的驚嘆聲，里村似乎早就已經決定好要做什麼並做了充足的準備，召集所有被害人家屬只是為了讓他們走上自己鋪好的道路，他絕對是個有行動力又有領導能力的人。

「不好意思，可以打個岔嗎？」

這時有一道聲音出聲打斷熱烈的氣氛，微微舉起手的人是米倉咲惠。出席者的視線同時「唰」地看向她，不過米倉咲惠無所畏懼地開口。

「損害賠償的金額您打算要求多少？」

非常實際的提問，大家都沉浸在熱烈的氣氛中，根本沒想到賠償金額的事吧。里村冷靜地回答：

「被害人大多都是年輕人，損失的利益不是個小數字，合計起來的話，我想會是以億元為單位。」

以億元為單位，這句話讓厚子頓時失去數字感，不過米倉咲惠並沒有被這麼大的金額震懾住。

「兇手的父母只是普通人吧？並不是什麼大富豪，向這樣的人請求億元賠償金，是否太過不切實際了？」

厚子也是這麼想的，如果只是非常普通的人，能夠支付的金額就有一定的限度，即使告上法院，結果也只會是徒勞無功。

「打官司的目的不在錢，而是要發洩我們的怒氣，以及釐清兇手的動機，我從沒想過可以拿到全額的請求金額。」

里村的回答沒有任何遲疑，他可以用這種語氣說話，是因為他已經事先沙盤推演過了吧。不過米倉咲惠並不滿意。

「你真的認為可以釐清兇手的動機嗎？如果他的父母知道動機的話，我想警方早就掌握這條線索了。」

原來如此，這倒也是。根據報導所說，齋木沒有和父母同住，這樣的話，很難想像問過他的父母之後就能明白動機。事實上，他的父母才是最想知道動機的人吧。

這樣的問題似乎沒有寫在里村事先準備的問答集裡，他突然啞口無言，然後出乎意料地給了一個孩子氣的回應。

「這種事不試試看怎麼知道。」

厚子不禁直盯著里村看。他應該是個在一流公司工作腦筋很好的人，真希望他可以提出更有理有據的回應，雖說不試試看的確是不知道，但現實就是要找出動機的可能性很小不是嗎？厚子還是覺得這是一件徒勞無功的事。

「你是真心這麼認為的嗎？」

米倉咲惠的問題有些人聽起來會覺得很嗆，里村似乎覺得不高興了，表情瞬間消失，看來他並不習慣被人反駁。

「我當然是真心的。」

「這樣子啊。」

米倉咲惠在這裡收手了，其他人則被這段對話嚇住，一概保持沉默。代替里村接著發言的人，是永淵。

「我看今天就先討論到這裡好了，不是所有人都想打官司，也不需要強迫大家都贊成，過一段時間之後也許有的人會改變想法，之後大家再約時間碰面，今天只是開始的第一步而已。」

沉穩的語氣緩和了有些劍拔弩張的氣氛，適時的台階，讓原本大氣都不敢喘一口的參加者們一致贊成，於是會議就在鬆了一口氣的氛圍中結束。

8

「那個長笛演奏者，態度也太傲慢了。」

回程的電車中，勝幸厭惡地這麼說，同時，厚子聽見了他心中沒說出口的話，在態度也太傲慢了前面，還有一句「不過是個女人」。勝幸的處世方式很穩重，所以不太容易了解他這個人，但事實上，他就是個對事物價值基準還停留在威權時代的大男人，什麼男女平等或中性的概念，他是一丁點都沒有。在公司裡姑且是沒有引發什麼問題，所以他應該還是能夠判斷什麼話不該說，只是他就算知道不可以將「不過是個女人」說出口，他一定也不知道為什麼不能這麼說。看到不管過了多久說錯話的政治人物都不曾消失，厚子就覺得這個世界上還潛藏著為數不少的這種男人吧。

結婚前勝幸拚命地隱藏自己男尊女卑的想法，所以厚子沒有察覺到他的真面目。她第一次覺得有點不對勁，是在勝幸求婚後準備結婚的那段時間，勝幸說希望她婚後成為家庭主婦，他說他都任職於上市公司了，卻還讓妻子在外面工作，這樣說起來不好聽。雖然厚子不明白為什麼妻子在外面工作說起來會不好聽，不過當時結婚的準備如火如荼進行中，也沒辦法突然喊停，厚子自己也只是個很普通的基層上班族，對工作並沒有特殊堅持，所以她按照勝幸的期望成為家庭主婦，直到一起生活後才終於察覺他的真面目。如果是在二十世紀初期出生也就算了，她不曾想過在勝幸出生的那個年代，到現在還有男人會認為家事是女人的工作，但其實勝幸並非例外，應該說是司空見慣，厚子後來才知道這件事，驚訝得說不出話來。

「不過我覺得她說的很好，即使到了法院，也查不出齋木真正的動機吧。」

雖然知道反駁勝幸只是對牛彈琴，但她還是想要幫米倉咲惠說話。被害人家屬的聚會往後大概也是由里村掌握主導權吧，厚子對這點沒有特別感到不滿，但有米倉咲惠在能讓她心裡更踏實。

「為什麼妳會這麼想？不試試看怎麼知道。」

勝幸的語氣就像在對笨蛋說話一樣。他說的話完全是從里村那裡現學現賣，而且他還絲毫沒有意識到這句話一點實質內容都沒有。里村在日本數一數二的大型綜合商社工作，光是聽到公司的名字，勝幸就無條件崇拜他了。那間商社精英說的話一定不會有錯，因為他就是如此深信不疑，所以才會認為對里村的想法提出異議的米倉咲惠只是個傲慢的女人。

不用去試也知道結果啦，厚子只敢在心中反駁道。勝幸無法容許厚子和他唱反調，他只會堅持強詞奪理直到厚子閉嘴為止，厚子已經從經驗中習得這件事了，所以她閉口不言。她自己也明白這樣的妥協只會讓父權遺毒繼續苟延殘喘，但還是輸給了覺得麻煩。

勝幸並不會使用暴力，不懶散也不骯髒，認真上班領取薪水，世界上比勝幸還糟糕的男人多如牛毛，勝幸已經是相對好很多的男人了，就是因為知道這一點，所以厚子才會一直忍耐著。即使他的價值觀還停留在威權時代，即使他連便利商店便當的容器也不洗就丟在水槽裡，勝幸也還算是個好男人，厚子就是活在這樣的世界中。

厚子都已經沉默不語了，勝幸還是不停在碎碎唸，但是厚子只是左耳進右耳出。耳朵和眼睛不同，沒辦法閉上，但只要不想聽，還是可以將對方的聲音當成耳邊風，這是厚子在與勝幸的婚姻生活中學到的技能。

回到家後，厚子馬上開始準備晚餐。今天是星期日，隆章一大早就關在自己的房間裡，他雖然和平常一樣也不說聲「你們回來啦」，但這不是因為他無視於他們的存在，而是因為他戴著耳機一直在打遊戲，沒有發現他們回來了的關係。他已經是個上班族，姑且可以將他看成是個普通的社會人士了，但厚子卻覺得他的心理層面和家裡蹲的人應該沒有什麼太大的不同。不過如果有人說這個情況在現代很普遍的話，那她也會認同的確如此。光是不會到外面傷害大量的人就已經很好了。擁有還算不錯的老公和兒子，厚子搞不好是他人羨慕的對象。

但事實上當然不會有這種事，沒有人會羨慕女兒慘遭殺害的母親。仁美還在的時候，雖然常常有很多不滿，但還是可以評定自己很幸福。其實那時候她並沒有片刻這麼想過，但現在回頭來看，當時她確實很幸福。仁美和隆章不同，她會耐心聽厚子的話，也會給予溫柔的回應，雖然外表普普通通，不過她那樣溫柔的個性有一天一定能和還不錯的男人交往。就算她喜歡動漫，喜歡男人愛男人的故事，這在現代也都很稀鬆平常了，問題在於她對真人男性沒什麼興趣，不過厚子一直認為時間會解決這個問題。但仁美的時間被奪走了，永遠沒有機會看見仁美當新娘的樣子了，厚子心中是無盡的遺憾。

仁美不在了之後，餐桌上幾乎沒有交談，因為兩個男人對於桌上的菜餚也不會稱讚好吃，只是默默地吃著。但是今天勉強有了對話，隆章問她今天的聚會「怎麼樣？」

厚子開心地說了會議中發生的事，也不知道隆章到底有沒有興趣，他只是「嗯哼～」地應和著。

「對了，那件事怎麼辦？」

接著隆章以含糊的方式問道，因為厚子已經再三交代，千萬不能讓勝幸知道安達的事。即使聽到自己不明白的話題，勝幸也不會追問，因為他非常懶得加入談話，這對厚子來說正是求之不得。

「嗯，再等一下。」

厚子用「這件事晚點再說」的語氣回應，而隆章也聽懂了。這部分的個性就和勝幸不同了，所以厚子對隆章還是有所期待，特別是現在仁美已經不在了，厚子的期望就更深了。

吃飽之後，趁著勝幸入浴期間，厚子再次敲了隆章的房門。用力敲門的話，即使戴著耳機也會注意到。隆章讓厚子進房後，就急著問道：「所以呢？」

「妳到底打算怎麼處理安達？」

隆章打算將仁美的仇報復在安達身上，但是厚子現在一點興致也沒有，她自己也不明白箇中原因。

「嗯……我要再多調查一點才能夠決定。」

「是還要調查什麼？」

隆章似乎很不滿，他很少向父母展露孺慕之情，卻非常疼愛仁美。他喜歡遊戲，仁美則喜歡動漫，或許嗜好相似也是兩個人很合得來的原因，所以知道安達存在後，他一直積極地想要報仇。對於任何事都無精打采的隆章，可以說這是他成年後第一次如此積極。

「因為我還沒有安達就是霸凌齋木的人的證據，在證據確鑿之前，總不能魯莽行動吧。」

總之她先說了個穩當的理由。其實厚子已經確定安達就是當年的霸凌者了，然而一旦說出這件事，隆章就會橫衝直撞。要選擇踏入報仇這種非日常生活的話，厚子希望能夠更謹慎一些。

「話是這麼說沒錯，那妳要怎麼掌握證據？」

隆章質問道。如果真有這種方法，厚子才第一個想問呢。但總之，她說了之前思考過的想法。

「我打算暫時跟蹤安達一陣子。」

「哦～這樣喔。」

隆章的眉尾翹了起來，不知道他是感到佩服，還是瞧不起厚子。厚子決定自行解釋為他是在佩服自己。

「如果安達就是霸凌者的話，你打算怎麼報仇？」

不知道隆章具體的報仇方式也是厚子不安的原因之一。隆章究竟在想什麼？雖然是自己的親生兒子，但他都二十多歲了，厚子對他的想法一點頭緒也沒有。

「我要在網路上爆料他的名字。」

隆章果斷地說。這部分厚子已經猜想到了，但是名字曝光又會怎麼樣？她無法想像之後會發生的事。

「這樣就算報仇了嗎？」

「算啊，名字曝光之後安達的人生就玩完了，他會不得不辭去一流公司的工作，一定也會被附近的鄰居在背後指指點點，還有他家的地址和電話也很快就會曝光，會有惡作劇電話不斷打去他家，也會有人去他家騷擾他們，像是去塗鴉或亂丟垃圾，總之應該會有很多人自行幫我們報仇。」

「真的嗎？你說要爆料名字是要在哪裡爆料？又不是知名的新聞網站，不會有多少人注意吧？」

厚子聽說一般外行人是不可能賺取到幾千幾萬點閱率的，就算隆章爆出安達的名字，又會有誰去看呢？厚子不認為事情會真如隆章所想的進行。

或許是厚子點出的問題戳到了隆章的痛處，他安靜了下來，在思考了一陣子之後，他不爽地說。

「反正我會再多想想。」

「嗯，就這樣吧。」

總之這樣他就不會馬上去做些有的沒的了，這讓厚子悄悄地鬆了口氣。如果隆章所說的那些情況真的會發生在安達身上的話，那就更需要謹慎判斷了，因為厚子他們做的事，是在破壞安達的人生，如同安達過去破壞了齋木的人生一樣。

9

厚子履行了她和隆章所說的，到安達家外監視，然後她知道了為什麼安達沒有去上班，安達似乎是向公司請了長假在調查關於齋木的事。安達這麼關心齋木，原因絕對不可能只是單純的同學，安達的行為本身就像是在證明他曾經霸凌過齋木。

話雖如此，厚子也不是每一次都能跟蹤安達，畢竟一直待在安達家前實在太可疑了，而且到處跟著他也會精神疲乏。她只有兩次從頭到尾跟蹤了安達半天，這兩次安達似乎都沒有特別的收穫，他去的那兩個地方，看起來像是齋木過去的工作地點。

就和安達白忙一場一樣，厚子也沒有得到想要的東西。即使她確定了安達就是霸凌者，但卻一直無法掌握到確切的證據，她曾在夜晚拍下了安達背影的照片，可是靠跟蹤得來的就只有那個而已。

然後，被害人家屬聚會舉辦了第二次。如果米倉咲惠沒去的話，厚子也不想參加，不過幸好沒有人缺席。這次也是在里村住的大樓會議室，聚集了和上次一樣的人員，看來大家都有想做點什麼的心情。

在里村的主持之下會議開始了，不過今天的主角是永淵。永淵提到了數年前發生的某件傷痛往事，若是當時有追蹤到該事件報導的人，應該每個人都還記得，那是前所未聞的殘忍案件。有暴徒入侵小學，並殺傷了數名小學生，該起事件的被害人家屬也有集結成自救會，永淵以觀察者的身分出席了好幾次會議。原本厚子一直不太能理解為什麼永淵會出現在這裡，不過聽他這麼說之後她總算願意認真聆聽了。大概在場的所有人，都開始積極聽永淵分享的內容了吧。

「——當然那些被害人家屬的苦與痛至今仍未痊癒，只是有一部分家屬與其他事件的被害人見面後，表示他們的內心獲得了很大的救贖，我想還是有些地方必須要有過相同經歷的人，說出來的話才能傳達到心中。『就算悲傷不會消失，但可以隨著時間慢慢縮小。』他們這麼說，很坦然地接受了。」

這樣子啊，現在雖然還無法想像會有這麼一天到來，不過經歷過的人既然這麼說，那大概就不會有錯了。厚子沒想過要縮小悲傷，但倒是很想逃離痛苦，因為如果不逃離痛苦，今後活著會很艱辛。

「所以，如果各位願意，我可以為大家與該被害人家屬自救會牽線，比起我說的話，他們的分享應該更有傾聽的價值。」

厚子的心被這個提議給深深吸引，讓她忍不住要大喊出聲。請你一定要幫忙牽線。其他的出席者也紛紛說著：「那就拜託你了。」

永淵以沉穩的表情點頭，至於坐在他旁邊的里村則露出滿意的表情。他是因為出席者們理解了自己邀請永淵出席的意義而感到滿意嗎？他不疾不徐接著說道：

「那麼，我們就請永淵教授幫忙牽線。因為也要看對方的時間，所以就由我先敲好行程再聯絡大家。這件事就到此告一個段落，我們進入下一個議題，就是前陣子也提過的，提起訴訟的事，各位已經想好打算怎麼做了嗎？」

里村一一看向所有人的臉，每個人在與里村視線交會時都點了點頭，米倉咲惠也一樣。

「米倉小姐，妳的決定是什麼？妳贊成一起打官司了嗎？」

上一次清楚表達反對的人只有米倉咲惠，所以里村點名問她。米倉咲惠的表情沒有絲毫改變地回答。

「不，我不贊成。」

里村似乎也已經猜到了她的回答，面不改色地回問道：

「為什麼？」

「我認為向兇手的父母究責並不合乎情理，如果是未成年者也就算了，但為了年過四十的兒子犯下的罪過而被迫背負責任，身為他的父母也太可憐了。」

對於米倉咲惠的回應有意見的人似乎不少，四處可以聽見「蛤？」或是「那是因為……」等聲音此起彼落。父母很可憐，他們是無法同意這句話吧，在場的每一個人應該都有著「可憐的人是我們吧」的想法。

不過厚子卻認為米倉咲惠說的有道理，畢竟如果隆章鬧出什麼事情來，自己哪管得了。兒子都要二十五歲了，如果還要為他做的事負起責任，她真的只想說「拜託～饒了我吧！」父母究竟該為孩子負責到什麼時候才可以？

「就是因為父母管教不當，所以才會發生這種事不是嗎？父母怎麼會沒有責任！」

其中一名出席者向米倉這麼說，大概是他正怒火中燒，所以臉色有些潮紅。這真是典型的日本式想法，厚子暗中這麼想。在日本，父母不管到了幾歲都還是父母，恐怕是不會有從父母責任中解脫的一天了。

「我兒子是個好孩子，但我並不認為這該歸功於我的教養方式，而是他天生就是個好孩子，因此我也不會認為犯罪者的父母教養方式錯了。」

米倉咲惠直截了當地表明想法，這句話讓厚子忍不住想點頭。的確是這樣沒錯。厚子並沒有想要將隆章養育成一個遊戲宅，但他就是成為了遊戲宅；厚子也沒有老是讓仁美看電視，不過她就是成為了動漫宅。孩子不會如父母所想地那樣成長，覺得孩子的性格是由父母形塑的想法只不過是一種傲慢。

「看來米倉小姐無論如何都不會投贊成票了，那也沒辦法，我們就排除米倉小姐自己打官司吧。還有其他不想加入訴訟的人嗎？」

里村似乎是放棄說服米倉咲惠了，他大概是判斷米倉並非能夠輕易屈服的類型吧。厚子也認為這個判斷是正確的。

與此同時，厚子反射性地舉起了手。這是個沒有經過深思熟慮的動作，舉起手之後厚子自己也大感震驚。

「江成太太也反對訴訟嗎？」

里村一臉意外地說。勝幸似乎也嚇到了，瞪大了眼睛看著厚子。之後勝幸一定會煩死人地說些酸言酸語，不過既然已經舉手了那也沒辦法，比起看丈夫的臉色，她現在更想表達她支持米倉咲惠。

「我反對。」

厚子的心中早已存在著發聲的勇氣，她覺得是米倉咲惠給了她勇氣。

「妳在說什麼啊！」

勝幸口氣粗魯地說，里村打斷他的話。

「江成先生也反對嗎？」

「不，沒這回事，我贊成。」

勝幸瘋狂地搖著頭，看來他真的很不想被當成與米倉咲惠意見相同。隨便你！厚子在心中丟下這句話。

「那麼，還有其他人反對訴訟嗎？」

里村再一次詢問所有人，他的臉上彷彿寫著如果再有人意見不合可就糟了。厚子也環顧著參加者，沒有人表達意見，不過有幾名女性好像想要說些什麼，但她們卻不說出來，大概是認為夫妻間意見分歧不太好吧，厚子真想告訴她們，她理解這樣的感受。

「我明白了，那麼不參加訴訟的人就是米倉小姐及江成先生的太太這兩位。這樣的話很抱歉，我們必須排除兩位繼續往下談。」

里村這麼總結後，米倉咲惠很乾脆地回應。

「好，我明白了，那麼我今天就先告辭了。永淵教授介紹其他被害人家屬時我也會參加，請再通知我一聲。」

沒有爭執，米倉淡淡地說完站起身，厚子再次受到衝動驅使。

「我也告辭了。」

這次不僅是勝幸，連米倉咲惠都一臉意外的表情。厚子在米倉咲惠之前，先行離開了會議室。

10

「這樣好嗎？丟下妳老公自己出來。」

來到走廊上的咲惠覺得有趣地向厚子搭話，厚子感到很開心，回應道：

「沒關係啦，別說這個了，妳等一下還有時間嗎？要不要多聊一點？」

這是厚子瞬間想到的主意。以前的她才不敢這樣邀約不認識的人，她不禁感嘆自己的個性變了好多。仁美的死不知為何讓她從勝幸的壓抑中解脫，也許是因為她心如槁木死灰，覺得一切都無所謂了吧。

「啊，好呀，我也覺得有一個自己人是好事，我們好好相處吧。」

咲惠坦蕩蕩地這麼說。她稱呼厚子為自己人，難道她覺得里村是敵人嗎？厚子想，她應該不是刻意要這樣分陣營，這大概只是她表達親近的方式吧，她一定常常被人誤會而產生很多摩擦。

離開大樓後，兩人走進車站前的咖啡店，面對面坐下重新自我介紹。厚子打從一開始就注意到了咲惠，但咲惠似乎完全沒注意到厚子，所以她先向厚子確認。

「我想想，江成太太是失去了女兒嗎？」

「對，她二十二歲。」

仁美出社會之後才剛過了半年，與學生時代不同的生活她只體驗了半年，接下來她還會遇見各式各樣的人，她會碰到挫折，也會感受到喜悅。事情本該是這樣的，所以厚子認為奪走這一切，才是最深重的罪孽。

「她也是動漫迷嗎？」

咲惠接著問道。一般人會認為都去了動漫展當然就是動漫迷啊，不過聽說事實上也有很多不那麼熱中動漫的人會參加那個活動，這代表那裡的氣氛就是如此熱鬧吧。

「是的，沒錯，她就是人家說的腐女。」

腐女這個詞還是仁美迷上動漫之後，厚子才知道的，似乎是在形容賦予角色與原本設定不同的屬性，然後樂在其中的人。厚子不知道有多少社會大眾認識這個詞，不過咲惠的兒子也去了動漫展，她應該聽得懂才是。

「這樣子啊，我兒子喜歡的是美少女，實在不是個平常可以大聲說出來的興趣呢。」

咲惠帶著苦笑地回答。既然她都說成這樣了，那就不是單純喜歡美少女，而是聽了會讓人想皺眉頭的興趣了吧。當然厚子並不認為這樣的興趣很危險，動漫迷其實很清楚二次元與現實世界的不同，厚子透過兩個孩子，對動漫文化也是頗有精通。

「我想都沒想過，只是去個動漫展竟然會死人。」

咲惠喃喃地說出這句話。她在被害人自救會上總是展現出堅強的一面，所以這是第一次看到她悲傷的表情。厚子深有同感。誰能夠想像得到，只是讓女兒去了動漫迷的聚會，她就再也沒有回來了。

「所以我也可以明白里村先生的想法，如果這是交通事故的話，還可以怨恨肇事的駕駛，要求修法加重不守規則的駕駛的罪責等等，有不同的奮戰方式。可是我們的孩子死得實在是太出乎意料之外，所以才無法接受，即使親眼看到了屍骸，到現在還是無法相信，因此才會想要找個可以發洩怒氣的目標。」

意外地，咲惠表示了她對里村的理解，厚子本來還以為他們是水火不容的兩人。雖然理解里村的心情，但卻無法贊成里村的判斷嗎？她或許是被害人家屬中最冷靜綜觀全局的人了。

「不過我認同妳說的話。我覺得在這起事件裡，責備兇手的父母也無濟於事。」

厚子對年紀比自己小的咲惠產生了尊敬之意，因此她先表明了自己的立場。不管怎麼想，比起里村，她的心境都更接近咲惠，所以她不想只是點頭聆聽，她希望咲惠也能聽她說。這個想法本身讓厚子很驚訝，這是她第一次和咲惠交談，她卻希望咲惠聽她說這些年來她對勝幸累積的鬱悶及憤恨，到了現在她才發覺，自己的身邊沒有一個能聽她說話的人。

「我雖然不認識兇手的父母，但以一般的感覺來說，我想他們一定很自責。」

咲惠是個會認真看著對方眼睛說話的人，她感覺不太像日本人，也許是因為工作關係常常在國外飛來飛去吧。雖然這只是單純憑印象所下的結論，不過咲惠的言談舉止和氣質有些地方讓人這麼想。

「嗯，是呀，我也有兒子，所以也認為一定是這樣。萬一告上法院逼得兇手父母自殺的話，之後也會良心不安。」

這也不是絕對不可能發生的事。兇手的父母在與厚子他們不同的意義上，也是過得很痛苦，這時候如果又面臨訴訟，可能會將他們的精神逼到極限，若害得他們想去死，這並非與自己無關的事。

「其他人一定沒有想到這方面。」

咲惠的臉皺了起來，露出有些厭惡的表情，然後在冰奶茶中插入玻璃吸管。聽到這句話的厚子，終於發現里村那幫人給她不對勁的感覺是什麼了。里村及贊成他意見的那些人，都放棄了思考，總覺得他們認為自己是被害人，所以不需要思考，在無意識中放大了自己的權利。厚子感覺這個部分和自己制定了規矩，認為工作一天回家很累了，所以不需要對家中事情用心的勝幸的態度很像，所以她才會在無形中感到很不高興。

「就像妳所說的，我覺得他們什麼都沒在思考，但我想他們一定會反駁說為什麼他們必須為兇手的父母著想。」

「我明白他們想這麼反駁的心，社會大眾大概也都贊同里村先生他們吧。」

咲惠從頭到尾都很客觀看待事情，厚子也稍微冷靜了下來，她察覺自己或許擴大了對勝幸的厭惡，並投射在里村他們身上。里村他們不是敵人，而是同伴，不可以忘了這件事，厚子告誡著自己。咲惠喝了一口冰奶茶後繼續說道。

「只是我覺得，犯下大錯的人從頭到尾都只有兇手一個人，向父母或是社會要求負起責任不太對，我希望可以只憎恨兇手一個人就好了，我不想要擴大自己的恨意。」

咲惠的言論再次衝擊了厚子的內心，直到這一刻，厚子都想要和咲惠說安達的事，她想知道咲惠會如何看待安達的存在，不過她問都不用問，就已經知道了答案。不想要擴大恨意，咲惠的這個想法，厚子也能夠理解。

將怒氣發洩在安達身上，和告齋木的父母是否為相同的行為呢？厚子無法輕易得出答案，她決定先將這個問題放在心裡。

「我在女兒死後整個人陷入混亂，完全無法整理思緒，自己也不知道該怎麼做。但是和妳見面之後，我釐清了很多想法，很高興自己有出席被害人家屬聚會。」

厚子直率地說出了自己的感受，咲惠一定覺得這句話很突兀又摸不著頭緒吧，不過咲惠雖然表情有些吃驚，但很快就轉為微笑了。五官精緻的人看起來總有些冷漠，但咲惠的微笑卻很柔和。

11

小小的庭院裡放著一輛三輪車，狀態並不是很新，大概是大女兒以前騎過的車吧，從年紀來看，現在應該是小女兒在騎這輛車。厚子經歷過仁美小時候，所以知道女孩子也很喜歡騎三輪車。

安達有兩名女兒，大女兒是小學生，小女兒是幼稚園生，只是稍微監視了幾天，就連他的家庭組成都知道了。厚子沒有跟蹤去小學和幼稚園上學的孩子，所以不知道她們就讀哪間學校，不過她想知道的話應該也不是太難的事，個人資料意外地很容易就能查到。持續監視一個人有多可怕，厚子從獲得的情報量中深深體會到了。

然而她想知道的並不是這些事，她真正想知道的，是安達在小學時是否霸凌過齋木。不，不是這樣的，這件事早就已經無所謂了，她已經沒有想知道的事了。問題在於厚子的心情。

不想要擴大恨意，厚子對米倉咲惠的這句話深有同感，她想要以此畫下句點，可是同時，她又還有無法清除的情緒。自己並不如咲惠那麼堅強，所以她很迷惘，好不容易才找到安達這個人，就這樣放過他好嗎？厚子並沒有下定決心的勇氣。

所以才會這樣無意義地監視安達家。因為無法決定，所以依照慣性來到這裡，至少這樣監視，可以得到自己正在做些什麼的實感，待在家裡什麼都不做才是最痛苦的。

結果，還是和每天去齋木工作的家庭餐廳時一樣，只不過地點從家庭餐廳換成了安達家而已，到安達家去本身變成了厚子的目的，她沒有其他要做的事。勝幸掌控了家中的決定權，在過了將近三十年這樣的生活後，她成了連自己的想法都無法決定的人，厚子覺得自己很沒用。

大概是因為想著這些事，造成了注意力不集中，她晚了一步才發現安達家的窗簾在晃動，那是有東西撞到了所以才會搖晃嗎？還是說家中有人在看外面？樂觀地認為只不過是窗簾在搖晃是很危險的想法，也許安達馬上就會跑出來。安達不知道自己的身分是厚子的優勢，她不能被看到長相。

該走了，厚子立即如此判斷。繼續留在這裡也沒有意義，只要有一點點危險就應該離開。厚子毫不猶豫地就離開了現場，她盡可能以正常速度往車站走去，雖然她內心也很想快一點，但是走太快就會被察覺她在逃離現場，只要裝成普通的過路人讓安達放心，他搞不好就不會再追上來了。

不要回頭，光靠氣息確認有沒有人追在後方，厚子並沒有那麼敏銳，只是她聽到了玄關門開關的聲音，所以確定有人從家中出來。那個人是安達，還是安達的妻子？如果是妻子，也許只是要出門買東西；但若是安達的話，就絕對是因為察覺到自己的存在而追了出來。

事情會這樣，也是因為安達開始警戒了。隆章受夠了遲遲無法下定決心的厚子，自己設立了告發用的部落格，不過他害怕被告妨害名譽，所以還沒有公開安達的個人姓名，只是他刊登了厚子拍下的安達背影照片。如果安達看到了那個部落格的話，就會像刺蝟一樣全身豎起尖刺保持警戒吧。

「現在正是博得關注的好時機。」

隆章得意地說。犯案當時剛好在現場，並拍下整個過程的人，找到了齋木經常光顧的坐檯酒吧，聽說他將潛入該酒吧的經過拍成影片，上傳到了網路。因為沒有新的事實出現，大眾關注度原本已經明顯下降了，卻又因為那支影片的關係而喧騰了起來。隆章很肯定地說，趁著這股氣勢，甚至可以讓安達社會性死亡。

「想投入燃料的話就要趁現在。」

隆章使用了這樣的形容方式。網路上批判聲浪不斷的現象被稱為「炎上」，厚子已經學會了這個詞，而投入燃料就是指讓火焰燒得更旺更大吧。原來如此，這的確是個好時機，在這個時候，即使是剛設立的部落格也可能會有人看，這樣的話，只要公開安達的名字，一定可以馬上傳遍社會的每個角落，可以說安達的人生是否在這裡結束，就全憑厚子的一念之間了。

也因為如此，厚子更加迷惘了。力量這種東西，在沒有的時候就會渴望擁有，可是一旦真的獲得了巨大權力，卻又會徬徨於是否該行使。輕易終結一個人的人生真的好嗎？可以毫不猶豫做出這種事的人，是齋木的同類吧。

雖然極度在意背後的狀況，但她不能回頭。厚子想到了一個辦法，她從手提包裡拿出粉盒，打開蓋子，從盒內的鏡子窺看後方，完全不需要調整角度，鏡子裡映照出安達的身影。安達果然追在她的身後。

厚子同時感受到了焦急和恐懼，要是被他逮住逼問自己是不是在監視他家，她該怎麼回應才好？雖然這時只能裝傻到底，可是她沒有自信能夠掩飾得很自然，要是他要求自己出示可以證明身分的文件，自己能夠堅持拒絕嗎？還是可以直接說她要叫警察了？

思考到這裡，她想起了車站前有派出所，走到車站前再跑進派出所，說有男人在跟蹤她的話，警方就會幫忙應付安達吧？也許她可以趁亂逃走，問題在於她走得到車站前嗎？

感覺安達馬上就要追上來了，但其實並沒有，安達保持著一定的距離跟在她後方。這樣啊，厚子明白了。對於厚子的身分沒有任何頭緒的安達，打算一直跟著她，如果厚子沒有察覺就直接回家的話，就等於是她自己告訴安達家中的位置。這和當初厚子對安達做的事一模一樣，她差點被以其人之道還治其人之身了。

這樣的話，她就可以逃進派出所了，總之現在不能讓安達發現她已經察覺自己被跟蹤了。心裡一焦急腳步就似乎要快了起來，但她還是想辦法忍住了，就算只有背影，她也很努力地讓自己看起來平靜無波。

到了距離車站不遠處時，厚子心中高興得不得了，她馬上就看到目標的派出所了。她再也忍不住，轉頭看了後方，確認過安達還在那裡之後，她就飛奔進了派出所。明明只跑了一小段路，她卻喘得上氣不接下氣，不過這樣搞不好反而可以向派出所內的警察傳達出緊張感。

「請、請救救我，有個奇怪的男人在追我。」

厚子斷斷續續地求助，她舉起左手指往來時的方向，派出所內的三名警察之一「欸！」了一聲馬上跑出去查看，另外兩名也像是要保護厚子一樣，站到了門前。

「是哪一個男人？」

一開始跑出去的警察探頭進來要厚子確認，厚子戰戰兢兢地看向外面。安達已經不在那裡了，他大概是看到厚子跑了起來，察覺到她的意圖後就躲起來了，不愧是個聰明人。

「他、他剛才就在那裡……」

厚子再次指向來時路，警察問她：「是什麼樣的男人？」她回答了四十歲左右，看起來像休假中的上班族，事實上她也沒有更進一步觀察了。

「我去外面繞一圈。」

一名警察這麼說，就外出去搜尋安達，剩下的兩人讓厚子坐下，再一次詢問狀況。因為厚子不能說實話，因此她只回答她走著走著對方就追了上來。

她很想馬上回家，不過警察挽留她，說暫時在這裡待一下會比較好，如果堅持要回家的話搞不好對方會起疑，所以厚子就照警察說的留下了。警察端茶出來，然後詢問她的身分，不得已之下，厚子只好說出真正的地址和姓名。因為她並不住在附近，對方便問她為什麼會到這裡來，厚子在內心暗叫糟糕，冷汗直流，但她瞬間想到了一個很像一回事的謊言，她說他們在考慮搬到用賀來，而警察也接受了這個謊言。

「我差不多該回家了。」

厚子指著手錶，她裝出一副非在晚飯時間前趕回家不可的家庭主婦樣，然後警察們就說要送她到車站的驗票閘門前。也許這是正常流程的考量，但也太誇張了，厚子鄭重地拒絕，離開了派出所。搭上電車，遠離用賀之後，厚子大大地鬆了口氣，同時，直到現在，她的膝蓋才顫抖了起來。

厚子的心中終於下定了決心。

12

回到家，厚子開始張羅晚餐。勝幸和隆章最近都不太加班，所以晚上七點左右就會回來，她已經準備好了，隨時可以端出熱騰騰的食物，這是她每天的工作，即使仁美死了也沒辦法休息。

回到家的兩人用完餐，趁著勝幸去洗澡時，厚子敲了敲隆章的房門。隆章拿下耳機看向厚子，厚子反手關上門，直截了當地說：

「我還是決定不報仇了。」

這就是她的結論。在遭遇苦難時，的確會反射性地想到報仇，可是一旦真的要執行時，卻又不是那麼簡單的事，內心的抗拒感比事前想像的還要強烈，更重要的是，復仇之刃不會只伸向安達一個人，這一點厚子實在無法忽略。一旦安達的人生結束了，他的家人也會被牽連其中，放在小庭院裡的那輛三輪車遲遲無法從厚子的腦海中消失。

「為什麼？」

隆章斜睨著厚子。他是個只要事情不如己意，馬上就會擺臭臉的孩子，厚子並不想將他養育成這樣的人，但他就是成為了這樣的人。孩子會培養出自己的特質，這和父母的教養一點關係也沒有，做父母的只能祈禱他們不要將手伸向犯罪。

「我再怎麼跟蹤安達，還是不知道他是否霸凌過齋木，萬一是冤枉好人的話不就糟了。沒有證據之下，不能去破壞安達的人生。」

放棄報仇的理由有好幾個，厚子想要先提出隆章最容易接受的那一個。

「所以我才會開設部落格啊，這樣搞不好可以收集到安達的情報，現在就認為沒有證據還太早了。」

隆章反駁道。這樣子啊，那就更要趁現在阻止隆章了。

「假設安達是霸凌者好了，公開他的名字也太過火了吧，安達一個人的人生因此結束也就算了，他的家人也會跟著受苦喔！」

「有必要考慮到這些嗎？我們可是被害人家屬耶！」

隆章和想要向齋木父母請求損害賠償的那些家屬一樣，覺得自己是被害人家屬，所以放棄思考也沒關係，即使告訴他們事情不該是這樣的，他們一定也無法理解。

「他的太太和兩名女兒可是一點錯也沒有，但你卻想讓她們背負和我們一樣的痛苦嗎？」

「才不一樣，我們可是家人被殺了，根本完全不一樣。」

無法溝通，即使是家人，也不代表一定能夠溝通，彼此令人絕望地無法互相理解，話語只是徒勞地在兩人之間消失。

「總之，絕對不能進行復仇，你要是隨便公開安達的名字，反過來被告妨害名譽的話，我可不會管你。」

厚子抱著最後通牒的打算，直接說個清楚。隆章不高興地皺起眉頭。

「這算什麼？結果妳每次都這樣，老是以婦人之見扯我的後腿。妳找到安達並且跟蹤他時，我還稍微對妳另眼相看了，到頭來妳根本沒變，既然什麼都做不到，就閉上嘴巴乖乖煮飯就好了。」

隆章是看著父親的樣子長大的，所以嗆起厚子也是毫不留情，但再怎麼說，這句話也太過分了，就連勝幸也只會在心裡想想，不會真的說出口。自己的兒子竟然長成了一個可以滿不在乎說出冷血無情話語的人，這個事實伴隨著衝擊刺傷了厚子的心。

「我真希望，我的孩子是個更溫柔的人。」

厚子並不是想要爭辯，這是她現在真正的心聲。隆章似乎對厚子這麼說相當不滿，不屑地說：「這什麼鬼話？」和無法溝通的人再說下去也只是對牛彈琴，厚子離開了隆章的房間。

厚子跪倒在客廳的地板，趴在桌子上，淚水洶湧而出。失去仁美，剩下的只有一個會對母親口出惡言的兒子，這個現實讓厚子悲痛欲絕，她放大了音量不斷哭泣，刻意讓隆章聽見。

第七章

1

手機的待機畫面上，跳出了有一封新郵件的通知，在看到通知上顯示的名稱瞬間，安達的身體僵住了，他對今岡這個名字只有厭惡的印象，反射性地想要直接刪除郵件。

不過今岡不可能為了和他閒聊而特地傳郵件來，一定是有某些不可忽視的正事，不看就刪掉的話，之後只會後悔。雖然內心有激烈的抗拒感，但安達還是強忍住，打開了今岡的郵件。

「前些日子多謝你了，我是荒井小姐介紹的今岡，在那之後我想起了一件事，非常希望能說給你聽，你意下如何？」

今岡所寫的文字，不像他說話時那樣充滿諷刺，他是個很成熟的社會人士，這件事讓安達放下心來。如果還是那樣的語氣，他大概會不管內容只想刪除郵件吧。

他到底想起了什麼事？收到郵件之後，安達才想起自己曾經告訴今岡郵件地址，而且也的確說過要是想起什麼事就和他聯絡，因為他完全不抱期待，所以早就忘記了。

究竟那是不是值得一聽的消息呢？他很擔心今岡又只會收錢說些傷害自己的話。

安達提不起勁立刻回覆，他不認為事到如今還會有什麼新的情報。不只是今岡那裡，其他地方也是，無論他怎麼打探，都問不到齋木真正的想法。沒有人知道已經死去的殺人兇手真正的動機，這也是理所當然的，安達的心中已經萌生了「就讓動機成為永久之謎不好嗎？」的死心念頭。

他的情緒恐怕不會立刻好轉吧，恐慌症暫時會再多拖一陣子，可是不論什麼樣的傷，時間久了都會痊癒。也許要花好一段時間，但他總有一天一定會重新振作，那可能是一年之後的事，也可能要花兩年的時間，就算如此，他也做好了只能正面面對病情的心理準備。

他將郵件放到了晚上，這段期間，他努力想忘掉今岡的郵件，但大腦一隅還是不停掛念。他沒有任何頭緒今岡會想起什麼事，因為他能用來推測的素材實在太少了，這樣的話，他很有可能會繼續掛念下去。這他可是敬謝不敏，他絕對要避免今岡一直存在於他的腦海中。

還是快點回信比較好，就算是為了忘掉這個人，最後安達下了這個結論。即使他想逃也逃不了，他領悟到逃避只是白費工夫。

「謝謝你和我聯絡，你想到的是什麼樣的事？」

如果可以不要見面就解決，那是最好，所以安達在信中問今岡，可惜馬上收到的今岡回信讓安達失望了。

「方便的話，可以再和你見一面嗎？老實說，我還想要一點情報費，我想這次的消息有一萬日圓的價值。」

果然是這樣，安達已經隱隱約約猜測到會不會是這回事。上一次的一萬日圓幾乎是打水漂了，還要再花一萬日圓讓安達非常火大，可是他又很在意今岡發下豪語說這次有這個價值。再怎麼說，今岡都曾和齋木長時間相處，就算他知道無人知曉的貴重情報也不奇怪。

「那麼就等我實際聽過消息，判斷有無價值之後再支付費用，這樣可以嗎？」

如果他對這個提議有所遲疑，那就不用再理會他了，安達這麼考量按下送信鍵後，今岡很乾脆地就答應了。

「這樣也可以。那要約什麼時候？我比較方便的時間是——」

今岡羅列了幾個具體的日期時間，安達是屬於時間比較自由的那一方，也只能由他配合對方了。安達無法克制地在意今岡的自信從何而來，究竟這次會出現上上籤呢，還是他會後悔早知道就不要聽了？反正他現在都跌到谷底了，就賭他一把吧，安達自暴自棄地想。

推測是為了告發安達而開設的部落格，在那之後不知為何就不再更新了，監視家中的怪人也從此不再出現。是因為被安達發現了，所以對方有所戒備嗎？可是這樣的話，公開安達的名字，將他進一步逼往絕路不是更好嗎？沒有任何動作讓人擔驚受怕，但這同時也是個可以稍微鬆一口氣的狀態。

今岡指定了隔天見面。在餐廳工作不一定能在週末休假，所以他方便的時間才會是平日吧，地點則是之前見面的塔利咖啡。過了一晚，隔天要出門前安達很擔心自己的反應，他站在玄關時雖然感到有點心悸，不過心中卻有外出的勇氣，用前幾天追趕監視自家的那個女人時的氣勢踏出家門就可以了吧。安達在美春的目送之下走出玄關，深吸幾口氣。別擔心，恐慌症沒有發作。比起想逃的念頭，現在他必須去聽今岡說話的義務感更強烈，他覺得應該為這樣的自己感到驕傲。

安達轉乘電車，抵達了ＪＲ平井站。塔利咖啡裡有充足的空位，距離約定好的時間還有二十分鐘，為了確保有位子坐，安達稍微提早了一點來。他買了咖啡，一邊品嘗一邊等待今岡。

「哎呀，讓你久等了。」

在約好的時間一分不差時，今岡出現了，一副完全不記得上回兩人對話氣氛的樣子，帶著有些親近的口吻打招呼。霸凌這個行為，即使霸凌者已經忘了，遭受霸凌的人也會永遠記得，安達心想，這大概也是相同的情況吧。

「我一樣是熱咖啡，啊，要大杯的。」

今岡沒有先到櫃檯點餐就直接走過來，所以安達早就知道他不打算自己買咖啡了。安達雖然對他的厚臉皮感到不耐煩，但又不能拒絕，只好起身走向櫃檯。他深刻體會到厚臉皮的人反而才能在各種場合吃得開，不過安達卻做不到這樣的行為。

「上一次真是抱歉呢，我沒想到有女人傳 LINE 給齋木竟然不是什麼大新聞。」

安達回到座位才將咖啡放在桌上，今岡就先如此道歉。面對今岡有禮的態度，安達不知道該怎麼回應。

「……啊，不會。」

看來他不是故意想要用那一點點情報來換取金錢，而是真心認為那個情報價值一萬日圓。這倒也是，如果只看媒體報導的話，聽到齋木身邊有女人的存在應該會很吃驚，也就是說，今岡和荒井之間也很少交流，如果他有和荒井好好共享資訊的話，就會知道齋木有個送禮的對象；荒井也是，如果能先確認過今岡的情報再介紹給自己就好了。安達很想這樣抱怨，然後他想起了之前荒井說過的話，有時候小孩發燒她不得不早點下班，有些男人就會露出厭惡的表情。今岡或許也是面露不悅的男人之一，這樣的話，就可以理解為什麼荒井不想和他深談了。光是她遵守了與安達的約定，介紹內場裡的人給他，就該認為她很守信用了。

「在那之後我才知道，齋木曾追過一個女人的事已經在網路上鬧得沸沸揚揚了，你早就看過那部影片了吧？所以才會覺得有女人傳 LINE 給齋木沒什麼好稀奇的。那時我還想說我帶來這麼天大的情報，結果你竟然一臉明顯失望的表情，到底是怎樣！」

今岡帶著點苦笑地說。我的態度有這麼明顯嗎？看來今岡也有他的委屈，因此對安達感到很不爽。一想到他們兩人半斤八兩，安達就放輕鬆了一些。

「那真是失禮了。」

「不會，明白其中的原因之後我就可以理解了。所以齋木在追的女人看起來是坐檯酒吧的小姐呢，我是很驚訝他竟然會去坐檯酒吧啦，但他要是不去那種地方大概也不會有女人把他當一回事吧，只是說被那樣的男人纏上，小姐應該也很困擾。」

如果他都知道這些消息了，那應該也會注意到傳給齋木的 LINE 或許是酒店小姐的營業訊息，既然如此，為什麼還要找安達出來？他還有什麼更深入的情報嗎？

「知道他在追的女人是酒店小姐之後，我想起了一件事。本來我以為這兩件事毫不相干，所以上一次碰面時沒有察覺關聯。」

今岡的語氣沒有特別改變，就直接進入了正題。安達不禁坐正了姿勢，他有預感，會從今岡的口中聽見不容忽視的情報。

「之前齋木曾來找我募款，他說有個人很可憐，拜託我捐款。」

「捐款？」

聽到了一個預料之外的詞，讓安達忍不住跟著複誦。捐款這件事在至今為止的調查中一次也沒出現過，沒有正職工作的齋木竟然有多餘心力想要捐款，安達感到很驚訝。

「對，他讓我看了一個正在募款的網頁。就是經常會看到的那種，某個孩子因為心臟病，必須接受移植才能活命，可是在日本無法動手術，必須到美國去，所以才向大眾募款的例子。」

偶爾會聽到這樣的故事，雖然覺得很可憐，但安達不曾捐款過。非親非故的，一般人很難有捐款的動力吧，齋木和那家人是否有什麼關係呢？

「齋木有捐錢嗎？」

「似乎是這樣，只是他也很窮，應該不是多大的金額，我想就是這樣他才會也來找我捐錢。」

「那你捐了嗎？」

「怎麼可能，我沒那種閒錢，畢竟我又不是富豪，為什麼要為了不認識的小孩捐款？」

安達不認為今岡這句話很無情，世界上大半的人都有著同樣的想法吧。

2

又知道了齋木令人意外的一面，但卻看不出這和酒店小姐之間有什麼關聯。為了讓今岡說出更多，安達提出疑問。

「那次募款有達到目標金額嗎？」

「沒有，其實根本沒募到多少錢。好像到某個階段都進行得很順利，可是發生了一件事，就沒什麼人要捐款了。」

「發生了一件事？」

「對，那個小孩的媽媽被人爆料是酒店小姐。」

兩者在這裡接上了呀。今岡似乎認為孩子的母親就是齋木喜歡的人，可是安達還是不太明白，為什麼大家知道病童的母親是酒店小姐後，就不願意捐款了？若是為了賺取孩子的手術費，這的確是個會列入選項中的職業，反而算是一樁佳話不是嗎？

「酒店小姐不能募款嗎？」

安達直截了當地詢問，今岡嘲諷地聳聳肩。

「如果是為了孩子才去陪酒那也就算了，一開始社會大眾都是這麼認為的，所以獲得了很多同情，可是後來發現不是這麼一回事，那個媽媽在孩子生病前就在坐檯酒吧工作了。」

「啊……」

安達明白兩者之間的差異雖然微妙但非常嚴重，因為這是能否成為佳話的關鍵差異。職業為酒店小姐並不是壞事，可是在知道這不是一段佳話時的失望實在太巨大了，也難怪她們很難獲得同情。

「為什麼媽媽是酒店小姐的事會曝光？」

如果在網路上募款，職業就有可能被公開在網路上，安達自己現在已經深刻體會到了網路有多可怕。今岡歪著頭，證實了安達的推測。

「不知道，大概是某個客人無意間洩漏出去的吧，這種事也不知道會從哪裡傳出來。就算說者不帶惡意，但對募款活動卻會造成傷害。」

「造成傷害，也就是說……」

「對，最後沒有達到目標金額，沒辦法接受手術，那個孩子似乎就死了。」

聽到這句話，安達陷入沉思，他覺得好像可以看見齋木對什麼事情感到絕望了。就像今岡說的，齋木大概是喜歡上了家有病童的酒店小姐，為了喜歡的女人，他想要盡己所能地幫助那個孩子。安達想起了荒井曾說齋木想要錢，那不是為了貢獻給揮霍的女人花用，而是為了籌集孩子的手術費。他還跑去找一點也不熟的今岡募款，可見他有多拚命。

另一方面，安達也明白了為什麼齋木沒有告訴荒井募款的事，因為荒井自己也是單親媽媽，他知道她沒有多餘的錢捐款。齋木之所以在各方面那麼關心荒井的孩子，大概也是因為荒井和他喜歡的對象一樣，都是單親媽媽的關係吧。先前獲知的線索，開始一個一個對上了。

可是，最後卻沒有籌集到孩子的手術費。與其說人們的善意不足，更像是世間的偏見拋棄了那個孩子。不管是為了賺取孩子的手術費所以才在坐檯酒吧工作，還是更早以前就已經從事這個行業了，其實原本沒有多大的差異，然而社會大眾擅自將這件事想像成一段佳話，一旦知道實情不如想像，便翻臉不認人，結果導致原先或許能夠得救的孩子喪失了性命。齋木若因此被無力感折磨，對世間的冷漠感到絕望，倒也不是不能理解。

到這裡都還好，沒有特別矛盾之處也都能解釋得通。這樣的話，為什麼要選擇動漫展？安達不明白齋木將絕望的矛頭瞄準在動漫展上的理由。在目前所知的線索中，沒有任何一項與動漫有關的因素，齋木為什麼要將自己的絕望發洩在動漫展上？就算他覺得發洩的目標隨便哪裡都好，動漫展這個地方也太特殊了。安達不得不認為還有最後一片尚未釐清的拼圖。

「今岡先生，你認為這件事是齋木犯案的動機嗎？」

任何人都好，安達想要聽聽他人的意見，他有一種濃霧將散不散的煩躁感。齋木，你到底在想什麼？你的絕望為什麼會以那樣的形式發散？你對動漫展究竟有什麼樣的恨意？

「不知道，感覺和那起案子沒什麼關係吧。酒店小姐的孩子死了，不構成引發那種重大刑案的理由吧，又不是動漫迷散布孩子的母親是酒店小姐的。」

「喔喔，原來如此，我想，也許真的是這樣喔。」

這是個很有說服力的假說。這麼解釋的話，就可以理解齋木以動漫展為目標的原因了。可是今岡卻一臉不贊同地歪著頭。

「是嗎？網路上的消息要怎麼鎖定來源？這是不可能的吧。」

「這樣啊，說的也是。」

被人冷靜地反駁後，安達有些不甘心。他因為太想了解齋木的想法了，不禁對假說一頭熱，他必須更站在齋木的立場思考，必須更加發揮他的想像力。

「而且動漫宅和酒店小姐完全沒有交集吧，動漫宅要怎麼知道那個孩子的媽媽是酒店小姐？動漫宅不會去坐檯酒吧對吧？」

「的確是，你說的沒錯。」

今岡反而才是比較有在動腦筋的人，這是因為在他想起齋木向他募款的事後，他有時間思考的關係吧，看來安達也必須仔細消化這項情報才可以。

「我把你找出來還說這種話有點那個，不過我想酒店小姐和那起案子應該沒關係吧。雖然我覺得病童的事的確是足以讓齋木萌生怒意的理由，但他攻擊動漫展一定還有其他的原因。」

看來這就是今岡的結論了，若是如此的話，代表他又回到了原點。原本已經幾乎觸手可及的齋木真實想法，彷彿又消失在了濃霧的那一端。

齋木，你究竟為何而怒？是對不願留給你一席容身之地的社會嗎？還是世人對病童見死不救的冷漠？又或者，是你對創造了霸凌的契機，害你從社會正軌墜落的我，心中一直潛藏著一股怒氣？齋木，希望你能回答我。

安達在心中誠心地向齋木喊話，然而卻沒有任何回應。

3

安達一向認為自己是屬於頭腦好的那群人。從人稱一流的高中，進入一流的大學就讀，在校時也獲得好成績，之後任職於一流的公司。進到銀行工作後，也因為展現出優秀的判斷力及決策能力，而順利出人頭地。如果頭腦不好的話，不可能過著這樣的人生，他曾經如此自傲，一直到不久之前。

現在他知道了，引以為傲的好頭腦，也只不過限定於某個面向而已，過去他的人生，需要的能力非常有限，這意味著他的運氣很好，不需要察覺到自己不足的部分，就可以生存下來。

聽了今岡的話之後，他不斷思考著齋木真正的想法，齋木為什麼要犯下那麼重大的事件？他覺得材料都已經備齊了，但還是沒能得知齋木真正的想法，原因是在於缺少了決定性的一片拼圖嗎？或者說不足的是想像力？現在的安達，已經有了自己缺乏想像力的自知之明。

不過相反地，他又覺得世上又有多少人，能夠充分發揮他們的想像力呢？那個數字應該是少得嚇人吧。絕大多數的人類，根本沒有什麼想像力，他們甚至沒有發覺自己缺乏想像力，就這樣活著。自己或許缺乏想像力，但對於缺乏想像力的人來說，要如此推斷都是件不可能的事。如果安達沒有面臨這樣的事件，他大概也不會察覺自己缺乏想像力吧。

他曾聽說過，人類只使用了大腦的百分之個位數而已，雖然也有人反駁說這只不過是種民間傳說，但想像力毫無疑問地，是種人人具備，但卻沒在使用的能力。想像力絕對不是一種特殊能力，每個人都與生俱來，卻幾乎沒有人在使用。沒在使用的能力，會退化到等同於沒有。

光憑安達退化的想像力，實在無法推測齋木真正的想法，因為他連齋木活得有多辛苦這件事本身都無法想像了，當然更不可能理解辛苦的人生活到最後，跑去犯案的理由。安達唯一能做的，就是乾脆承認自己的極限嗎？對於自己反覆思考到最後得出的結論，除了失望他也很想苦笑。

還是去找出齋木喜歡的人吧。他花了很長一段時間才下定這樣的決心，因為他可以想像得出，這將會打亂對方平穩的生活。只是，一開始也許會讓對方心生恐懼，但他並無意向大眾公開齋木喜歡的人是誰，他會好好向對方解釋這個想法。雖然他不確定對方是否能夠理解，不過他打算釋出誠意。齋木沒有表達自己的意圖就死了，但至少有一個人努力想要去理解齋木的想法，這件事應該有其意義。

擁有罹患心臟病的孩子，而且曾在網路上募款的話，應該不難找出該名人物才對，只是安達沒有這方面的專業知識。為了募款而開設的網站早就已經刪除了，如果在網路上找不到的話，他也只能投降。就像美春之前說過的，現在是該借助專家力量的時候了，若是徵信社，應該不用幾天就能找到人。

他先諮詢在網路上查到的徵信社，只是透過郵件來回幾次溝通，就得到了報價，價格雖然並不便宜，不過還在合理範圍內。當然，如果太便宜的話也不值得信任。當他表示不想說出尋找該名女性的原因而拒絕說明時，對方就不再深究，這也給他留下好印象。

徵信社說先給他們三天，那副自信滿滿的樣子讓安達覺得很可靠，他匯入規定的費用，請他們開始著手調查，所有的往來都是透過電子郵件。雖然是個方便的時代，但坐在椅子上就能找到人也讓他感到有些恐懼。

然後第三天的晚上，安達收到了報告郵件，上面記載著發起募款的女性名字及目前住址。終於，找到了，掌握事件關鍵的人物。因為這不是安達靠自己的能力找到的，所以沒有成就感，相反地，他本來開始認為可以不用面對的真相突然逼近眼前，讓他萌生想逃的念頭。他害怕知道真相。

然而，他不能逃避真相活著，無論再怎麼害怕，自己都有義務正視真相活下去，即使再怎麼想逃，他都很清楚最終自己必須向前進，因為他就是這樣活到了現在。往後，他也只能繼續這樣活下去。

該名女性叫作熊谷妃菜，住在葛飾區東新小岩，最近的車站是ＪＲ新小岩，所以搭乘總武線到錦糸町不需要轉乘。看來這名女性就是在錦糸町坐檯酒吧工作的小姐不會錯了。

既然她住在電車可以直達錦糸町的地方，那麼從安達住的用賀過去也只要在錦糸町轉乘一次就能抵達了，這個交通便捷度，成為推動安達的最後一道助力。已經沒有猶豫不決的理由了，雖然需要由西向東橫跨東京，不過只需要轉乘一次，就當作是命運的安排，安達下定了決心去見對方。

隔天安達搭上與東京地下鐵半藏門線連通的電車。即使熊谷妃菜現在已經辭去了坐檯酒吧的工作，她很可能還是過著晚睡晚起的生活，要是太早去拜訪，大概只會讓她覺得煩，於是安達算準了大約在三點左右抵達新小岩的時間才出門。

安達用地圖程式查詢徵信社報告中的地址，該地點距離新小岩車站步行要十七分鐘，若以女性的腳程來看，也許還要更久。雖然是在坐檯酒吧上班，但帶著病童的母親，生活並不奢華，從她住的地點就可以窺見一二了。

安達按照手機的指引，從車站來到了公寓前，那是一棟住戶不多，若是以前可能會取名為「某某華廈」的低樓層公寓。昏暗的入口處可以看到郵件信箱，用的不是密碼鎖，而是想上鎖要自己掛鎖頭的款式，由此可以感受到屋齡的老舊。

他的目標是三樓的房間，但老公寓沒有電梯，無奈之下，他只好走樓梯上去。平常他不曾走過兩層樓以上的樓梯，因此氣息有些紊亂。每天都要這樣爬樓梯上上下下一定很辛苦，還是說這對年輕人而言只是小菜一碟？

住家門旁的電鈴不是對講機式，如果要應對來客，就必須親自到玄關這裡來，安達心中感到幸運，同時按下了電鈴，可以聽到從房中傳來電鈴的聲音。

「來了。」

回應比想像的還要快，安達心想，搞不好她還沒睡。住家大門沒有開，安達隔著門板發話。

「不好意思突然來打擾，我是齋木小學時的同學，敝姓安達。我明白這樣冒昧前來會給您帶來困擾，但有些事想請教您，因此來拜訪。」

開宗明義提到齋木的名字不是什麼好策略，但安達並不想要欺騙對方。他說完之後便等待對方的回應，卻一點動靜也沒有，難道是不知道該如何回應嗎？還是嚇到動彈不得了？為了讓對方能夠下判斷，安達繼續道：

「我不是媒體相關人士，也不打算在網路上寫些什麼。慚愧地說，其實我在小學時霸凌過齋木，結果齋木因此拒學，我感到很不安，如果那時候我沒有霸凌齋木，是不是就不會發生那件案子。我認為我有義務了解齋木的想法，最後找到了妳這裡來，還請妳告訴我。」

安達表達了他真正的想法，如果這麼做行不通的話，他願意多來幾次。在四處打聽消息之中他明白到，想要讓對方說出心底話，就只能先拿出我方的誠意，他也學到了，有時候光有誠意還不夠，還會被索要金錢，但即使如此，第一步還是展現誠意。對於身為搜查外行人的安達來說，他就只有這一樣武器了。

「——你有名片嗎？」

從門的另一頭傳出了微弱的聲音，原來他沒有被刻意忽視。安達的臉靠向門邊回答。

「有，我有。」

「那請你放進下方的報筒裡。」

她大概是充滿了戒備，這也難怪，於是安達照她說的去做。先前他已經有好幾次經驗，明白名片上的公司名稱會為他帶來信任，現在他祈求著這次也會有效過。

門後發出了「哐啷」的聲響，安達知道對方打開了報筒的蓋子。過了約十秒後，門鎖打開了，從小心翼翼打開的門縫間，可以隱約看到年輕女性的臉。這名女性，似乎就是熊谷妃菜。

熊谷妃菜盯著安達的臉好一陣子，什麼話都沒有說，她大概是在判斷安達是否值得信任吧。不久，熊谷妃菜開口道：

「如果你能解釋為什麼你會知道我在這裡的話，我就換個地點和你見面。」

「這是當然的，一名陌生男子突然到家中拜訪，一定會覺得很可怕吧，我會詳細說明。」

也許是安達的說話方式很有同理心，熊谷妃菜輕輕地點了頭，然後思考般微歪著頭，繼續說道：

「新小岩車站北口有一間雷諾瓦咖啡店，一小時後在那裡見面可以嗎？」

「一小時後在雷諾瓦咖啡店嗎？沒問題，那麼我先去那裡等妳。」

安達答應之後，門立刻就關上了，安達沒想到會這樣被晾在外頭。大概是因為在聽到安達如何找出這個地方之前，她沒辦法放下心中的不安吧。總之，可以見到熊谷妃菜是一個重大收穫。

安達直接回到車站，走進雷諾瓦咖啡店，店裡有幾名看似工作中的上班族散落在各處。安達告訴店員同行者會晚點到後，就被帶到了沙發區。旁邊的座位沒有其他客人，是個適合談話的位置。

他也確認過了沒有遭人跟蹤，為了以防萬一，他一直盯著門口看。沒有人跟在安達後方進入店內。他沒有拿出手機來滑，只是等著熊谷妃菜的到來。

4

大約過了五十分鐘，熊谷妃菜出現了。剛才也許是素顏的關係，臉看起來比較稚嫩，現在則是上好了完整的妝容。話雖如此，她的圓臉看起來依然是娃娃臉，若不是事先知情，不會認為她曾是一個孩子的母親。熊谷妃菜點頭打招呼後，便往安達所在的位置走近。

「重新自我介紹，我是熊谷，雖然你已經知道了。」

坐到安達對面的位子之後，熊谷妃菜這麼自我介紹，然後視線移向下方，彷彿是在用態度表明，她完全不是自己心甘情願出現在這裡的。從對方的立場來看，這也不能怪她，因此必須小心選擇用詞，避免嚇到她。

「我是安達，謝謝妳願意撥空見我。」

就在安達也自我介紹之後，店員剛好過來點餐，熊谷妃菜看著菜單點了冰淇淋蘇打，這個地方也讓人感受到她的稚嫩。經歷孩子因病過世的殘酷打擊實在是太可憐了，她看起來並不像已經成熟世故到知道該如何面對這種狀況，是受到命運的捉弄才讓她落入這個境地的吧，安達私下推測著。

「首先，請你先解釋你怎麼找到我的！」

堅定的語調讓安達感受到了她「這一點不說清楚的話我不會開口」的意志。安達詳細地表明了自己的心情，按照順序一一訴說。為什麼他會在意齋木、他懷著什麼樣的歉疚之意、他有多後悔過去的愚蠢，除了吐露這一切，他還坦承了他委託徵信社的事。熊谷妃菜雖然對徵信社這個詞表現出不愉快的反應，但並沒有開口插話。她一口也沒有吃店員送來的冰淇淋蘇打上的冰淇淋，只是用吸管不斷戳著。

「──妳願意抽時間出來見我，是因為妳認識齋木吧？請問妳和齋木是什麼樣的關係？」

安達說完他的心境之後，問出了他最大的疑問。如果齋木只是單戀的話，也許她什麼也不會說，安達想要確認他們的交流是有來有往。

「齋木先生對我很親切，不過我們並沒有在交往，我不知道齋木先生是怎麼看待我的。」

熊谷妃菜微低著頭回答。某種意義上，這是在預測範圍內的回答。齋木和熊谷妃菜的年紀差了十歲以上，很難說他們彼此相配。從熊谷妃菜的措詞中，也感受不到對齋木的愛戀情感。

「如果方便的話，可以告訴我妳和齋木是怎麼認識的嗎？」

熊谷妃菜並沒有回答安達問題的道理，她之所以願意出門來到這裡，只不過是因為她不知道安達會表現出什麼樣的態度，她是被不安所迫。安達如果採取紳士的態度，她有可能會放下心來而什麼都不願說，但即使如此，安達也已經下定了決心，絕對不能做出威嚇的舉動，因為威脅她開口一點意義也沒有。

「你可以保證我說出一切之後，你就不會再來找我了嗎？」

熊谷妃菜抬眼看著安達，彷彿她不願放過安達會做何反應一樣。對安達來說，這個要求他也只能答應了。

「我保證，我不會再繼續打擾妳了，當然我聽到的這些事也都不會告訴任何人。」

「是嗎？那好吧。」

看來她姑且算是答應了。熊谷妃菜終於湊近吸管，喝了冰淇淋蘇打，然後她盯著玻璃杯，開始娓娓道來。

「齋木先生第一次找我說話是在我前往車站途中，當時腳踏車的車鏈掉了，我正不知道該怎麼辦。那時已經快到上班時間了，沒空牽到腳踏車行去，推著去上班的話又會遲到，我只能在那裡想辦法努力修好，結果只是弄得滿手油汙，鏈條根本裝不上去，就在這時候，齋木先生出聲叫我。」

雖然安達很意外是齋木主動去搭話的，但再仔細一問，當時孩子也在場，所以齋木也比較好開口吧。熊谷妃菜和齋木說了她遇到腳踏車掉鏈的窘境。

「齋木先生馬上就幫我修好了，真的是大概一分鐘就修好了。因為他的手弄髒了，所以我給他面紙代替道謝。只是那時候我已經來不及了，於是就這樣離開，雖然我內心很過意不去，不過給錢也很奇怪吧，我們也沒有互相自我介紹，如果不是偶然的話，大概就只會遇見那麼一次。」

熊谷妃菜所說的偶然次數似乎並不是真的那麼少，幾天後，完全同樣的情景又發生了。若彼此的上班時間都是固定的話，其實也算不上是偶然，不如說是一種必然。

「我的腳踏車鏈已經老舊鬆弛了，才會很容易掉鏈，所以再次掉鏈時，我心中欲哭無淚，想說之前那個人能不能再一次經過這裡，結果齋木先生真的出現了。這次是我先叫住他，他也沒有露出不耐煩的表情，馬上又幫我修好了。」

畢竟是第二次巧遇了，沒有自我介紹就離開感覺很奇怪。熊谷妃菜先說了自己的名字，齋木也報上姓名。熊谷妃菜說，齋木看起來有些靦腆。

「齋木先生很親切，他說他就住在附近，如果腳踏車又掉鏈的話，找他過來就好了。老實說，我感到得救了。雖然這件事只要去腳踏車行換新的鏈條就可以解決，但我不知道換新鏈條要花多少錢，白天我也是睡到最後一刻才起床，所以沒時間去。齋木先生說了他的電話號碼，所以我也告訴他我的。告訴不太認識的人電話號碼是讓我有點抗拒，但又不能不告訴他。」

可以理解她的做法。比起花錢修腳踏車鏈，她選擇了有個隨叫隨到的男人的便利性。熊谷妃菜說她白天都會睡到最後一刻才起床，不過她現在可以這樣抽出時間，搞不好是因為辭去工作了。既然 YouTube 上出現了尋找自己的影片，那麼在殘餘的熱潮冷卻之前，她想要躲起來一陣子也不奇怪。

「這就是我們認識的契機，之後齋木先生也幫了我好幾次忙。見面這麼多次之後，我們也開始會閒聊，所以我知道齋木先生不是壞人，因此我和他說了自己的工作，也曾邀他到店裡去，雖然他看起來不像是會開整瓶酒的人，不過如果他去店裡，我打算請他喝酒當作修理腳踏車的謝禮。」

「齋木也去過店裡嗎?」

「對,大概兩次,齋木先生看起來經濟沒有很寬裕,所以不曾來太多次。」

才這麼兩次,就被人說成是坐檯酒吧的常客嗎?所謂的加油添醋就是在說這種情況。

不過金錢方面不富足的齋木,竟然去了坐檯酒吧兩次,還是可以視為是多次了吧,再加上他曾送禮給熊谷妃菜,應該可以當成是齋木對她有好感,雖然看起來這只是單方面的好感。

「妳和齋木之間還有什麼樣的往來嗎?」

就目前而言,感覺不出熊谷妃菜孩子的死和大量殺人案有什麼關係。安達不認為交情普通的對象孩子死了,會讓齋木自暴自棄犯下那麼重大的案件,只不過這也許只是安達的想法,也有可能對齋木來說,熊谷妃菜雖然只有這種程度的交情,但卻是他心靈的支柱,而這樣的對象孩子卻病死了,導致他對社會感到絕望。安達還沒有辦法下結論。

「沒了,就這樣而已。」

熊谷妃菜拒人於千里之外地說。這句話不知道是真的還是假的,至少她應該是在某個機緣之下收到了禮物,只是她大概想到齋木是大量殺人案的兇手,於是決定說她和齋木只是點頭之交。就算再追問下去,她搞不好也只是閉口不談,所以安達決定不要提禮物的事。

「我很抱歉這麼說可能會讓妳想起不愉快的回憶，不過妳的孩子似乎已經過世了?聽說妳曾為了手術費而發起募款活動，齋木和那個活動有關係嗎？」

安達慢慢導入正題。也許可以觸碰到核心，安達有這樣的預感。

5

熊谷妃菜身體向後傾，靠在沙發的椅背上，就這樣視線直盯著安達瞧。她在猶豫該如何回應嗎？提到孩子的死是個賭注，也許會導致熊谷妃菜結束對話，可是安達實在無法不談這件事。

「——你是在懷疑我孩子的死，是那起事件的導火線嗎？」

熊谷妃菜自己提起了安達的疑問，這次換安達感到游移不定，不過他決定貫徹誠實為上的原則。

「是的，沒錯。」

「你猜對了，這個懷疑是正確的。」

熊谷妃菜如此乾脆地承認，讓安達大吃一驚。是這樣嗎？熊谷妃菜既然這麼說，那就代表她知道齋木真正的動機。原本以為一輩子都無法知曉的答案，終於讓他給找到了。

「那，那……」

「不過在那之前，請你先聽我說，我現在有了很多很多想說的話。我還記得齋木先生和我說過的話，我想他一定也希望你聽他說。」

「我明白，我很願意聽。」

安達感覺自己被她的氣勢壓過，熊谷妃菜的心中似乎轉換了某種開關，剛才的膽怯之色一掃而空，散發出可說是具有攻擊性的氛圍。安達話語中的某個關鍵，點燃了熊谷妃菜心中的怒火。

「我女兒叫作萌夏，她罹患了擴張型心肌病變，還來不及動手術就死了，這你知道吧？」

「是。」

熊谷妃菜的語氣裡了隱含著「反正你已經讓徵信社調查過了吧」的意思。因為她說的沒錯，安達也無從否定起，他也早就知道她女兒叫作萌夏。

「嚴重的擴張型心肌病變只能靠心臟移植治療，只是在日本，幾乎沒有父母願意捐出腦死孩童的器官。這也不能怪他們，畢竟就算被宣告腦死了，孩子的心臟也還在跳動，他們的身體也都還是溫暖的，沒有父母會認為自己的孩子這個樣子叫作死了而答應捐出器官。日本的兒童心臟移植病例，十根手指就數得完了。」

這件事安達也知道。掙扎於是否捐出腦死孩子器官的父母，以及只能等待器捐的孩子的父母，兩者的心情他都能夠理解，這只能說是個沒有正確答案的題目。

「所以我們只能到國外接受手術。雖然國外的父母心情也是同樣掙扎，但是像美國的人口比日本多太多了，因此出現捐贈者的可能性也會相對提高。事實上，也有日本的孩子到美國接受移植手術後活了下來，只有到國外動手術是萌夏唯一的希望了。」

根據徵信社的調查，萌夏得年只有八歲。熊谷妃菜看起來雖然年輕，不過她的年紀是二十八歲，萌夏是在去年過世，也就是說熊谷妃菜是在十九歲時產子。熊谷妃菜沒有結婚紀錄，因此是未婚媽媽。

「不過去美國的旅費，還有住院費、手術費，以及必須在那裡待到器官捐贈者出現為止，在那期間的生活費等等，全部加一加至少要花一億日圓左右，這根本是不可能的事，不是因為我沒錢，就算我在一流企業工作這也是天方夜譚。那時萌夏的狀況不對勁，幼兒園把我找去，到診所就診，醫生也只是露出奇怪的表情，幫我介紹到大學醫院，那裡的醫生診斷為嚴重疾病，說沒有一億日圓沒辦法接受手術，這不是在叫萌夏去死嗎？那已經不是絕望可以形容了。」

熊谷妃菜雖然是淡淡地訴說著，但可以感受到她的絕望不是只透過嘴巴傳達出來而已，她已經身處在比絕望更遙遠的地方，因此失去了情感的起伏。這件事再怎麼遲鈍的人都看得出來，熊谷妃菜的表情消失了，就連眨眼的次數都跟著減少，簡直就像在和不自然的電腦圖形對話一樣。

「我和父母已經斷絕了關係，所以沒有能夠商量的對象，也和店裡的客人隱瞞了我有孩子的事，朋友也都和我一樣笨，所以商量的對象除了齋木先生，我也想不出來還有誰了，而且齋木先生也很疼萌夏。」

剛才明明說除了在坐檯酒吧見過兩次面，沒有其他密切往來了，很明顯熊谷妃菜的說法互相矛盾。當然她本人也清楚這一點，安達也不打算揭穿，他感覺這次她終於願意說出事實了。

「我打電話給齋木先生並且哭了。我非常非常愛萌夏，覺得她就像我的分身一樣，疼她疼到想將賺來的錢全都用在萌夏身上，寧願減少自己的食物量，也不讓萌夏的生活有任何不順心。她漸漸長大，說著童言童語時又是另一種可愛，然後在不知不覺間，她長成了溫柔穩重的孩子，我喜歡和萌夏講話勝過於和其他人。上天賜給我這麼好的孩子，我每天都在想，雖然當初大家都反對我一個人生下孩子，但我非常慶幸自己生下來了。」

訴說著自己有多愛孩子的熊谷妃菜，依舊如同能面具般毫無表情。她一滴眼淚也沒有流，是因為她的眼淚已經乾涸了吧，身為聽眾的安達反而更感心痛。

「齋木先生知道擴張型心肌病變這種疾病，之前我就覺得他頭腦應該很好，果然不出所料，他是個很聰明的人，他告訴我曾經有和我一樣，孩子罹患擴張型心肌病變的人，在網路上募款籌措到了手術費，聽到這件事後，我的眼前『啪』地亮了起來。要靠募款籌到一億日圓聽起來就讓人灰心喪志，但有人實際募到的話就不是不可能的事。於是我從朋友那裡拿來一台舊電腦，學會了怎麼製作網頁，這是我自出生以來第一次那麼認真讀書。我只花了大概十天就做好網頁，人類只要垂死掙扎還是做得到的。」

徵信社的報告裡，也包含了該網站的截圖畫面，熊谷妃菜在上面放了萌夏和自己的照片。萌夏長得和媽媽很像，都是圓臉，照片裡掛著滿臉笑容，她是個會讓人真心覺得可愛的孩子，這樣的孩子罹患疾病，必須接受心臟移植否則會死，應該博得了許多人的同情吧。報告中寫著，事實上，大概到一千萬日圓時募款都還很順利。

「如果單純只是做了網站，不會有多少人知道，所以我也開設了推特的帳號，一個一個拜託因孩子生病而煩惱的人互相追蹤，將萌夏的事分享出去。告訴我可以這麼做的人，也是齋木先生。我平常只會用手機稍微瀏覽一下網路而已，如果齋木先生沒有教我這些，我什麼都做不到。在這之前沒有任何人願意幫助我們母女，所以在我看來齋木先生就像神一樣。」

沒有任何人願意幫助我們，熊谷妃菜這句話言猶在耳，安達覺得齋木恐怕也有相同的感受吧。齋木小學時也是，沒有任何人願意向他伸出援手。齋木因為沒有人幫助自己，所以反過來想幫助他人，不難想像有一道光照亮了齋木的孤獨。

「萌夏的事廣為人知後，捐款開始不斷進來。我嚇了一跳，沒想到世上還有這麼善心的人們，我的心裡感到很溫暖。一億日圓雖然是個龐大的金額，但搞不好真的可以募得也說不定，我開始有了希望，這樣的話，萌夏就不會死了。我每一天，更正確地說，是每一個小時都會確認一次捐款的金額，然後向神明祈禱，千萬要救救萌夏。」

安達不忍繼續聽下去了，因為他已經知道結果是萌夏沒能得救，只是他做不到打斷熊谷妃菜，要她省略這一段。淡淡地訴說的熊谷妃菜，反而散發出一種異樣的壓迫感，總之，現在只能讓她說了。

「結果神明沒有聽見我的祈禱。」

熊谷妃菜不帶憤怒與悲恨，靜靜地這麼說。

6

「有人將我的事寫在網路上，說我在坐檯酒吧工作。雖然我心想那又怎麼樣，不過酒店小姐是個讓人瞧不起的職業，偶爾也有客人會教訓我為什麼在這種地方工作，我超想回他『跟來這裡的你是同等級吧！』」

這個大概就是現實吧，例如自己的兒子帶回來的未婚妻若是酒店小姐，一定沒幾個父母會舉雙手歡迎，職業歧視的情況依然很嚴苛，大家只不過是都想當個有教養的人，所以隱藏了自己的真心話。

「結果，風向就變了。推特也是，之前都是一些同情和鼓勵的留言，後來卻多了很多口出惡言的人，像是『妳難道不想認真工作嗎？』、『我對妳幻滅了』、『就是因為妳想過輕鬆日子，所以才會遭到報應』等等，這讓我覺得，為什麼人可以對其他人說出這麼過分的話，我甚至認真思考會不會對方不是人，而是壞機器人？當酒店小姐就不是在認真工作嗎？我可是為了萌夏非常認真地在坐檯酒吧拚命工作，這樣為什麼會讓人幻滅？就算看不慣我的工作，也不能說萌夏因此遭到報應，我絕對無法原諒說出這種話的人。這類型的人，都不會當著本人的面說這些話，因為網路是匿名的，他們才會大放厥詞。只要在匿名的保護之下，人類要有多惡毒就有多惡毒。」

網路的優點展現在募款活動等奠基於善意的行動上，但缺點則正是這個，只要戴上了匿名的面具，就會有人顯露出卑劣的品行，這只能說他們沒膽。看來熊谷妃菜一前一後同時體驗到了網路的優點及缺點。

「那種惡意留言，一旦傳開了就沒辦法改變了，或許原本對我們母女有興趣的人，也因為這種無形中的氣氛而退縮了。我並不是真的受到謾罵，只是一些意有所指而已，可是這些意有所指的負面流言，卻導致募款越來越困難。如果按照一開始的盛況，我想一億日圓不會是夢，可是之後卻落得一天連兩千日圓都募不到。動手術的期限一天一天逼近，卻完全籌不到錢，我絕望得幾乎要發瘋了，我還想過要一個一個去殺了那些說我壞話的傢伙。」

熊谷妃菜的言行雖然過度激烈，不過身為同樣有女兒的爸爸，他完全能夠明白那種心情，如果自己也面臨相同的絕境，他認為自己也會想著同樣的事。他一定會打從心底厭惡利用匿名口出惡言的人，並持續憎恨他們，對方有多卑劣，他的怒氣就是他們的兩倍。

「……最後，時間來不及了。」

熊谷妃菜喃喃說出這句話後，低下了頭，她的肩膀簌簌地顫抖著。看來光是訴說，就喚起了她的悲痛，安達感到滿心歉疚。熊谷妃菜從包包中拿出手帕，壓在眼角上。安達沒有催促她講下去，他只是等著，至少等到她的情緒平穩下來。

「——齋木先生很努力想幫我改變不好的風向。」

過了約兩分鐘，熊谷妃菜強忍著嗚咽聲，忽然又開口說道。她抬起頭，瞪視般直盯著安達，那雙眼中充血，並透露出憤怒。老實說，安達被她的氣勢給壓倒了，他連簡單的回應也無法，只能仔細傾聽。

「說實話，我非常感謝齋木先生，所以偶爾會多做一點菜分給他，而齋木先生大概是為了回禮，有時候也會給萌夏小點心。他把我的事當成他的事一樣思考，並給了我很多建議。他說總之不能和散播奇怪留言的人筆戰，這樣只會讓同情我的人減少。他認為不要理會奇怪的人，而是刊載更多萌夏的小故事會比較好，因為萌夏很可愛，放一些照片或是童稚的小故事，認真的人應該會看，他這樣鼓勵我。所以當萌夏等不及動手術就死了時，齋木先生是真心地感到憤怒。『為什麼事情會變成這樣！』他脹紅了臉全身發抖，就像死的是他自己的女兒一樣。除了我以外，感到最悲傷的人，大概就是齋木先生了。」

齋木果然和熊谷母女有很深的淵源。沒有人願意正眼看待他，別說與女性間的戀愛情感了，就連和男性都無法建立起友誼的齋木，和熊谷妃菜的交情好到甚至可以獲得對方親手做的料理。很輕易就能想像得到，對齋木來說，熊谷妃菜是無可取代的人，而這樣的女性，她的孩子卻因為匿名的惡意及社會的漠不關心白白喪命，如果這股憤怒以大量殺人的形式爆發，那麼事情就說得通了。問題是，為什麼以動漫展為目標？聽到這裡，和動漫展還是完全沒有交集，齋木為何將他憤怒的矛頭指向動漫展？

「那是捐款變得越來越困難時發生的事，齋木先生說過這樣的話。我在萌夏死後充滿絕望之時，曾好幾次想起那句話，因為我也認同他說的沒錯。」

希望你能聽我說齋木說過的話，熊谷妃菜一開始就這麼說了，而她現在似乎要說出那句話了。安達吞了口唾沫，才發現喉嚨又乾又渴，他伸手向水杯，喝了一口水後催促道：

「他說了什麼樣的話？」

熊谷妃菜的眼睛眨也不眨，只是盯著安達，充血的雙眼視線彷彿化成了物理的力，貫穿了安達。

「他說人類進化得還不夠充分，因為進化不足，所以世上才會發生這麼多討人厭的事。我也這麼認為，如果人類真的是優秀的動物，那麼為什麼要對同樣是人的其他對象做出惡意行為？為什麼都不會對口出惡言的自己感到羞恥？為什麼不會討厭自己？我並沒有給任何人造成麻煩，只是和萌夏兩個人過著勉強維生的日子，為什麼要瞧不起這樣的我們？樂趣在哪裡？我完全不能理解。瞧不起他人、攻擊他人，人類真是奇怪的生物。其實我都知道，不是只有在網路上惡意批評的人，其他所有人也都瞧不起酒店小姐，所以才不再願意捐款給萌夏了。一副道貌岸然活著的人，其實他們心中也都有瞧不起他人的想法，如果人類可以再更加進化，成為善良溫柔的生物，那麼萌夏就不用死了。」

熊谷妃菜早已退去了平淡的語氣，這句話毫無疑問地含有無可抑制的憤怒之意。而這股怒氣，不只屬於熊谷妃菜，齋木也抱持著同樣的憤怒。被社會拋棄，不被當成人對待的齋木，對人類這種生物本身感到絕望。

「啊，對了，齋木先生也說過這種話。像我或齋木先生這樣的人，不是被稱為社會弱勢嗎？然後只要談到對社會弱勢伸出援手的議題，就一定會有人說那是他們自己的責任，說找不到好工作的人是因為他們不夠努力。可是齋木先生說，那就是弱肉強食的道理，只有強者可以活下來，弱者就只能死，這種想法是動物的道理，但人類明明已經捨棄了動物性，轉為社會生活了，齋木先生這麼說。人類創造出來的社會，本來應該是個互助合作，讓弱勢者也能活下去的制度，可是到了現在還在說『他們自己的責任』的人，是放棄了生而為人。他說，認為弱肉強食比較好的人，應該離開社會到森林裡去，就算被猛獸攻擊死了，也只是弱肉強食無可奈何。我覺得真的是這樣沒錯，齋木先生是個頭腦非常好的人。」

安達想起了關在家中，閱讀失落的一代相關書籍時的事。那時候，對於找不到工作不得不生活在社會底層的人們，安達感覺到的是他們不夠努力，正是所謂弱肉強食的道理。「放棄了生而為人」，齋木的這句話清楚地凸顯出自己的思考之膚淺。

「不過，這也是我問齋木先生的，他說生物的演化要花上數萬年，這又讓我陷入了絕望。人類要成為善良溫柔的生物需要花上數萬年，這除了絕望之外沒有其他詞彙能夠形容了，會讓人覺得，無所謂了，真的是，一切都無所謂了，因為已經絕望了。」

熊谷妃菜的語氣裡已不見了憤怒之色，取而代之的是自暴自棄。在她不斷說著絕望的話語中，透露出這輩子不會再有如此絕望的時刻了，而這也是齋木的絕望，是安達遠遠無法想像的絕望。

熊谷妃菜不再說話。或許是她已說完了想說的話，之後她不曾再開口。安達的心中漸漸升起了煩躁感。他還沒有找到他真正想知道的答案，可是他無法判斷是否可以催促她說下去。

「——齋木，為什麼要犯下那樣的案子？」

不過最後，安達還是語帶遲疑地問了出口，因為他無法什麼也不問就回家。事情的真相就近在眼前了，他不能不伸手抓取。

熊谷妃菜再次瞪著安達，然後令安達驚訝地，嘴角浮現了冷笑。

「我不想說，這是秘密。」

「蛤？」

安達不禁愕然無語。都說到了這裡，他想都沒想過對方會不願說出最關鍵的部分。熊谷妃菜很明顯在生氣，那股怒意是指向社會上的一切，其中也包括了安達，因為熊谷妃菜已經看穿了安達曾瞧不起齋木。不論他再怎麼解釋，熊谷妃菜都不會將安達視作同一邊的人。看來她從此以後也會繼續憎恨對女兒見死不救的人。

「是因為妳恨我嗎？因為我在小學時霸凌過齋木。」

安達徒勞地反問。不論熊谷妃菜怎麼回答，其中的核心都包含著她的憤怒，這一點不會改變。就只差一步了卻觸碰不到，安達幾乎要放棄了。

「這個嘛，我想是這樣沒錯。不過，為什麼齋木要做那種事，仔細一想就知道了。」

「什麼？」

安達再度發出驚訝的聲音。仔細一想就知道了嗎？我的手上已經握有材料了嗎？

「我先說在前頭，齋木先生沒有告訴我任何事，我從新聞上得知這個消息時，真的大吃一驚，但是我馬上就理解他的心情了。齋木先生不是為了我們母女才做出那種事，我想他是真的對那些人感到憤怒。」

那些人，指的就是被害人吧，那果然不是無意義的無差別殺人，齋木有他憎恨出現在那裡的那些人的理由。然而，現在安達依舊什麼都不明白。我究竟漏看了什麼？

「安達先生，既然你在知名的公司工作，腦筋應該很好吧？腦筋很好的話，一定可以理解齋木先生的感受，畢竟我都可以理解了。」

熊谷妃菜第一次稱呼安達的名字，她說話的口吻，充滿了濃濃的諷刺。

「請你不要再來找我了。就算絕望，我也必須活下去才可以，我會繼續酒店小姐的工作，永遠帶著絕望活下去，請你別再管我了。」

說完這句話，熊谷妃菜搖搖晃晃地起身，然後以一種柔若無骨的步伐離開。安達想要叫住她，卻想不到該說些什麼好。

他覺得自己大概再也找不到該向熊谷妃菜說些什麼了。

7

回到家後，安達將熊谷妃菜告訴他的事全部轉述給美春聽，美春雖然好幾次面露驚訝之色，但卻沒有打斷他，靜靜地聽到最後。等到安達說完之後，她嘆了口氣，終於說道：

「聽起來很難受呢，感覺好像自己受到了責備。」

美春也有同感嗎？不，這是一定的。美春不是那種聽了這些話之後，會覺得與自己無關的人，她會有自己受到責備的感覺是很自然的。

「我並不是瞧不起酒店小姐，可是若問我『難道妳希望將來讓孩子們在坐檯酒吧工作嗎？』又不是這樣的，可以的話，我會希望她們去做其他工作，這就代表我不認為那是個好工作吧？」

安達說不出話來，因為對於女兒的將來，他和美春的想法相同。美春一臉煎熬地搖搖頭。

「但是，我不會因為媽媽是酒店小姐，就不願意捐款，我覺得我的偏見沒有那麼深，可是雖然我這麼說，事實上卻沒有真的捐過款，不是只針對她，而是我自出生以來幾乎沒有捐款過。」

「這部分我和妳一樣。」

說到捐款經驗，安達只曾在東日本大地震時捐給日本紅十字會一萬日圓，再更以前的話，他再怎麼回想，除了小時候曾在紅羽毛基金會的募款箱裡投入二十日圓硬幣之外，就沒有這方面的印象了。即使他多少知道世界上有病童的存在，卻從來沒有放在心上。

「平常總是忍不住為自己找藉口說沒有多餘閒錢捐款，或是剛好沒有機會，但其實真正會捐款的人一定不會這樣找藉口的吧。」

「……嗯，說的也是呢！」

美春的精神層面似乎受到了很大的打擊，感覺好像害美春也一起承擔了罪惡感，安達只是深深地感到愧疚。

只要仔細想想就能知道，熊谷妃菜所說齋木的動機，美春也是充滿了困惑。但因為她說了「我也會思考看看」，所以即使安達不想再增加她的心理負擔，也只能先點頭了，他說不出「妳不用想沒關係的」。

就算美春有這個心，安達還是必須靠自己找到答案，他開始覺得要是由他人告訴他齋木的想法就失去意義了。因此他反而認為幸好熊谷妃菜不願意告訴他，他一路追尋到現在的真相，不應該由他人輕易說出來，而是要自己親手去掌握。

安達將自己關在房間裡集中思考，看來齋木並不是覺得地點在哪裡都無所謂，只要有大量人群聚集的地方就好，他是很明確地瞄準了動漫展，那麼安達就必須更詳細了解動漫展了。

仔細一想，先前他從來不曾針對動漫展調查，因為他一直無意識地相信齋木的目的在於大量殺人本身，而齋木和動漫展之間沒有任何交集也助長了這個想法。齋木是對動漫展的哪個部分感到憤怒？

安達在網路上搜尋到了動漫展的資訊，雖然原本就大概知道那是個大型活動，不過規模卻比安達想像的還要大，在這類型的活動之中，搞不好是全日本規模最大的一個。動漫現在已經是一大產業了。

既然這個活動的規模如此之大，那麼就會有龐大的金錢流動，入場者的人均消費金額為三萬日圓，這讓安達大吃一驚。聽說為了這一天而存錢的人並不少，其中甚至有人以十萬日圓為單位大量購買周邊。

最經典的案例則是拍賣。據說知名模型公仔創作家的作品價值可達數百萬日圓，感覺更接近是個藝術品了，近幾年也有來自國外的買家參與盛會。

就是這個嗎？安達想這股金錢的流動就是引發齋木怒氣的原因嗎？現實中，因為受助者是酒店小姐的女兒，所以用於手術費的募款就完全募集不到資金，而另一方面，卻有多達好幾萬的人在動漫商品上投入數萬日圓，甚至有人為了動漫角色的公仔砸下數百萬日圓，這些人如果願意捐出一點點錢，熊谷萌夏就不需要死了，齋木會不會是這樣想的呢？

可是如果只是這樣的連結總覺得太薄弱了，還有其他地方也有大量金錢流動，像是藝術品拍賣，有數十億金額在運作，假如他是為了金錢的浪費而憤怒，那不是更應該瞄準那些地方才是嗎？總覺得沒有「原來理由就是這個啊！」那種恍然大悟的感覺，這也和熊谷妃菜所說仔細想想就知道了的那句話不符合。

想累了之後，安達重新閱讀起徵信社的報告，然後他發現了某件事而瞠目結舌。是萌夏的忌日。熊谷萌夏是在去年十一月喪命的，而齋木犯下重案的日子也是在十一月，難道案發當天是熊谷萌夏的忌日嗎？

這股靈光只有一閃而過，安達馬上就自我否定了。案發當天是十一月十八日，而熊谷萌夏的忌日是在十一月二十二日，雖然只差了四天，但日期並不一致，這個小差異是否帶有什麼意義？

會不會是因為熊谷萌夏的忌日當天沒有大型活動？所以才不得已，將恨意瞄準了日期最接近的動漫展？安達做了這樣的假說，然而卻依然沒有恍然大悟的暢快，老實說，一點也沒有正中紅心的感覺。

齋木犯案的那天很接近熊谷萌夏的忌日會只是單純的偶然嗎？如果兩個日期離很遠，那就可以斷定和忌日沒關係，然而微妙地相近，讓安達非常在意。是因為忌日越來越近，而讓齋木的怒意被再次點燃了嗎？一定是這樣，所以那股怒意才會化為兇行。只不過為什麼要選擇動漫展的這個疑問依然存在，感覺彷彿是手中握有大量的材料，卻依然在起點一步也沒離開。

雖然遺憾，但他已經想不出其他可能了。「你的腦筋很好吧？」熊谷妃菜的這句話在耳邊復甦。才沒有這回事！安達真心地否定。安達已經不相信自己的頭腦水準了，他這一生不會再認為自己是個優秀的人了吧。

整整兩天，安達都在不停地思考著齋木的事。這段期間他特地不外出，一直關在自己的房間裡埋首思考。雖然也曾短暫想過是不是轉換一下心情比較好，但他卻提不起勁出門。「仔細想想就知道了」，熊谷妃菜的這句話就像咒語一樣束縛著安達。

最近同事開始傳來郵件問候他的狀況，雖然用字遣詞像在對待易碎品一樣，但朋友的存在還是令人感激。安達想著總有一天要將這次的經驗分享給朋友和熟人知道，雖然不清楚他們會如何看待這件事，但應該可以在某些人心中激起漣漪，否則，這樣的經驗就失去了意義。安達早就捨棄了覺得往日舊惡很丟臉的想法。

安達在回信中寫了希望不久後可以回去工作。縱然這只是個心願，但他感受到了自己確實在前進。即使找不到齋木真正的動機，他也明白小學時的霸凌一定扭曲了齋木的人生。而在心中遍體鱗傷之後，安達萌生出了坦然面對這份責任的勇氣，他很開心可以大方說出在這段休假期間內，他得到了許多的收穫。

那是在與熊谷妃菜見面後三天的事。孩子們到學校和到幼稚園去後，美春小心翼翼地來和安達說話。在某些話題上，美春直到現在還是會採取這樣的態度，看來要完全消除疾病帶來的影響，還需要再花上一段時間。

「老公，你現在有空嗎？」

「什麼事？」

難不成她要說自己比他更早想到了齋木真正的動機嗎？雖然安達如此戒備，不過美春和他說的卻是完全不相干的事。

「今年你的生日，你想怎麼過？」

「啊……」

這樣啊，已經到了這個時候了嗎？由於現在沒有心力管這件事，所以忘得一乾二淨了，美春也是因為知道安達現在沒有這樣的心力，才會以那樣的態度問他吧。

「就像平常那樣，晚上找家餐廳吃飯吧。」

「咦，可以嗎？」

「當然啦，孩子們都很期待呀。」

往年遇到家中有人生日時，他們都習慣外出吃飯，雖然孩子們還小，所以不能去安靜的餐廳，不過燒肉店或迴轉壽司店之類的地方，全家一起去會很開心。幸好安達已經脫離了完全不能外出的狀態，他不希望因為自己的精神狀態剝奪了家人的樂趣。

「去年剛好是星期六，所以可以白天就出去玩，不過今年是平日，只能晚上出去吃飯了。」

美春露出放心的微笑，提到了前一年的事。去年全家開車一路跑到了相模湖去，玩了整天的兩個女兒在回程時睡著，到了途中的休息站時還一臉不開心，這些事，也都是美好的回憶。

忽然，有東西在腦中揮之不去，安達感覺剛才好像觸碰到了某個重要關鍵，那究竟是什麼？美春的話刺激了安達的思緒。

「——原來是這樣！」

突來的靈感，占據了整個大腦，安達飛奔而出，從客廳回到房間，他連等電腦開機都覺得不耐煩，直接拿起手機，搜尋之後，他馬上就得到答案了。「啊！」他忍不住大叫出聲。

生日的日期雖然每年都一樣，不過落在星期幾卻每年都不同，與此相反，有些情況則是星期幾固定，但日期卻會改變，像是大型活動就是如此。動漫展每年都在十一月第三週的週末舉辦，去年的動漫展是從十一月二十日到二十二日。

熊谷妃菜斷氣的那一天，正是舉辦動漫展的時候。

安達整個人躺在椅背上，閉眼沉思。所以才是那裡嗎？所以才會選擇那裡嗎？齋木抱有好感的女性，她的女兒因為手術費用不足而白白殞命，可是就在同一天，卻有好幾萬人投入數萬日圓購買動漫周邊。動漫展的盛況電視上也有報導，處於失意深淵的齋木，會不會看到了那幅景象？如果那裡的每個人都捐出一千或兩千日圓，那就可以更接近手術所需的金額，然而卻因為孩子的媽媽是酒店小姐這個原因，願意捐款的人就減少了。小女孩死掉的那一天，一無所知豪擲千金的人們，齋木的怒氣就是在那個時候瞄準了動漫展。

當然，齋木憤恨的是完全不顧熊谷母女死活的所有人，可是目標若是超過一半的日本國民，怒氣就會被分散。而齋木得到了動漫展這個對象，於是他的怒氣就越來越具體，那是針對從來不曾想像過區區一千日圓或許就能拯救幼兒性命的人們的怒氣。

這股怒氣一定是過了一年也未能消散，齋木大概是一直想著要攻擊動漫展吧。話雖如此，若只是一時氣血上湧而犯案也就算了，有了一年的時間，他應該可以冷靜思考才是，難道這段時間內，他都不曾打消這個念頭嗎？

思緒來到這裡，安達想起了一件事。荒井說在齋木辭去家庭餐廳前不久，他養的鸚鵡死了。寵物的死，對旁觀者來說並不是多大的事，可是對珍惜寵物的人卻是重大的悲劇。也許鸚鵡對犯案後想要自殺的齋木而言，是個穩定心境的船錨，這個船錨讓齋木打消了犯案念頭，是他繼續活下去的依靠，可是這個船錨，卻在動漫展的前一個月離開了，齋木或許就是在那個時候，下定了關鍵性的決心。

可是，安達心想。可是啊，齋木，沒有捐款的那些人也許是缺乏想像力，但這卻不構成任何的罪惡。人類的想像力有其極限，想像萬事萬物，並對一切做出回應，這對人類來說是不可能的。而缺乏善良溫柔則又是另一個問題了。

而且，就缺乏想像力這一點來看，你不也是同一類人嗎？因為憤怒就殺人，一定會造成其他人的悲傷，你的行為已經創造出了大量悲慟不已的人，為什麼你事前沒有想到這一點呢？再說，動漫展裡搞不好也有捐款給熊谷妃菜的人呀！在你丟出汽油彈之前，有一一確認過這件事嗎？如果你沒有確認過，那麼你有可能連不該殺的對象都一起殺掉了。你的視野已經被憤怒遮蔽到無法想像這樣的可能了嗎？這樣的話，你根本沒有資格怪罪他人！

當然，齋木是明白這些的吧。他都明白，卻還是選擇犯案，驅動他的那股力量的真面目，安達也很清楚。是絕望，他期望的世界只存在於數萬年後的未來，這樣的絕望。缺乏想像力的人們，在接下來的數萬年間依然會互相傷害嗎？人類，就是這樣的生物嗎？

也許齋木對自己生而為人這件事也感到絕望。齋木是缺乏想像力的人之一。而安達，也同樣是人類。為什麼人類所擁有的善良溫柔，只夠分給自己身邊的人呢？

安達再次想像齋木的絕望。對世界絕望，對人類絕望，甚至對自己也感到絕望，到最後，已經什麼都不剩了。

終章

經過一個月的留職停薪，安達回到了工作崗位。這期間的不安主要有兩個，一個是安達的名字會不會因為小學時霸凌過齋木而被公開，另一個則是自己能不能忍受通勤。

第一個不安完全不需要擔心，似乎是以安達為目標的部落格，不知為何突然消失了。安達本來以為只是遷移到其他網站而四處搜尋，卻沒有發現那個部落格的存在，看來那個部落格的作者，似乎改變了心意。

也許是因為對方一直找不到安達就是霸凌者的證據。對方大概是害怕沒有證據就公開一個人的名字會被告妨害名譽吧，可以想見那個部落格本身就是為了蒐集證據而設，只是最終還是蒐集不到證據，於是不得已，只好放棄了告發安達這件事。

不管原因為何，只要對方願意放棄公開安達的名字都很值得感謝。安達無法忍受因為自己過去的愚蠢，導致家人暴露在危險之中。雖然不知道對方的真實身分，因此不能完全放心，但至少目前不需要去煩惱這件事了。

然後第二個不安，必須為了通勤實際去搭過電車才知道。恐慌症的恐怖之處在於自己都無法控制自己，如果不能相信自己的反應，那麼先前建立起來的自信就會打從根基崩塌。於是安達先利用彈性上下班制度，試著避開交通尖峰時刻放慢步調上班。

結果沒有問題。他先從比一般工時短一些的上班時數開始試起，他沒有特別感受到工作空窗，順利地就回到原本的業務中。下屬們及其他部門的同期同事也都來偷看他的狀況替他擔心，這份心意讓他很開心，體內好像灌注了精力。這樣好像在復健啊，他這麼想著，花了三天回到正常的上下班時間，至於早上的通勤，他選擇比過去更早起，避開交通尖峰到公司上班。

安達復職比任何人都更高興的，就是美春了。安達在家的那段時間，勉強忍住眼淚的美春，在安達復職第一天平安回家之際，眼淚淅瀝嘩啦直流。自從結婚之後這還是美春第一次哭成這樣，因此安達大吃一驚，他重新認識到自己給美春帶來了多大的精神負擔，不禁也哽咽了起來。雖然孩子們都在看，不過美春在眼淚止住前都一直緊緊抱著安達，而孩子們也是，明明不知道其中的意義，卻也大哭著抱住父母的腳。

生活回到了彷彿什麼事都沒發生過的狀態，東京展覽館的案子也不曾再成為話題。每一天都有新的事件發生，無論是多麼重大的事件，都無法避免成為舊聞。

某一天早上，安達走進用賀站的驗票閘門後，看到了一位推著嬰兒車的年輕媽媽。用賀站的月台在地下樓層，所以有通往地下的電梯，可是早上的這個時段，搭乘電梯的人很多，想推入整台嬰兒車感覺必須要等一小段時間，或許是沒時間了，年輕媽媽放棄等電梯，改往手扶梯走去。

年輕媽媽帶著一個很大的包包，她一手推著嬰兒車，一手提著包包。安達還來不及思考，便靠近年輕媽媽出聲道：

「我來幫忙吧。」

「什麼？」

突然有人從背後向她搭話，年輕媽媽看起來很驚訝，她轉頭看向安達，露出了些許懷疑的表情。這也難怪，幾乎沒有人會這樣出聲叫住其他人，而且對方還是中年男子，會有戒備之心也是正常的。為了緩和年輕媽媽的不安，安達微笑道：

「妳提著這麼大的包包，還要推嬰兒車搭手扶梯太危險了，我從前面幫妳撐著吧。」

「呃，可是……」

這次年輕媽媽更是不加掩飾她退卻的意思了，安達也不焦急，繼續說道：

「我也有兩名年幼的女兒，所以知道推著嬰兒車移動有多辛苦，而且四周還有這麼多人，我不會做出什麼奇怪的舉動，我只是要站在前面撐住嬰兒車，不需要這麼擔心。」

「這樣啊，對不起。」

年輕媽媽尷尬地道歉。安達不等她答應，就先搭上手扶梯，然後轉身。年輕媽媽推著嬰兒車，停在了手扶梯的階梯上，嬰兒車處於前輪懸空，只有後輪停在階梯上的狀態，萬一出了什麼意外年輕媽媽鬆手，嬰兒車就會往下掉發生嚴重事故。安達雙手撐住了嬰兒車前方。

坐在嬰兒車上的，是大約一歲的男孩，他呆愣地看著安達。因為與男孩視線交會，於是安達對著他笑，一直到抵達月台為止，小男孩都一臉不可思議地直看著安達。

走下手扶梯後，安達就鬆開了手。「再見。」他只說了這句話就打算離開，這時，年輕媽媽叫住他，「那個……」年輕媽媽往前走一步，低下頭。

「謝謝你，那個，很抱歉我剛才那麼戒備。」

「沒關係，帶著這麼小的孩子這樣很正常，搭電車的時候也要小心喔。」

「好。」

年輕媽媽點點頭，再次低頭致謝。在那裡站太久會讓對方一直放在心上，於是安達稍微快步離開了那個地方。

齋木出聲叫住熊谷妃菜時也是這樣的心情嗎？安達思考著。遇見有困難的人會出手相助，這就像人類的本能一樣，但事實上卻很難真的付諸行動。剛才的情況也是，若是以前的安達，他雖然覺得很危險，但也只是這樣走過去而已，因為他已經預見了會引起對方的戒備。

親切對待不認識的人需要勇氣。而缺乏這樣微小的勇氣，累積久了之後，就形成了一個冷漠的社會。齋木認為這是生物的缺陷，只能花數萬年的時間才能解決，因此感到絕望。熊谷妃菜也說，她會帶著絕望活下去。

然而安達卻這麼想。人類的心中一定根植著善之芽，只要每一個人培育心中的善之芽，就算不用等待數萬年的時間，也一定會出現齋木所期望的社會。當然，安達並不會樂觀地認為善之芽會在短期間內成長，也許需要花上數十年，或者是數百年的時間，即使如此，人類已經拋棄動物性，創造出了社會，安達相信，再繼續踏出一步，絕非不可能的事。

電車停到了月台前，安達走進電車，抓住吊環。今天又開始了新的一天，然而今天不會是與昨天相同的一天，而是即使只有一點點，也變得更好的一天，安達如此祈禱著。

國家圖書館出版品預行編目資料

惡之芽 / 貫井德郎著；林佩玟譯. -- 初版. -- 臺北市：皇冠, 2022.08　面；公分. -- (皇冠叢書；第5043種)(大賞；139)

譯自：悪の芽

ISBN 978-957-33-3915-1 (平裝)

861.57　　111010330

皇冠叢書第5043種

大賞｜139

惡之芽

悪の芽

作　　者—貫井德郎
譯　　者—林佩玟
發 行 人—平雲
出版發行—皇冠文化出版有限公司
台北市敦化北路120巷50號
電話◎02-27168888
郵撥帳號◎15261516號
皇冠出版社（香港）有限公司
香港銅鑼灣道180號百樂商業中心
19字樓1903室
電話◎2529-1778　傳真◎2527-0904
總 編 輯—許婷婷
責任編輯—陳思宇
美術設計—鄭婷之、李偉涵
行銷企劃—薛晴方
著作完成日期—2021年
初版一刷日期—2022年8月

法律顧問—王惠光律師

讀者服務傳真專線◎02-27150507
電腦編號◎506139
ISBN◎978-957-33-3915-1
Printed in Taiwan
本書定價◎新台幣430元/港幣143元